ファビアン

あるモラリストの物語

エーリヒ・ケストナー

丘沢静也 訳

Fabian

Die Geschichte eines Moralisten

ERICH KÄSTNER

みすず書房

FABIAN

Die Geschichte eines Moralisten

by

Erich Kästner

目次

＊＊＊

［　］内は、訳者が追加したものです。

第1章

ウエーターが神託を告げる
にもかかわらず客は出かける
精神的にお近づきになるクラブ

ファビアンは、シュパルテホルツという名前のカフェに腰を下ろし、夕刊の見出しを目で追っていた。英国の飛行船 仏ボーヴェ上空で爆発。ストリキニーネとレンズ豆が同じ倉庫に。九歳の少女 窓から飛び降り。首相選挙またしても失敗。ラインツ動物園で殺人。市調達局でスキャンダル。チョッキのポケットに人工音声。ルールの石炭産出量 減少。鉄道局長ノイマンに贈り物。象が歩道に。神経過敏なコーヒー市場。クララ・ボウをめぐるスキャンダル。金属労働者十四万人 スト目前。シカゴでギャング大騒動。木材ダンピング モスクワで交渉。シュターレムベルク狙撃団の暴動。——日課みたいなものだな。特別なニュースはなにもない。

コーヒーをひとくち飲んで、びくっとした。砂糖の味がしたのだ。十年前のことだが、オラーニエンブルク門の学生食堂で毎週三回、サッカリン入りのパスタを無理やり呑みこんで以来、甘い物を嫌悪するようになっていた。急いでタバコに火をつけて、ウエーターを呼んだ。

「なにかご用でしょうか」と、ウエーターがたずねた。

「ひとつ質問に答えてもらいたい」

「どうぞ」

「行ったほうがいいかな、行かないほうがいい？」

「どちらへ、でしょうか？」

「質問はしないで、答えてもらいたい。行ったほうがいいかな、行かないほうがいい？」

ウエーターは、ファビアンに見られないように耳の後ろをかいた。そして扁平足で足踏みをして、困ったような顔をして言った。「一番いいのは、いらっしゃらないことだと思います。用心に越したことはありませんから」。ファビアンはうなずいた。「よし。じゃ、行くことにするか。会計を」

「あれっ、いらっしゃらないほうが、と申し上げたのですが！」

「だから行くんだよ！　さ、会計を！」

「いらっしゃったほうが、とおすすめしていたら、いらっしゃらなかったのでしょうか？」

「いや、同じだ。さ、会計を！」

「わかりませんね！」と、ウエーターはむっとして言った。「じゃ、どうしておたずねになったので？」

「それがわかってればね」と、ファビアンが答えた。

「コーヒーとバター付きパンで、五十、三十で、八十ですから、九十ペニヒ頂戴いたします」と、ウエーターは朗読するような調子で言った。

ファビアンはテーブルに一マルク置いて、外に出た。どこにいるのか、見当がつかない。ヴィッテンベルク広場で１のバスに乗り、ポツダム橋で番号も見ずに市電に乗り換え、二十分後に、フリードリヒ大王に似た女が突然すわっていたので、電車を降りる。そんな男なら、実際、自分がどこにいるのか、わからないのも当然だ。

急いで行進している三人の労働者の後をつけた。木炭につまずきながら、建築現場のフェンスといかがわしいラブホテルに沿って歩いていくうちに、思いがけなくヤノヴィッツ橋駅にたどり着いた。雷車のなかでファビアンは、事務所のボスであるベルトゥフが書いてくれた住所を取り出した。「シュリューター通り23、ゾマー夫人」と書いてある。ツォー駅まで電車に乗った。ヨアヒムスターラー通りでは、細い脚の女がからだをくねらせながら、「ねえ、どう？」と聞いてきた。ファビアンは申し出を却下し、指を立てて脅かして、切り抜けた。

街は遊園地に似ていた。建物の正面は色とりどりの光が塗られていた。空の星が恥ずかしがりそうなほどだ。飛行機がうなりながら屋根をかすめて飛んでいった。突然、雨のようにアルミの銀貨が降ってきた。通行人たちが空を見上げて、笑って、からだをかがめた。ファビアンはふとグリム童話の「星の銀貨」を思い出した。小さな女の子がシュミーズを広げて、空から降ってくる小銭を受けとめる話だ。知らない男の帽子のつばから、アルミの銀貨を一枚つまんで取った。「こちら、エキゾチックバー。ノレンドルフ広場3。美女、裸体彫刻。ペンション・コンドルも同じ建物に」と書いてあった。ファビアンは突然、想像した。俺はあの上空を飛行機で飛んでいて、俺のことを見下ろしている。ヨアヒムスターラー通りで、人混みのなか、街灯とショーウィンドーの光の輪に囲まれ、炎症で熱をもった夜の街の混雑のなかを歩いている若い男だ。

その男のなんと小さなこと。そしてその男こそ、ファビアン自身だったのだ！　切妻のひとつでは人形が光りながら回転していた。トルコの少年で、電気の瞳をもっている。そのとき誰かが激しくファビアンの靴の踵にぶつかった。ファビアンは非難するような目でふり返った。市電だった。車掌にののしられた。

「気をつけろ！」と、警官に怒鳴られた。

ファビアンは帽子を脱いで、言った。「気をつけるようにしますよ」

シュリューター通りでドアを開けてくれたのは、緑色の制服を着た小人の男だった。小さくてかわいらしいハシゴによじ昇り、客がコートを脱ぐのを手伝ってから、姿を消した。緑色の小男がいなくなったかと思うと、すぐにカーテンの音を立てて、でっぷりした女性が出てきた。きっとゾマー夫人だ。「どうぞ、こちらのオフィスへ」と言われた。ファビアンはついていった。

「こちらのクラブは、ベルトゥフという人の紹介なんです」

女性はノートをめくって、うなずいた。「フリードリヒ・ゲオルク・ベルトゥフ。事務所所長。四十歳。中背。ブルネット。カール通り9。趣味は音楽。好みは、やせたブロンドで、二十五歳未満」

「それだ！」

「ベルトゥフさんは、十月からこちらにご入会ですね。この間、五回いらっしゃってるわ」

「こちらのクラブの良さが、わかるというもので」

「ご入会金は、二十マルク。毎回いらっしゃるたびに、別料金として十マルクいただきます」

「じゃ、三十マルク」。ファビアンはデスクにお金を置いた。でっぷりした女性はマルク紙幣を引き出しにつっこみ、ペン軸をにぎって、言った。「では、お名前など、お聞かせくださいな」

「ヤーコプ・ファビアン。三十二歳。職業不定。現在は広告制作。シャーパー通り17。心臓病。髪は褐色。ほかにどんなことが必要で？」

「女性についてのお好みは？」

「決めないでおきたいな。趣味はブロンドなんだけど、経験からいうとブロンドじゃない。背の高い女が大好き。でも背の高い女にはモテないし。その欄、空欄ということで」

どこかで蓄音機が鳴っていた。でっぷりした女性が立ち上がって、まじめな顔で説明した。「中へご案内する前に、とても重要な規約をご確認いただきますね。会員同士でお近づきになられることは、非難されません。むしろ期待されております。女性も男性と同じ権利をもっています。当クラブの存在、住所、業務につきましては、信頼できる方にしかお知らせいたしません。当クラブの事業理念に反することですが、飲み物や食事などのサービスは、即金でお支払いいただきます。当クラブ内で成立したカップルは、例外なくその存在を無視されることになっております。そのまま邪魔をされたくないとお考えのカップルには、ご退場をお願いいたします。当クラブの目的は、交際のきっかけをつくることです。交際そのものではありません。一時的に知り合う機会をもたれた会員の方には、そのことを忘れてくださるよう、切にお願いいたします。そうやっていただくことによってのみ、面倒なことを避けることができるわけですから。おわかりいただけましたか、ファビアン様？」

「完全に」

「では、どうぞこちらに」

三十人から四十人はいただろうか。最初の部屋ではブリッジをやっていた。隣の部屋ではダンスをやっていた。ゾマー夫人は新会員のファビアンを、空いているテーブルに案内して、「ご用のときには、いつでもお声をかけてください」と言って、離れていった。ファビアンは席につき、ウエーターにコニャックソーダを注文し、まわりを見回した。これは誕生日パーティーだろうか？

「人って、実際よりもおとなしそうに見えるものね」と言って、小柄で黒い髪の女が、ファビアンの隣に腰を下ろしてきた。ファビアンはタバコをすすめた。

「感じがいい人ね、あなた」と彼女が言った。「十二月生まれでしょう」

「二月ですよ」

「あら、そうなんだ！　じゃ、うお座に、それからみずがめ座。かなり冷たい性質《たち》ね。こちらにいらっしゃったのは、たんなる好奇心で？」

「原子物理学者の主張によると、物質の最小微細粒子でさえ、お互いの周りを回転する電気エネルギー群から成り立っているとか。あなたはこの見解を仮説だと思いますか？　それとも実際の事態に即した見方だと思いますか？」

「そういうことにも敏感なの？」と女が叫んだ。「でも、そんなこと、どっちでもいいわ。こちらには、奥さんでも見つけに？」

ファビアンは肩をすくめた。「それって、正式のプロポーズのつもりなのかな？」

「とんでもない！　結婚なら、二回したわ。当分、それで十分。結婚って形式、あたしにはしっくりこないのよ。男に興味がありすぎるから。あたしね、会って、気に入った男なら、誰でも亭主だと思っちゃうの」

「亭主として一番ふさわしい特性があれば、いいんだけどね」

女は、しゃっくりをするように笑って、ファビアンの膝に手を置いた。「ぴったりだわ！　あたし、職探しの妄想癖があるんじゃないか、って言われてるの。今晩にでも、あたしのこと、持ち帰りたくなったら、あたしん家《ち》もあたしも小さいけど、揺れても平気よ」

ファビアンは、落ち着きのない女の手を膝から離して、言った。「それもありだな。でも今は、このクラブを見学するつもりなんだ」。だが、それはできなかった。立ち上がって向きを変えると、ファビアンの前には、背の高い、映画のプログラムに出てくるようなボディの女性が立っていて、言った。「すぐにダンスが始まるわ」。ファビアンより背が高く、おまけにブロンドだった。小柄で黒い髪のおしゃべり女は、クラブの規約に従って、姿を消した。ウエーターが蓄音機をかけた。あちこちのテーブルで人が動いた。ダンスが始まった。

ファビアンはブロンドの女を念入りに観察した。青白くて、子どもっぽい顔をしている。ダンスから判断すると、さっきの小柄な娘より控えめのように見える。ファビアンは黙っていた。あと二、三分このまま黙っていると、すっかり無口になって、会話の糸口が、それも他愛ない会話の糸口が、消えてしまいそうな気がした。幸いなことに女の足を踏んづけた。女がおしゃべりになった。二人の女性を指さした。そのふたりは最近、ひとりの男をめぐってほっぺたをなぐり合い、ワンピースを裂き合ったらしい。それから彼女は、ゾマー夫人が緑色の小人の男と関係していることも教えてくれた。そして、自分ならそんなふたりの色恋沙汰を想像する勇気がない、とまで言った。とうとうファビアンにたずねた。「まだ、こちらにいるつもり？

あたし、もう帰るわ」。ファビアンもいっしょに帰った。

クアフュルステンダムで女はタクシーを停めて、行き先を言い、乗り込むと、無理やりファビアンを自分の横にすわらせた。「でもぼく、二マルクしかもってないんだ」と言った。

「あら、そんなこと、どうでもいいのよ」と答えて、女は運転手に大声で言った。「明かり、消して！」暗くなった。クルマが急に動いて、走りはじめた。最初のカーブのところでもう女は、ファビアンのうえに倒れかかって、ファビアンの下唇にかぶりついた。ファビアンはこめかみを天井の蝶番にぶつけ、頭をかかえて、言った。「なんてこった！　上等の幕開きだな」

「あんまり敏感にならないで」と命令して、女はファビアンに優しく接した。

あまりにも突然の襲撃だった。そして頭蓋骨が痛かった。ファビアンはうっかりしていた。「じつはぼく、絞め殺される前に、手紙を書きたいんだけど」と、喉をぜいぜい鳴らした。

女はファビアンの鎖骨のあたりをボクシングのようになぐり、顔色ひとつ変えず、音階を上下しながら笑って、首を絞めつづけた。女を払いのけようとした努力は、明らかに誤解された。からだを曲げて逃げようとするたびに、別のかたちでもつれ合った。クルマがまたカーブにさしかからないようにと、ファビアンは運命に祈った。運命は外出中だった。

クルマがようやく止まると、ブロンドの女は顔にパウダーをはたき直し、運賃を払い、家のドアの前でこう言った。「まず第一に、あなたの顔、赤い斑点だらけね。それから第二に、うちでお茶を一杯飲んでらっしゃい」

ファビアンは顔の口紅をこすって、言った。「招待されて光栄だけど、明日は早くから事務所に行かなきゃならないんだ」

「怒らせないでよ。泊まっていきなさい。お手伝いが起こしてくれるから」

「でも起きないだろうな。いや、うちで寝ないとダメなんだ。朝の七時に急ぎの電報が来ることになっている。それを家主のおかみさんが部屋までもってきてくれて、ぼくが目を覚ますまで、揺り起こしてくれるんだ」

「電報が来るなんて、どうして今からわかってるわけ？」

「電文も、わかってる」

「なんて書かれてるの？」

「『さっさと起きろ。親友ファビアン』とかだろうな。ファビアンってのは、ぼくのことさ」。ファビアンはまばたきしながら木の葉をながめ、街灯の黄色の輝きを楽しんだ。通りは静まりかえっていた。猫が一匹、音も立てずに走って、闇のなかに消えた。ああ今、この灰色の家並みに沿って散歩できればいいのだが！

「電報が来るなんて、嘘でしょ？」

「嘘さ。まったく偶然に来るかもしれないけど」と言った。

「最後までやる気もないのに、どうしてクラブへ行ったの？」と腹立たしそうにたずねて、女は玄関のドアの鍵を開けた。

「住所を聞いて、とても好奇心があったから」

「じゃ、いいでしょ！」と、女が言った。「好奇心に制約なんてないんだから」。ドアがふたりの後で閉まった。

第2章

じつに厚かましい女性が存在する
弁護士に異論はない
乞食をすると品格がそこなわれる

　エレベーターのなかには壁鏡があった。ファビアンはハンカチを取り出し、顔についている赤い口紅の斑点をふいた。ネクタイがゆがんでいた。こめかみがヒリヒリした。そして青白い顔をしたブロンドの女に見下ろされていた。「復讐の女神《メガイラ》・悪女って何者なのか、知ってるかな?」とファビアンがたずねた。女はファビアンのからだに腕を巻きつけた。「知ってるわ。でも、あたしのほうがきれい」

　表札には「モル」と書かれていた。お手伝いがドアを開けた。「紅茶もってきて」

「紅茶はお部屋に用意してあります」

「そう。じゃ、あなた、寝ていいわよ」。お手伝いが廊下に消えた。ファビアンは、女の後についていった。女は、まっすぐ寝室に案内し、紅茶を注ぎ、コニャックとタバコをきちんと並べてから、抱きつくような身ぶりをして言った。「どうぞ、ご自由に!」

「おやおや、テンポが身についてるんだ！」

「からだのどこに？」

ファビアンは聞こえないふりをした。「モルって名前なんだね？」

「イレーネ・モルよ。ギムナジウム出の高学歴の人にも笑ってもらうために。すわって。すぐ戻るから」

ファビアンは女を引き止めて、キスをした。

「まあ、そんなに急がなくてもいいでしょ」と言って、女は出ていった。ファビアンは紅茶をひと口飲み、コニャックを一杯飲んだ。それから部屋をじっくり見た。ベッドは低くて広い。ランプは間接照明。どの壁にも鏡が張ってある。もう一杯コニャックを飲んで、窓際へ行った。格子はついていない。

あの女、俺とどうするつもりなんだ？　ファビアンは三十二歳。夜は盛んに遊び回っていた。今夜もムラムラしはじめた。三杯目のコニャックを飲み、うれしくなって手を揉んだ。ファビアンは昔から趣味で、感情のカクテルをつくってきた。複雑な感情を研究しようと思えば、複雑な感情をもっている必要がある。所有しているあいだだけ、観察することができる。人は、自分の心を切開する外科医なのだ。

「さて、これから少年は屠殺されるのよ」と、ブロンドの女が言った。いつの間にか黒いレースの寝間着になっていた。ファビアンは一歩、後ずさりした。女が「わあい！」と叫んで、ファビアンの首に飛びついてきたので、ファビアンはバランスをくずして、よろけて、女といっしょに床に尻餅をついた。

すると、「恐ろしい女じゃないですか？」と、知らない男の声が聞こえた。

ファビアンは驚いて顔を上げた。ドアの敷居のところに、パジャマを着て、やせて、大きな鼻の男が立っていて、あくびをした。

「いったい、ここにどんな用事が？」と、ファビアンがたずねた。

「どうも失礼。うちの家内ともう部屋にもぐり込んでらっしゃるとは、知らなかったもので」

「あなたの奥さんと？」

闖入者《ちんにゅうしゃ》はうなずき、猛烈なあくびをして、妻を非難した。「イレーネ、どうしてこの方に、こんなに気まずい思いをさせるんだ！　おまえの新しい獲物を私に見せたいと思うのなら、せめて社交的な紹介の仕方ができないものかね。絨毯のうえでとは！　この方にとっても、きっと不愉快だろう！　それに私はじつにいい気持ちで眠っていたのに、おまえに起こされて……。私、モルと申します。弁護士です。おまけに」と、心臓が裂けるようなあくびをした。「おまけに、あなたに馬乗りになっているその女の、亭主なんです」

ファビアンは、ブロンドの女を押しのけて、立ち上がり、髪の分け目を整えた。「奥方はハレムの男性版をもっているんですか？　ぼくの名前はファビアンです」

モルは近づいてきて、ファビアンに手を差し出した。「こんなに感じのいい青年と知り合いになれるとは、うれしいかぎりですな。こういう場面は、非日常的でありながら、日常的でもありまして。見解の問題ですがね。もっとも、私がこういう場面に慣れている、と考えていただくことによって、あなたが安心すればの話ですが。ま、どうぞお掛けください」

ファビアンは腰を下ろした。イレーネ・モルは肘掛けのところに腰を下ろして、ファビアンのからだをなでながら、夫に言った。「あなた、この人のことが気に入らなければ、あたし、契約破るから」

「いや、いや、気に入ったよ」と、弁護士が答えた。

「ぼくのこと、シュトロイゼルケーキのひと切れとか、リュージュのそりだと思って、話していますね」と、ファビアンは言った。

「リュージュのそりだわ、坊やは！」と叫んで、女は、黒いレースからはち切れそうになっている自分の胸に、ファビアンの頭を押しつけた。

「くそっ、いまいましい！」とファビアンは叫んだ。「頼みますよ、放してください！」

「イレーネ、お客様を怒らせちゃいけない」と、モルははっきり言った。「私はこの方と仕事部屋に行ってだね、知っておいていただきたいことを全部、お話しすることにする。おまえが忘れているのは、今の状況が変だと思われるにちがいないということなんだよ。話が終わったら、こちらに戻っていただくから。おやすみ」。弁護士は妻の手を握った。

イレーネは自分の低いベッドにのぼり、悲しそうな顔をして、枕と布団のあいだにしょんぼり立ったまま、言った。「おやすみ、モル。ぐっすり寝てね。でも、しつこく説得して、この人、帰らせないで。あたしはまだ用があるんだから」

「ああ、わかった」と答えて、モルはお客を連れだした。

ふたりは仕事部屋で腰を下ろした。弁護士はタバコに火をつけて、寒そうにして、ラクダの毛布を膝に掛け、書類の束をパラパラめくった。

「ぼくには関係のない問題ですが」と、ファビアンが切り出した。「奥さんにあんな勝手な真似をさせておくなんて、信じられませんね。奥さんの愛人を品定めするために、よくベッドから引っ張り出されるんですか？」

「非常によく、ですがね。元はと言えば私が、文書に書いた権利として、審査をするようになったのですよ。結婚一年後に、契約を結んだわけです。その第四条は、こうです。『契約者イレーネ・モルは、親密な関係を結びたいと思うどの人物も、彼女の配偶者であるフェーリクス・モル博士のもとに、前もって連れていくこととする。後者が当該人物に反対を表明した場合は、イレーネ・モル夫人はただちに計画の実行を断念する必要がある。本条に対するいかなる違反も、月々の手当を半額にすることによって罰せられる』。この契約はきわめて興味深いものです。全部読んでお聞かせしましょうか?」。モルは机の引き出しの鍵をポケットから取り出した。

「それには及びません!」と、ファビアンは断った。「ぼくが知りたいのはただ、どうしてそんな契約を結ぶことを考えつかれたのか、ということだけです」

「家内がね、じつにひどい夢を見たんです」

「え?」

「夢を見たんですよ。ものすごい夢を。はっきり言えるのですが、結婚してからの時間に比例して、家内の性的欲求が旺盛になり、そのため願望夢が生まれるようになった。その願望夢の内容がどんなものか、幸い、あなたはまだ想像することができません。私は手を引いた。すると家内の寝室が、中国人や、レスラーや、女のダンサーの植民地になってしまった。私には手の打ちようがなかった。そこで、家内と契約を結んだわけです」

「別の治療を考えたほうが、効果的で趣味もよかったとは思いませんか?」と、ファビアンは我慢できずにたずねた。

「では、たとえば?」。弁護士が居ずまいを正した。

「たとえば、毎晩二十五回、お尻をひっぱたくとか」

「やりましたよ。でも私には痛すぎて」

「よくわかります」

「いや!」と、弁護士が叫んだ。「あなたにわかるはずがない! イレーネは、じつにタフなやつでして」

モルはうなだれた。ファビアンは白いカーネーションを一輪、机の花瓶から抜いて、ボタン穴に挿して、立ち上がり、部屋のなかを回りながら、ゆがんでいる絵をまっすぐに直して歩いた。どうやらこののっぽの老人も、妻の膝に乗せてもらって尻をひっぱたかれるのを楽しみにしていたのだろう。

「帰ることにします」と、ファビアンは言った。「玄関のドアの鍵、ください!」

「本気なんですか?」と、モルは心配そうにたずねた。「でもイレーネが待ってるんですよ。帰らんでくださいい、お願いだから! あなたが帰っちゃった、ってわかると、あいつ、ものすごく怒るでしょうな! 私が追い返した、なんて思うでしょうな! どうぞ帰らんでください! あいつ、非常に楽しみにしておったんです。ささやかな楽しみをどうか恵んでやってください!」

夫は椅子から飛び上がって、客であるファビアンの上着をつかんだ。「どうか帰らんでください! 後悔するようなことにはなりませんから。また来てくださることになるでしょう。私たちとは仲良くしていただかなくては。イレーネの面倒は、いい人にお願いしたいわけでして。ひとつ私を安心させていただきたいもので」

「だったらぼくにも、月々の手当をきちんと保証してくれるんですか?」

「そういうことなら相談させていただいても構いませんが。資力に余裕がないわけではありませんからな」

「玄関の鍵、くださいよ。しかも今すぐ！　そんな役割、ぼくには向いてませんからね」

ドクター・モルはため息をついて、机のうえをひっかき回して、ファビアンに鍵の束を渡して、言った。

「本当に残念ですな。あなたは最初から感じがよかったのに。鍵は、二、三日もっていてください。どうか考え直していただきたい。いずれにしても、またお目にかかれるようなことがあれば、大歓迎です」

ファビアンは、うなるような声で「おやすみなさい」と言って、静かに廊下を通り、帽子とコートを取って、玄関のドアを開け、出てからそうっと閉め、急いで階段を下りた。通りに出ると、深く息を吸って、首をふった。ここを散歩して通り過ぎる人たちは、壁の向こう側でどんなに狂ったことが起きているのか、まったく知らないのだ！　メールヘンでは、壁や、カーテンの閉まった窓を透視できるが、そんな能力など、この壁の向こう側を見て平気でいられることとくらべれば、大したことではない。

「とても好奇心があったから」と、ブロンドの女には説明していたのだが、いまやファビアンは、その好奇心をモル夫妻で満たすかわりに、あっという間に逃げ出した。三十マルクも使ってしまった。二マルクしかポケットに残っていない。夕食を食べて、すっからかんになった。ひとりで口笛を吹きながら、薄暗くて見知らぬ並木道をうろうろしているうちに、うっかりヘール通り駅の前に出た。市電に乗ってツォー駅まで行き、そこで地下鉄に乗って、ヴィッテンベルク広場で乗り換え、シュピヘルン通りで地下鉄を降りて、ふたたび地上に出た。

行きつけのカフェに入った。いいえ、ドクター・ラブーデはもういらっしゃいませんよ。十一時まで待ってらっしゃいましたが。そう言われてファビアンは、腰を下ろし、コーヒーを注文して、タバコを吸った。

店の主人は、コヴァルスキーとかいう名前だが、お変わりございませんか、と声をかけてきた。それはそうと、今晩はですね、とてもおかしなことがあったんですよ。コヴァルスキーが笑うと、義歯がキラキラ光った。最初に気づいたのは、ウエーターのニーテンフューアだったのですが。「あそこの円いテーブルに若いカップルがすわっていました。ふたりはさかんにおしゃべりしていました。女のほうが男の手をずうっとなでていたんです。女が笑い、男のタバコの火をつけてやり、めったに見かけないくらいベタベタして」

「おかしくなんかないじゃないか」

「お待ちください、ファビアンさん。もうすこしお待ちください！　女のほうは——きれいだ、とまあ、認めるほかないんですが——そうやってベタベタしながらですよ、同時に、隣のテーブルの男性に色目を使っていたんです。それもなかなかのやり方で！　ニーテンフューアがそれとなく私をそばまで連れていってくれたんですがね。信じられないような光景でした。隣の男がとうとう女にメモをこっそり手渡した。女はそれを読んで、うなずき、今度は自分で何かを書きつけ、それを隣のテーブルに投げ返した。そうやっているあいだも女は、最初のボーイフレンドにしきりに話しかけ、ボーイフレンドも話を喜んでいたのです。——これまで私も、じつに達者な女はいろいろ見てきましたが、こんなに器用な二股女は初めてでした」

「どうして男のほうは黙ってたのかな？」

「もうちょっとお待ちください、ファビアンさん。山場は、すぐそこなんです！　つまり私たちだってもちろん、どうして男が我慢しているのか、不思議だったのです。男は満足そうに女の横にすわり、お人好しのようにニコニコし、腕で女の肩を抱いていたのに、そのあいだに女は隣のテーブルの男にうなずいている。隣の男はうなずき返して、合図をしている。私たちはあきれて物が言えなかった。それから、女が会計をすると言うので、ニーテンフューアが呼ばれて、そちらに行ったわけです」。コヴァルスキーは、大きな頭を高くそらせて、上を向いて笑った。

「で、どういうことなんだい、それって？」

「女がいっしょにすわっていた男の人は、目が不自由だったんですよ！」

主人はお辞儀をして、大きな声で笑いながら、戻っていった。ファビアンは驚いてその後ろ姿を見送った。人類の進歩は誤解の余地がなかった。

入口のドアのところが騒々しくなっていた。ニーテンフューアと手伝いのウエーターが、ボロボロの服を着た男を押し出そうとしていた。「さ、すぐに消えてくださいな。朝から晩まで乞食ばっかり。吐き気がする」と、ニーテンフューアが舌打ちしながら言った。そして手伝いのウエーターが、青ざめた顔をしてひと言もしゃべらないその男を、あちこち引きずり回していた。

ファビアンは椅子から飛び上がり、その騒ぎのところへ駆けつけ、ウエーターたちに大声で言った。「すぐにその人を放すんだ！」。ふたりのウエーターは、嫌々ながら従った。

「ああ、あなたでしたか」と言って、ファビアンは乞食に手を差し出した。「嫌な思いをさせて、本当に申し訳ありません。お許しください。どうぞ私のテーブルへ」。どういう風の吹き回しになったのか、わからないその男をファビアンは、コーナーにある自分のテーブルへ案内して、席につくように言ってから、たずねた。「なにを食べますか？　ビールを一杯、いかがですか？」

「どうもご親切に」と、乞食が言った。「でも、迷惑をおかけすることになりますよ」

「はい、これがメニュー。どうぞ自分で選んでください」

「そんなわけには行きません！　私なんかテーブルから引き離され、追い出されちゃう」

「そんなことありませんよ！　しっかりしてください！　上着につぎが当たってるからって、お腹がへってグーグー鳴ってるからって、そんなことだけで、胸を張ってすわろうとしないんですか？　だとしたら、あなた自身にも責任がありますよ。どこに行っても入れてもらえないでしょう」

「二年間も失業していると、別な具合に考えるんですよ」と、男が言った。「エンゲルウーファーの安宿で寝泊まりしています。十マルクは、生活保護でもらってます。私の胃、病気なんです。キャビアの食べ過ぎで」

「ご職業は？」

「記憶に間違いがなければ、銀行員です。刑務所に入っていたこともあります。まあ、いろいろやるものですよ。唯一まだ経験していないことは、自殺ですね。しかしこれは、いつでもできますが」。男は椅子の縁に腰をかけ、ふるえながら両手でチョッキの襟ぐりの前を押さえていた。汚れたシャツを隠すためだ。なにを言えばいいのか、ファビアンにはわからなかった。頭のなかで、たくさんの文章を試してみた。どれもふさわしくない。立ち上がって、こう言った。「ちょっと待ってください。ウエーターは呼ばれないと、来ないのか」。ファビアンはビュッフェまで行って、ボーイ長に文句を言い、腕をつかんで引きずってきた。

乞食はいなくなっていた。

「会計は、明日！」と叫んで、ファビアンはカフェを飛び出し、あたりを見回した。男の姿は消えていた。

「誰を探してるんだい？」と声をかけられた。ミュンツァーだった。新聞社のミュンツァーだ。コートのボタンをかけて、タバコに火をつけて、言った。「まったく馬鹿ばかしい。俺はきれいに勝ってたはずなんだ。シュマールナウアーのやつ、馬鹿みたいな勝負をやってたからな。だが俺はこれから夜勤だ。ドイツ国民は、自分たちが寝ているあいだに、屋根裏の火事が何件あったか、明日の朝には知りたがるからな」

「でも君は政治部じゃなかったのかい」と、ファビアンがたずねた。

「屋根裏の火事はどの領域にもある」と、ミュンツァーが言った。「しかも夜にだ。構造のせいにちがいない。どうだ、いっしょに来ないか。俺たちのサーカスを見物しろよ」

ミュンツァーは小さな自家用のクルマに乗った。ファビアンはその横にすわった。「ところで、いつからクルマをもってるんだい？」と、ファビアンがたずねた。

「経済部のやつから買い取ったんだ。このクルマ、あまりにも金食い虫だったからな」と、ミュンツァーが説明した。「やつはさ、おれが、やつの自慢だったクルマに乗り込むのを見るたびに、本気になって怒るんだ。なかなか楽しい見物だぞ。ところでこのクルマに君は、自分の責任で乗ってるんだからな。君が首の骨を折ったら、治療費《さい》を払うのは君だぞ」

そしてふたりの乗ったクルマは発進した。

第3章

カルカッタで死者十四名
間違ったことをすることが正しいのである
カタツムリは輪になって這う

廊下は空っぽだった。経済部の編集室には明かりがついていたが、部屋には誰もおらず、ドアが開いたままだった。「残念、マルミーのやつ、もう帰っちゃったか」と、ミュンツァーが不機嫌そうに言った。「帰ってなきゃ、自分のだったクルマに再会できたのにさ。ちょっと待ってて。世界史になにが起きてるのか、聞いてみるか」。ミュンツァーがドアをさっと開けると、タイプライターを打つ音がこちらにまで響いてきた。部屋の壁に沿って一列に並んでいる電話キャビネットからは、速記タイピストたちの声が、遠くで話しているように聞こえた。

「なにか重大ニュースは?」と、ミュンツァーは騒々しい音にむかって叫んだ。「首相の演説が」と、ひとりの女が答えた。「そうか」と、政治部デスクのミュンツァーが言った。「そのくだらない長話のおかげで、1面全部が討ち死にだな。演説の本文、全部そろってるのかい?」

「2号室で三分の二は押さえてます！」

「すぐにタイプして、俺のところに持ってきて！」と命令して、ミュンツァーはドアを閉め、ファビアンを政治部の編集室へ案内した。ふたりがコートを脱いでいるあいだに、ミュンツァーは机のうえを指さした。「ほら、このクリスマスプレゼント、見てくれよ！　まるで紙の地震だ！」。新しく届いたニュースの山を引っかき回し、ニュースをいくつか、裁断師のようにハサミで切り取って、脇にのけた。残りのニュースは紙くずかごに投げ込んだ。「それっ、くずかご行き」と言いながら。それからベルを鳴らして、制服姿の小使いにモーゼル・ワイン一本とグラス二つを頼んで、お金を渡した。小使いはドアのところで、興奮して入ってこようとした若い男と衝突した。

「さっき社長から電話がありまして」と、若い男は息を切らしながら説明した。「社説で五行カットするように言われました。新しいニュースが入って、五行が要らなくなったんですよ。いま植字室に行って、五行カットしてもらってきたところです」

「なかなか優秀だね、君は」と、ミュンツァーが断定した。「紹介しておこう。こちら、ドクター・イルガング。前途有望な青年だ。イルガングっていうのはペンネームでね。で、こちらがファビアン君」。ふたりはおたがいに手を差し出した。

「しかしですね」と、イルガングが困った顔をして言った。「この欄には五行の空きがあるんです」

「こんな非常の場合、どうしたものかね？」と、ミュンツァーがたずねた。

「この欄を埋めるんです」と、見習いのイルガングがきっぱり言った。

ミュンツァーがうなずいた。「校正刷りには、なにもないのかね？」。校正刷りをかき回した。「売り切れだ」と断定した。「つらい不毛の時代だな」。それから、さっき脇にのけたばかりのニュースを調べたが、首をふった。

「もしかしたらこれから、使えそうなのが入ってくるかもしれませんよね」と、若いイルガングが言った。

「君はさ、苦行僧にでもなっておけばよかったな」と、ミュンツァーが言った。「あるいは未決囚とか、暇でしょうがない人間とかに。短い記事が必要で、それがないときには、でっちあげる。いいか、よく見ておけ！」。腰を下ろし、無造作にさっさと二、三行を書いて、その紙を若い男に渡した。

「さあ、これでいい。欄が埋まった。これで足りなかったら、行間の余白を四分の一空けるんだ」

イルガングは、ミュンツァーが書いたものを読んで、そっと小声で言った。「驚いたなあ」。そして突然、気分が悪くなったように、寝椅子のうえに山のように積まれた外国の新聞のなかに、ガサガサと音を立ててすわりこんだ。

ファビアンは、イルガングの手のなかで震えている紙にかがみこみ、その原稿を読んだ。「カルカッタ〔現・ベンガル語のコルカタ〕ではイスラム教徒とヒンズー教徒のあいだで市街戦が起きた。警察が事態をただちに鎮圧したにもかかわらず、十四名の死者と二十二名の負傷者が出た。秩序は完全に回復されている」。年寄りの男がスリッパを引きずりながら部屋に入ってきて、数枚のタイプ原稿をミュンツァーの前に置いた。「首相の演説のつづきです」とつぶやいた。「最後の部分は、あと十分で仕上がります」。そう言って、スリッパを引きずりながら出ていった。今のところ演説はタイプ原稿で六枚だった。それを帯状に貼り合わせると、中世の格言集のように見えた。ミュンツァーは原稿の整理をはじめた。「急ぐんだ、イェニー！」と言って、横目でイルガングを見た。

「でもカルカッタじゃ、騒動なんてなかったじゃないですか」と、イルガングが抵抗した。そしてうなだれて、呆然としながら「死者が十四名か」と言った。

「騒動が起きなかっただと？」と、ミュンツァーはムカッとしてたずねた。「じゃ、それを証明してもらおうじゃないか。カルカッタではいつも騒動が起きている。もしかしてわれわれは、太平洋にウミヘビがまた出現、と報道すべきなのかね？　よく覚えておきたまえ。真実でないことが確定できないニュース、あるいは、真実でないことが数週間後にはじめて確定されるニュースは、真実なんだ。さあ、さっさと帰るんだ。ぐずぐずしてると、君のこと、型紙にして、市内版の付録にしちまうぞ」。若い男は帰っていった。

「あんなやつが、ジャーナリストになりたがるんだからな」と、ミュンツァーはうめくように言って、ため息をつきながら鉛筆で首相の演説にあちこち手を入れた。「時事ニュースの民間学者あたりが、あの若者に向いてるんだろうが。残念ながら、そういうのはない」

「君は、気楽に十四人のインド人を殺し、また二十二人のインド人をカルカッタの市民病院に入院させるわけ？」と、ファビアンがたずねた。

ミュンツァーは首相の演説の原稿の編集をしていた。「どうしろって言うんだ？」と言った。「ところでさ、どうしてインド人に同情するんだ？　みんな生きてるじゃないか。三十六人全員が。ピンピンしてる。いいか、俺の言うことを信じてくれ。われわれが詩のように書き加えるニュースは、われわれが削除するニュースと比べれば、そんなに悪いものじゃない」。そう言いながら、首相の演説の原稿の半ページを鉛筆で消した。「世論に影響をあたえるのは、論説なんかよりニュースのほうが効果的だ。だがな、一番効果的なのは、ニュースも論説も書かないことさ。一番気楽な世論はあいかわらず、意見をもたない世論だから」

「じゃ、新聞を出すのをやめればいい」と、ファビアンが言った。

「じゃ、どうやって俺たち、食べていくんだ?」と、ミュンツァーはたずねた。「それにさ、新聞やめたら、なにをすりゃいいのさ?」

そのとき制服姿の小使いが、ワインとグラスをもって帰ってきた。ミュンツァーがワインを注いで、グラスをかかげた。「十四人のインド人に乾杯!」と叫んで、飲んだ。それからまた首相の演説に取りかかった。「こんな馬鹿げたことを、われらが国家元首様がまたもや演説にくっつけてるぞ!」と断定した。『水にこそ、ドイツの不滅の未来がかかっている』なんて、まるで学校の作文の課題じゃないか。ギムナジウムの六年だと、成績は3かな」。ふり返って、ファビアンにたずねた。「でさぁ、冗談みたいなこの論説に、どんな見出しをつけるかな」

「そんなことよりぼくが知りたいのは、どんなコメントを君が書くのか、ってことだよ」と、ファビアンは怒って言った。

ミュンツァーのほうは、ワインをまた飲んで、ゆっくり口のなかで転がしてから、飲み込んで、答えた。「なんにも書かないさ。ひと言もな。われわれはさ、政府を裏切らないように、と指示されてるんだ。政府を攻撃するようなことを書けば、われわれが傷つく。われわれが黙っていれば、政府が得をする」

「じゃ、提案してやるよ」と、ファビアンが言った。「御用記事を書けばいいじゃないか」

「嫌だね」と、ミュンツァーが叫んだ。「俺たちだって、行儀はいいんだぜ。やあ、マルミー」

ドアの敷居のところに立っていたのは、すらっとしたエレガントな紳士で、部屋の中にむかってうなずいている。

「その男の言うこと、悪く取っちゃダメですよ」と、経済部のデスクがファビアンに言った。「二十年前からジャーナリストでね、自分のついてる嘘を、もう自分でも信じてるんだから。この男の良心のうえには柔らかい布団が十枚もかぶさっていて、その十枚のうえでミュンツァー氏はですね、不正者の眠りをむさぼっているわけ」

年寄りの小使いがまたタイプ原稿をもってきた。ミュンツァーは糊をつかんで、首相の格言集を完成させて、原稿の整理をつづけた。

「同僚の怠慢を非難しているわけですね」と、ファビアンはマルミー氏にたずねた。「ところでご自身はどうなんです？」

経済部のデスクはほほ笑んだ。もちろん口もとだけで。「私だって嘘ついてますよ」と答えた。「でも、わかってるんです。世の中の組織が間違ってるってことが。われわれ経済界では、目の不自由な人だって、それが見えている。でも私はこの間違った組織に献身的に奉仕しているんです。というのも、間違った組織のために私はね、自分のささやかな才能を捧げてるわけだけれど、間違った組織の枠のなかじゃ、間違った措置がもちろん正しくて、正しい措置が明らかに間違っている。私は断固として首尾一貫を大事にする人間だし、おまけに」

「シニカルなんだろ」と、ミュンツァーが顔を上げずに口をはさんだ。

マルミーは肩をすくめた。「私はね、臆病なんだ、と言うつもりだった。こっちの方がぴったりする。私の品格は私の悟性に、かないっこないんでね。私は心底それを残念に思うけれど、私にはもうどうしようもない」

若いドクター・イルガングが入ってきて、配信された記事を手にもちながら、どのニュースを捨てて、そのかわりどのニュースを市内版に入れましょうか、とミュンツァーに相談した。実際、屋根裏部屋の火事が二件あった。ほかにジュネーブの会議にかんしては、ポーランドでのドイツ側の劣勢が曖昧な言葉で伝えられていた。エルベ川東岸の大地主に対して農業大臣が関税引き上げを視野に入れていた。市の調達課の幹部に対する取り調べが重大な方向転換をしていた。

「で、首相の演説の見出し、どうするかな?」と、ミュンツァーがたずねた。「さあ、みんな、考えてくれ。いい見出しには十ペニヒ出すぞ。こいつは活字にしなきゃ。紙型が遅れると、また工場長と喧嘩になるからな」

若手のイルガングはさんざん頭をひねっていたので、額に汗をかいていた。「『首相、国民に信頼を求める』は、どうでしょうか」と言った。

「平凡だな」と、ミュンツァーが切り捨てた。「水飲み用のグラスでだね、まずワインでもひと口、飲んだらどうだ」。若手は、命令されたかのように、忠告に従った。

「ドイツあるいは怠惰なハート」と、マルミーが言った。

「ナンセンスなこと言うなよ!」と、政治部デスクが叫んだ。それから原稿のうえに大きな字で一行書いて、断言した。「十ペニヒ硬貨は俺のものだな」

「なんて書いたの?」と、ファビアンがたずねた。

ミュンツァーはベルのボタンを押して、もったいぶって言った。「楽観論こそ義務なり! と首相語る」。

小使いが原稿を取りに来た。経済部デスクはポケットに手をつっこんで、なにも言わずに机のうえに十ペニヒ硬貨を置いた。

同僚のミュンツァーが驚いて顔を上げた。

「これでもって私は行動を開始するぞ。ただちに必要になったから」と、マルミーが宣言した。

「なんの行動なんだ、それは？」

「君の払った授業料を、学校から返還してもらうのさ」と、マルミーが言った。政治部見習いのイルガングが、くすっと笑った。そして電話のところに突進した。ベルが鳴っていた。「定期購読者からの質問なんですよ」。しばらくしてからそう報告すると、送話器を手でおおった。「みなさん、行きつけのカフェにいて、賭けたんですって。入口のドアは、ドイツ語でTürというのか、Türeというのか」。ミュンツァーがイルガングから受話器を取ると、「ちょっとお待ちください」と言った。「すぐにお教えしますから」。そしてイルガングに目配せして、ささやいた。「文芸部に聞いてこい」

見習いが駆け出し、戻ってきて、肩をすくめた。

「ただいま確認しました。Türじゃないとダメだそうです。どういたしまして。ありがとうございました」。ミュンツァーは受話器を掛けると、首をふって、マルミーの十ペニヒ硬貨をポケットに突っこんだ。

それからみんなで、新聞社の建物の近くにある小さなワイン酒場へ行って飲んだ。ミュンツァーは、仕事が終わって帰宅する植字工に、刷り上がった明日の新聞を届けてもらい、ちゃんと仕上がっているか、チェックしていた。誤植が二、三個あるのに腹を立てたが、1面の見出しには満足だった。そこへ演劇評論家のシュトロームがやって来た。

みんなで盛んに飲んだ。若手のイルガングは、もうほとんど出来上がっていた。批評家のシュトロームは、何人かの有名な演出家のことを、ショーウィンドーのディスプレイ・デザイナーになぞらえた。現代の演劇は、資本主義の没落の前兆のように思える、と言った。誰かが、劇作家なんていませんよね、と口をはさむと、シュトロームは、いや、何人かいますよ、と主張した。

「完全にしらふ、ってわけじゃ、もう、ないでしょ」と、もつれた舌でミュンツァーが言った。シュトロームは理由もないのにハハハと笑った。

ファビアンはそうこうするうち、頼んでもいないのに、マルミーに短期国債の説明を聞かされていた。「まず第一に、ドイツとドイツ経済はどんどん外国資本のものになるわけです」と、経済部デスクが主張した。「第二に、どこかにひびが入るだけで、屋台全体が崩壊するんですよ。お金が大量に引き出されれば、われわれはみんな沈没する。銀行も、市も、コンツェルンも、国もね」

「でも新聞には、そんなことひと言も書いてらっしゃらないですよね」と、イルガングが言った。

「私はね、この間違ったことを徹底させるよう、手助けしてるんだ。どんなものでも、巨大になると、すばらしいと思われる。愚かさだって、そうでしょうが」。マルミーは、若造をじろじろ見た。「さ、急いで帰ったらどうかな。君んちにも小さな嵐が接近中だぞ」。イルガングは顔をテーブルに伏せた。「スポーツを担当すればいい」と、マルミーは忠告した。「運動部なら、君の繊細な心情にだね、多大な要求はしないから」。見習いは立ち上がり、よろけながら店内を出て、裏口に向かい、姿を消した。

ミュンツァーはソファにすわっていたのだが、突然泣き出した。「俺はブタだ」とつぶやいた。

「この雰囲気、きわめてロシア的ですよね」と、シュトロームが断言した。

「アルコールに、自虐に、大の男の涙」。シュトロームは心を打たれ、政治部の男のハゲ頭をなでた。

「俺はブタだ」と、ミュンツァーはつぶやいた。泣きながら、つぶやきつづけた。

マルミーはファビアンにむかってほほ笑んだ。「国は、利潤をもたらさない大所有を援助している。国は、重工業を援助している。重工業は製品を、損の出るような価格で外国に供給しているくせに、国内では、国際マーケットの水準以上の価格で売っている。原材料が高すぎる。メーカーが賃金を抑制している。国は、金持ちに課税する勇気はないけれど、租税によって大衆の購買力の減少を加速させている。そうでなくとも何十億という資本が国外に逃げていく。これが、徹底的でないとでも？　この狂気が方法でないとでも？

どんな美食家だって、よだれを垂らしますよ！」

「俺はブタだ」とつぶやいて、ミュンツァーは下唇をつきだして涙を受けとめた。

「それは、うぬぼれというものですな」と、経済部デスクが言った。泣きつづけながらミュンツァーは、気分を害されて、顔をゆがめた。しっかり侮辱されたのだ。たとえ酔っぱらっているあいだだけにせよ、自分でブタだと思っているのに、ブタであることを邪魔されたのだから。

マルミーは状況の解明を楽しそうにつづけた。「技術は生産を倍増させる。技術は労働者層を激減させる。大衆の購買力は奔馬性結核。アメリカでは穀物やコーヒーが焼き捨てられている。値下がりを防ぐためです。フランスではブドウの収穫過剰で、ブドウの栽培農家が嘆いている。想像してごらんなさい！　人間が絶望しているのは、土地が豊饒すぎるからです。穀物が過剰なのに、他方では食べるものがない！　こんな世の中に雷が落ちないなら、歴史の日和なんてまったく当てにならないわけだ」。マルミーは立ち上がり、ちょっとよろけて、グラスにぶつかった。

「諸君」と叫んだ。「これから演説をするぞ。反対するやつは、立て」

ミュンツァーが苦労して腰を上げた。

「ちゃんと立つんだ」と、マルミーが叫んだ。「この店から出ていけ」

ミュンツァーは腰を下ろし、シュトロームが笑った。

こうしてマルミーが演説をはじめた。「われらの地球が今日かかっている病気に、個人が襲われたなら、あっさり、ああ、麻痺ですね、と言われます。みなさんご承知のように、きわめて不都合なこの状態、およびそれに付随する症状には、治療法がひとつしかありません。生きるか死ぬかの治療法です。われわれの地球の場合は、どうでしょうか？　カモミールティーを処方するのです。ご存じのようにこの飲み物は、飲みやすいだけで、なんの効果もありません。しかし苦痛ではない。というわけで、じっと待って、カモミールティーでも飲んでみよう、と考える。こうして世の中の脳軟化が進行するわけですが、それもなかなか楽しいことです」

「吐き気がするような医学的な比喩は、やめてもらいたい！」と、シュトロームが叫んだ。「私はね、胃が丈夫じゃないんで」

「医学的な比喩はやめましょう」と、マルミーが言った。「われわれはね、同時代人の数人が卑劣だからといって、破滅したりしないでしょう。また、そんな連中の数人が、地球を管理している連中の数人と同一人物だからといって、われわれは破滅したりしないでしょう。われわれは、関係者全員の心が怠惰なため、破滅するのです。われわれは、変化を望むけれど、自分自身の変化は望まない。『なんのために他のやつがいるんだ?』と誰もが考えて、自分はロッキングチェアにすわって、ゆったりからだを揺らしている。そのあいだにお金は、たくさんある場所から、ほとんどない場所へ移動させられる。お金の移動と利子の支払いは終わることがなく、改革は始まることがない」

「俺はブタだ」とつぶやいて、ミュンツァーはグラスをかかげ、口の前にもっていったが、飲まず、そのままずわっていた。

「血液の循環がおかしいんだ」と、マルミーが叫んだ。「それなのにわれわれは、炎症が起きている地表のどの場所にも、絆創膏を貼るだけで満足している。そんなことで敗血症を治すことができるのだろうか?できない。患者は、ある日、からだ一面に絆創膏を貼られたまま、くたばってしまう」

演劇評論家は、額から汗をぬぐった。そして、演説しているマルミーを見つめて、頼むような顔をした。

「医学的な比喩はやめてもらいたい、でしたね」と、マルミーが言った。「われわれは、われわれのハートが怠惰なため、破滅するのです。経済人として私はこう断言しておきます。まず精神を革新しないままですね、現在の危機を経済の問題として解決するなんて、いんちきな治療なんです!」

「精神こそが、からだを形作っているのだ」と主張して、ミュンツァーがグラスを逆さにした。それからむせび泣いた。すっかり惨めな気持ちになって、おいおい泣いた。だからマルミーは、同僚のむせび泣きに負けないよう、もっと大きな声で話すしかなかった。「みなさんは、大きな大衆運動が一つあるじゃないか、と反論するでしょうね。その連中の方針は、右翼であっても、左翼であっても、患者の首をはねることによってですよ、敗血症を治そうというものです。そうすれば、たしかに敗血症は存在をやめるでしょう。しかし、患者のほうも存在をやめるでしょう。つまり、それは、行き過ぎた療法なんですよ」

シュトローム氏はついに病気の比喩に我慢できなくなって、逃げ出した。隅のテーブルにすわっていたデブの男が苦労して立ち上がって、演説をしているマルミーに顔を向けようとしたが、首が太すぎたので回らず、そっぽを向いたまま、「医者にでもなってりゃよかったじゃないか」と言った。そしてドスンと腰を下ろした。椅子にすわると突然、ムカムカしてきたので、わめいた。「金がいるんだよ。金が。やっぱり金が！」

ミュンツァーがうなずいて、つぶやいた。「オーストリアの軍人、モンテクッコリもブタだった」。それから泣いて、また泣きつづけた。

隅のテーブルのデブは、まだ腹の虫が治まらなかった。「笑わせるなよ」とうなった。「精神の革新だと、ハートの怠惰だと、ふん、笑わせるな。金、寄こせ。そうすりゃ、俺たち元気になる。もしもそうなりゃ、お笑い草だがな！」

デブの向かい側にすわっていて、デブとそっくり同じくらいデブの女が、たずねた。「でもそのお金、いったいどこからもらうの、アルトゥール？」

「誰がお前に聞いた？」と叫んで、デブはまたプリプリしている。それからようやく落ち着いた。通りかかったウエーターの上着のすそをつかんで、言った。「豚肉のゼリー寄せ《アスピック》をもう一皿。ビネガーと油も」

マルミーはデブのほうを指さして、言った。「どうだ、私の言った通りだろ？　あんな馬鹿のためにわが身を犠牲にしろとでも？　考えられない。私は嘘をつきつづける。間違ったことをすることが正しいのさ」

ミュンツァーはすっかりくつろいで、ソファのうえで横になって、もういびきをかいていたが、まだ眠ってはいなかった。「君のクルマ、俺が買ったんだからな」と、ムニャムニャ言って、瞳をマルミーのほうに向けた。

そのすぐ後、シュトロームとイルガングが戻ってきた。ふたりで腕を組んで歩いてきたのだが、ふたりとも黄疸にでもかかっているようだ。「アルコール、ダメなんですよ」と、イルガングが弁解した。ふたりとも腰を下ろした。「戦争の産物だ」と、シュトロームが言った。「情けない世代だ」。この演劇評論家は、きわめて当たり前で、誰も反論できないようなことを言うことがあったのだが、なんとこの男自身が主張するとたちまち、そのことが信じられないように思え、反論したくなってしまうのだ。もしもこの男が、月並みの情熱をこめて、2かける2は4である、と説明していたら、ファビアンは突然、その計算の正しさを疑っていただろう。ファビアンはこの男から目を離し、マルミーを観察した。この男は椅子にすわって固まって、どこか別のところを見ていたのだが、自分が観察されているのに気づくと、からだを動かし、ファビアンの顔を見て、言った。「もっとしゃんとしてなきゃ、ダメですね。火酒《シュナップス》を飲むと、口元に締まりがなくなって」

ミュンツァーは堂々といびきをかいていた。眠っていた。ファビアンは立ち上がって、記者たちと握手した。最後に握手をしたのは、経済部のデスクだった。

「しかしね、君のほうが正しいかも」と言って、マルミーは悲しそうにほほ笑んだ。

「ちょっと酔っぱらったかな」とファビアンは、店を出たとき、夜にむかって言った。酔い始めの段階が好きだった。この段階では、ぼくは地球が回ってるって感じてるぞ、と信じさせてくれるからだ。どの木も、どの家も、あるべき場所にまだ立っているし、どの街灯も、まだ双子《ふたご》にならずに姿をあらわすのだが、地球は回っている。このことをようやく感じることができるのだ！　けれども今日のファビアンには、このことも気に入らなかった。彼は自分のほろ酔いと並んで歩きながら、知らない者同士のようなふりをしていた。いま回っているにせよ、回っていないにせよ、地球というやつは、なんとおかしな球体なんだろう！　ふと、ドーミエの「進歩」という版画を思い出した。ドーミエは、一列に並んで這っているカタツムリを描いたのだが、それは人類発達のテンポだった。しかしカタツムリたちは輪になって這っていた！

そしてそれが最悪のことなのだ。

第4章

ケルンの大聖堂のように大きなタバコ
ホールフェルト夫人は好奇心が強い
間借り人がデカルトを読む

次の日の朝、ファビアンは疲れたからだで事務所に出社した。おまけに二日酔いだった。同僚のフィッシャーは仕事始めに、まず朝食を食べた。「いったいどうやって、いつも腹をすかせてるんだい？」と、ファビアンがたずねた。「ぼくより給料、安いだろ。結婚もしてる。貯金もしてる。そのくせそんなに食べるから、こっちまで満腹になる」

フィッシャーは食べているものを呑みこんだ。「家系なんですよ」と説明した。「フィッシャー家はね、大食いで有名なんです」

「じゃ、フィッシャー家には記念碑を建てなくちゃね」と、ファビアンは感心して言った。

フィッシャーは椅子のうえでモジモジしていた。「忘れないうちに言っときますが、クンツェが新聞広告のシリーズで、絵のほう描いちゃったんで、ぼくらが二行、語呂のいいコピー書くように、って。これ、お願いして大丈夫ですよね」

「信頼してもらって光栄だけど」と、ファビアンが言った。「ぼくはまだ、フォトモンタージュのポスターにね、キャッチコピーをつける仕事があるんだ。だからそのあいだにコピーのほう、しっかり頼むよ。だって、語呂合わせでもしなきゃ、君にとっても、君の家族にとっても、朝食が役に立たないからさ」。ファビアンは窓越しに、タバコ工場のほうを見て、あくびをした。空は、競輪場のアスファルトのように灰色だった。フィッシャーは部屋のなかを行ったり来たりして、額にひどく不機嫌そうなしわを寄せ、語呂の合う言葉を探していた。

ファビアンは、ポスターを広げ、画鋲で壁に貼りつけ、部屋で一番離れた隅に立って、ポスターをじっと見つめた。ポスターの一面をおおっているのは、ケルンの大聖堂の写真と、その隣にポスター製作者が建立した、大きさでは大聖堂に引けを取らないタバコだった。「並ぶもののない……、こんなに大きな……、塔のようにそびえる……、誰にも届かない……」。ファビアンは、なすべき仕事をしていた。なんのためなのかは、わからなかったけれど。

フィッシャーはコピーが書けず、イライラしていた。おしゃべりを始めた。「ベルトゥフの話じゃ、近いうちにまた首切りがあるらしいですね」

「そう、あるかもしれないな」と、ファビアンは言った。

「どうするんですか？」と相手がたずねた。「ここ追い出されたら」

「あのさ、ぼくが子どものとき堅信礼を受けてからずうっと、安タバコのためにまともな宣伝をしてきた、なんて思ってないだろうね？　ここをお払い箱になったら、新しい仕事を探すさ。ま、よくも悪くもない仕事に未練はないからね」

「これまでどんなことやってたのか、聞かせてくださいよ」と、フィッシャーが頼んだ。

「インフレの時代は、株式会社で株券の管理をやってた。毎日二回、株券の実質価値を計算して、会社の資本がどれくらいなのか、公表するのが仕事だった」

「それから？」

「それからそれなりの額で八百屋の店を買った」

「なんでまた八百屋の店を？」

「腹がへってたからさ！　ショーウィンドーには『ドクター・ファビアンの高級食品店』と書いてね。毎朝、まだ暗いうちから、手押し車をガタガタ鳴らして、屋内市場《マルクトハレ》へ行ったものだ」

フィッシャーが立ち上がった。「えっ？　ドクターなんですか？」

「見本市の事務局に封筒の宛名書きとして雇われてたんだけど、その年にドクターの試験を受けたんだ」

「ドクター論文のタイトルは？」

「『ハインリヒ・クライストは吃音だったか？』だよ。最初はさ、文体研究を手がかりにして、ハンス・ザックスが扁平足だったことを証明しようと思ったんだけど。下準備に時間がかかりすぎた。この話は、これでいいだろ。それより二行のコピーを考えろよ！」。ファビアンは黙って、ポスターの前を行ったり来たりした。フィッシャーはまだ聞きたくて、横目でファビアンのほうを見ていた。けれどもまた話しかける勇気はなかった。ため息をついて、椅子にすわったままクルリと回転して、メモした言葉をにらんだ。Brauchen［必要とする］とRauchen［タバコを吸う］で語呂を合わせることに決めて、目の前にあるタイプ用紙のしわをのばし、インスピレーションを信じて目を閉じた。

だがそのとき電話のベルが鳴った。フィッシャーは受話器をとって、言った。「ええ、いらっしゃいます。ちょっとお待ちください。ドクター・ファビアンにすぐ代わります」。そしてファビアンに言った。「お友だちのラブーデさんです」。

「いつからタバコ業界で、ドクターって呼ばれるようになったんだい?」と、友だちがたずねた。

ファビアンが受話器を取った。「やあ、ラブーデ、どうした?」

「うっかり漏らしちゃったんだ」

「ふふ、いい気味だ。今日、うちに来れる?」

「行くよ」

「2号室だ。じゃ、また」

「じゃ、また、ラブーデ」。ファビアンは受話器を掛けた。フィッシャーがファビアンの袖をつかんだ。

「ラブーデさんって、お友だちなんでしょ。どうして姓じゃなく、ファーストネームで呼ばないんですか?」

「ないんだよ」と、ファビアンが言った。「親がさ、つけるの、忘れちゃったんだよ」

「じゃ、ファーストネーム、まったくないんですか?」

「うん。考えてもみてほしい! 何年も前から、あいつはね、手に入れようとしてるんだが。警察が許可しないので」

「あれ、かつがれたのか」と、フィッシャーは傷ついて叫んだ。

ファビアンは、うなずきながらフィッシャーの肩をたたいた。「おっ、気がついたか」。そう言ってから、ふたたびケルンの大聖堂に没頭し、キャッチコピーを二、三個書いて、部長のブライトコップのところへ持っていった。

「ファビアン君、ちょっとした懸賞募集でさ、気のきいたやつ考えてもらえないかな」と、部長が言った。「君のつくった小売店向けのパンフレット、とてもよかったから」

ファビアンは軽くお辞儀した。

「新しいのが必要なんだ」と、部長がつづけた。「懸賞とか、ま、そういったやつ。でもコストはゼロに抑えたいんだよね。監査役につい最近、言われたんだ。広告の予算は、できれば半分に減らす必要があるんだよ、って。それが君にとってどういう意味なのか、想像できるよね。いいかね？　じゃ、若き同志よ、仕事にかかれ！　新しいのをすぐにだ。くり返しておくが、可能なかぎり低予算で。よろしく」

ファビアンは帰った。

部屋――月八十マルクで、朝のコーヒー付き、電気代は別――に午後遅く戻ると、母親からの手紙がテーブルに置いてあった。風呂に入ることができなかった。お湯が冷たかった。からだを洗うだけにして、下着を取り替え、グレーの上下を着て、母親の手紙をもって、窓のところに腰を下ろした。通りの騒音が土砂降りの雨のように窓ガラスをたたいていた。四階では誰かがピアノの練習をしている。隣では、偉そうにしている年寄りの会計検査顧問が女房を怒鳴りつけている。ファビアンは封筒を開けて、読んだ。

「坊やへ

まず最初に、安心してもらいましょう。お医者さんにこう言われたの。そんなに悪くないですな。たぶんリンパ腺でしょう。年寄りにはよくあることです。というわけだから、心配しないで。最初は、わたしもずいぶん心配したわ。でもこれからはきっと回復するでしょう、年寄りのレーマンさんは。昨日、ちょっとパレ゠ガルテンに行きました。白鳥に子どもが生まれていた。公園のカフェでコーヒーを飲んだら、一杯七十ペニヒと言われて、もうびっくり。

ありがたいことに、洗濯はおしまい。ハーゼさんがたった今、キャンセルしてきたの。どこかにぶつかって内出血でもしたのでしょう。でもわたしのからだには好都合。明日の朝、段ボールの箱を郵便局へ持って、小包にするわ。箱は捨てないで、今度は前回よりしっかりヒモかけてね。配達の途中で、中の荷物が行方不明になってしまうから。ニャンコがわたしの膝に乗ってるの。さっきエサを食べたばかり。今度はわたしに頭を押しつけてきて、手紙を書く邪魔をしてるわ。お前がまた先週みたいに、手紙のなかにお金を入れたりしたら、叱るからね。わたしたちは不自由していないし、お前はお前でお金が必要なんだから。

タバコの広告をつくるのが、本当におもしろいのかい？　送ってくれた広告ページ、わたしは気に入った。トーマスの奥さんには、お前があんなものを書くなんて、嘆かわしいと言われた。でもわたしは、お前のせいじゃないんだから、と言ってやった。今日では飢え死にしたくないなら、誰もそんなこと望まないでしょうが、ふさわしい職業が天から降ってくるまで、待ってるわけにはいかないからね。それから、今は過渡期なんですよ、とも言ってやった。

お父さんもあれこれ仕事がある。でもちょっと脊椎に問題があるみたい。背中を曲げて歩いている。マルタおばさんが昨日、家で産んだタマゴを一ダース、持ってきてくれた。せっせとニワトリが産むんだって。優しいお姉さんよ。亭主のことをあんなに怒らなければ。

坊や、またすぐ戻ってきてくれればいいんだけど。復活祭のときに帰ってきてくれたね。時の経つのは早いもの。子どもはいるけれど、いないも同然。会えるのは、一年で二、三日。できることならすぐに鉄道に乗って、飛んで行きたいわ。昔がなつかしい。ほとんど毎晩、夜寝る前に、写真と葉書をながめてるの。ふたりでリュックサックを背負って、遠足に行ったこと、覚えている？　戻ったときには一ペニヒしか残ってなかったこともあった。そのときのことを思うと、吹き出してしまうわ。

では、またね、ぼく。クリスマスまでには会えるでしょうね。あいかわらず寝るのは遅いのかな？　ラブーデによろしく。お前のこと見張ってもらいたいからね。女の子たちはどうしてる？　気をつけるんだよ。お父さんがよろしく言ってるわ。お母さんからは、たくさんの挨拶とキスを」

ファビアンは手紙をポケットにつっこみ、下の通りをながめた。どうして自分は、このベルリンの、以前なら間貸しなんてする必要のなかったホールフェルト未亡人の家の、見知らぬ殺風景な部屋にいるのか？　どうして故郷の、母の家にいないのか？　この街に、この狂ってしまった石の積木のなかに、なにを探しているというのか？　人類に昔よりたくさんタバコを吸わせるために、ナンセンスな美辞麗句を並べているのか？　ヨーロッパの没落なら、自分が生まれた場所ででも待てるのではないか？　それは、私が見ているあいだだけ地球は回っているのです、と思いこむようなものだ。こういうふうに、その場に居合わせたいという欲求は、滑稽だ！　ほかの男は職業をもち、出世をし、子どもをつくり、そういうことが人生には必要なんだ、と思っている。ところが自分は、好きこのんでとはいえ、垣根の向こう側にいて、傍観し、分割払いで絶望するしかない。ヨーロッパは長い休憩に入っている。教師たちがいなくなった。時間割が消えてしまった。旧い大陸ではクラスの目標は達成されないかもしれない。どんなクラスの目標も！

そのときホールフェルト夫人がノックして、部屋に入ってきた。「ごめんなさい。まだお帰りじゃないと思ったもので」と言って、近づいてきた。「昨日の夜、騒がしかったでしょう、トレーガーさんのところ。また女の人、連れ込んだのよ。ソファの様子といったら！　今度こんなことがあったら、追い出しちゃうわ。別の部屋に越してきた女性なんか、どう思ったでしょうね？」

「その人がコウノトリを信じてるなら、どうしようもないな」

「でもファビアンさん、うちはラブホテルじゃないのよ」

「しかし奥さん、みんな知ってるように、人間はですね、ある年齢に達すると、家主さんたちが考えてるモラルとは矛盾する欲求が生まれるわけで」

未亡人の家主は、イライラしてきた。「でも、少なくとも二人、連れ込んだのよ」

「トレーガーさんは遊び人だからね。一番いいのは、こうかな。一晩に連れてきてもいい女性の数は最大で一人、って通告するんです。で、それが守られなければ、道徳警察に彼を去勢してもらいましょう」

「人は世につれ」と、ホールフェルト夫人はちょっと誇らしそうに言って、さらに近づいてきた。「道徳も変わっちゃったでしょ。順応しなきゃ。わたしも、ちょっとはわかってるつもり。それにわたしだって、まだそんな年じゃないんだし」

ホールフェルト夫人は、ぴったりファビアンの後ろにいた。ファビアンは夫人を見なかったが、どうやら、誰にもわかってもらえない夫人のバストが揺れているようだった。そういう事態が日増しに悪化した。本当に彼女の相手をする男はひとりもいなかったのか？　夜になると彼女はどうやら、裸足で、セールスマンのトレーガーの部屋の前に立って、鍵穴からトレーガーの乱痴気騒ぎを検閲していたようだ。彼女は、だんだんおかしくなってきた。時には、ファビアンをじっと見つめて、ファビアンのズボンを脱がしたそうにしていた。昔なら、こんなときこの種の女性は、敬虔に神に祈ったものだが。ファビアンは立ち上がって、言った。「残念だな、お子さんがいなくて」

「帰るわ」。ホールフェルト夫人はがっかりして部屋を出ていった。ファビアンは時計を見た。ラブーデはまだ図書館だな。ファビアンはテーブルのところに行った。本や仮綴じの小冊子が山のように積み上げられている。テーブルを置いてある壁には、「十五分だけ」という格言を刺繍した布が掛かっている。その格言は、ファビアンが引っ越してきたとき、ソファのところから、本を積み上げたテーブルの上のほうに移動させたものだ。ときどきファビアンは、どれか一冊を選んで、二、三ページ読んだ。読んで損をしたことはほとんどない。

一冊に手を伸ばした。デカルトだった。『第一哲学についての省察』というタイトルの小冊子だ。この本を手にするのは、六年ぶりだ。この本に書かれているようなことを、哲学担当のドリーシュに口頭試験で質問されたのだ。六年というのは、けっこう長い時間だ。通りの向かい側には、「チェイム・パインズ　毛皮売買」という看板が掛かっていた。

当時のことで覚えているのは、これだけだったか？　ファビアンは試験官に呼ばれる前、別の受験生のシルクハットをかぶって、廊下を散歩して、棟の用務員をびっくりさせてしまった。フォークトという、その受験生は落第して、アメリカへ行った。

ファビアンは腰を下ろして、小冊子を開いた。デカルトはなにを伝えようとしたのか？「すでに何年も前からわたくしは気づいていました。なんと多くの偽をわたくしは若い頃から真であると受け取っていたのか。また、その後わたくしがその偽に基づいて作ったものがどれも、なんと疑わしいものであるのか。ですからわたくしは、こう考えたのであります。もしもわたくしが、確固として永続するものを打ち立てようと思うのであれば、生きているあいだにいつか、土台からすべてをひっくり返し、まったくの最初から始めるしかないのだ。しかしそのことは、わたくしには法外な課題であるように思えました。そこでわたくしは、成熟して、学問探究にふさわしいあの年齢になるまで待つことにしたのです。そういうわけでわたくしは長いあいだ躊躇していたのですが、いまや、実行すべく残された時間をぐずぐずと浪費するようなことがあれば、わたくしは罪を背負うことになるでしょう。機は熟したのです。わたくしの精神はあらゆる心配から自由になり、わたくしは余裕のある時間を手に入れました。こうしてわたくしは孤独のなかに引きこもり、真剣かつ自由に、わたくしのすべての意見をことごとくひっくり返そうとするつもりなのです」

ファビアンは下の通りをながめた。バスがローラースケートをはいた象のように、カイザーアレーを走っているのが見える。しばらく目を閉じた。それからページをめくって、序論をざっと読んだ。デカルトが彼の革命を予告したのは、四十五歳のときだった。三十年戦争にちょっと参加した。小柄だったが、頭蓋骨は巨大だ。「あらゆる心配から自由」。孤独のなかで革命をする。オランダで。家の前にはチューリップの花壇。ファビアンは笑った。哲学者を横に置いて、コートを着た。廊下でトレーガー氏に会った。女を精力的に消費するセールスマンだ。ふたりは帽子をとって挨拶した。

ラブーデが実家とは別に借りていた部屋は、街の中心にあった。それを知っている者はほとんどいなかった。彼がここに引きこもるのは、山の手である西部や、上品な親戚や、上流社会の女性や、電話が神経にさわるときだ。そしてここでラブーデは、興味をもっている学問や社会の問題に没頭するのである。

「先週、いったいどこにいたんだ？」と、ファビアンが聞いた。

「それは後で」

「で、フィアンセはどうしてる？」

「元気さ」と言って、ラブーデは前に置いてあるコニャックを飲んだ。「ハンブルクに行ってたんだ。レーダがよろしくと言ってたよ」

「教授から、なにか言われた？　論文、読んでもらったの？」

「いや。忙しいんだよ。学位の授与式に、試験に、講義に、演習に、評議会があるからね。論文、読んでもらえるまでには、ぼくの顔のひげ、膝まで伸びてるよ」。ラブーデはコニャックをついで、飲んだ。

「イライラしないことだ。やっこさんたち、びっくりするだろうな。君がさ、レッシングという男の脳と思考過程を再構成してみせたんだから。君が登場するまでレッシングは、フリーホイール付きのロゴスとして描かれていただけで、まったく理解されていなかったわけだよ」

「びっくりしすぎるんじゃないか、と心配してるんだ。もう生きていない作家の神聖なる論理を心理の面から評価してだよ、その思考ミスを発見し、そのミスを個性であり、有意味なプロセスであると扱ってだね、ずっと前から定評のある古典作家において、二つの時代のあいだで揺れ動く天才の典型を実証してるわけ。やっこさんたちには、腹の立つようなことしか書いてないんだ。まあ、待つことにしよう。レッシングのことは、もういいだろう。五年間、ぼくはこの年取ったザクセン人を解剖し、分解し、組み立ててきたんだ！　大の大人が、ゴミ箱をあさるみたいに十八世紀をあさったわけだ！　グラスもってこいよ！」

ファビアンはリキュールグラスを戸棚から取り出して、自分でついだ。

ラブーデはぼんやり前を見ていた。「今朝ね、目撃したんだが、国立図書館でひとりの教授が逮捕された。中国学の人だ。一年前から図書館の珍しい本や画集を盗んで売ってたんだ。逮捕されたときは、壁のように青ざめて、階段にすわりこんでしまった。冷たい水を飲まされてから、連行されてった」

「その男、職業を間違えちゃったんだ」と、ファビアンが言った。「最後にさ、盗みで食うなら、どうして最初、中国語なんか勉強したのかね？　ひどい世の中だ。今じゃ、言語学者までもが泥棒するんだから」

「飲んじゃってから、出かけるよ！」と、ラブーデが叫んだ。

ふたりは屋内市場《マルクトハレ》の横を通り、千もの、ぞっとするような臭いのなかをくぐり抜け、バス停まで歩いた。「ハウプトに行くぞ」と、ラブーデが言った。

第５章

まじめな会話がダンスフロアで
パウラ嬢はこっそり剃っている
モル夫人がグラスを投げつける

ハウプトのホールでは、毎晩のようにビーチパーティーが開かれた。十時ぴったり、一列縦隊で二ダースの売春婦が二階桟敷席から降りてきた。派手な色の水着を着て、ハイソックスを巻き下ろし、高いヒールの靴をはいている。このファッションでやって来ると、無料で店に入れるし、ただで火酒《シュナップス》が一杯もらえた。この優遇は、彼女たちの生業が低迷していることを考えれば、馬鹿にならなかった。最初、女の子たちだけで踊るのは、男たちに品定めさせるためだった。

音楽をバックに女たちがひしめき合ってパノラマを見せていると、仕切りまで押し寄せた店員や、帳簿係や、小売商が興奮した。ダンスのリーダーが叫んだ。さあ、みなさん、女性たちに突進あそばせ！　みんな、そうした。ものすごく太っていて、ものすごく大胆な女に人気があった。壁龕《へきがん》で仕切られたワイン席はすぐ満杯になった。バーの女の子たちは口紅を直していた。乱痴気騒ぎが始まる気配がした。

ラブーデとファビアンは、舞台の前縁に陣取っていた。ふたりはこのホールが大好きだった。ふたりが来るような店ではなかったからだ。卓上電話の番号プレートがひっきりなしに赤く燃えていた。電話がブーンと鳴った。ふたりに誰かがかけてきたのだ。ラブーデが受話器を外して、テーブルの下に置いた。それで落ち着いた。というのも、あいかわらずうるさい物音も、音楽も、笑い声も、歌も、個人的に呼びかけたものではないので、ふたりの邪魔にはならなかったから。

ファビアンは、夜の新聞社の編集部のこと、タバコ工場のこと、大食いのフィッシャー家のこと、ケルンの大聖堂のことを報告した。ラブーデはじっと友人の顔を見て、言った。「君も、いい加減、前向きにならなきゃね」

「いや、なにもできないよ」

「いろいろできるじゃないか」

「同じことさ」と、ファビアンは言った。「ぼくはいろいろできる。でもなにもやる気がない。なんのために前向きにならなきゃならないのさ？　なにに賛成し、なにに反対して？　実際さ、ぼくがなにかの任務をもっているとしよう。どこにぼくが任務を果たせるシステムがある？　ないだろ。どんなことにも意味はない」

「でも、たとえばさ、お金を稼ぐじゃないか」

「ぼくは、資本家じゃないよ！」

「だからこそ、お金を稼いでるわけだろ」。ラブーデはちょっと笑った。

「ぼくがさ、資本家じゃないよ、って言うときは、金銭にかんする機関がない、っていう意味なんだ。なんのためにお金を稼がなきゃならないわけ？　お金でなにをするべきなの？　満腹になるためには、偉くなる必要はない。封筒の宛名書きをしようが、ポスターのコピーを考えようが、赤キャベツを売ろうが、ぼくにとっては、そして誰にとっても、どうでもいいことなんだよ。それって、大の大人が考える問題かな？　赤キャベツの卸売りと小売りに違いがあるのかい？　くり返しておくけど、ぼくは資本家じゃないんだよ！　利子なんかほしくない。剰余価値もほしくない」

ラブーデは首をふった。「無精なんだな。金を稼いで、金が好きじゃないのなら、金を権力と交換することもできるんだぞ」

「権力でぼくはなにをするんだ？」と、ファビアンがたずねた。「君が権力をほしがってるのは、知ってるよ。でもぼくは、権力でなにをするんだ？　ぼくは権力をもちたいとは思ってないからね。権力欲と金銭欲は、姉と妹のようなものだ。でもぼくはその姉妹とは親戚じゃない」

「ほかの人のために権力を使うこともできるんだよ」

「誰がそれを使うのさ？　自分のために使うやつもいれば、家族のために使うやつもいる。自分と同等に課税される階級のために使うやつもいれば、ブロンド娘のために使うやつもいる。身長二メートル以上の人間に使うやつもいれば、数学の公式を人類に当てはめてみるために使うやつもいる。ぼくはね、金にも権力にも興味がないのさ！」。ファビアンは、胸の高さにある仕切りをこぶしでなぐった。けれども仕切りには、クッションが付いていて、フラシ天で巻かれている。こぶしでなぐっても音がしなかった。

「ぼくが夢見てるような園芸をやっているところがあれば！　君の手足を縛ってでも、君を連れてって、人生の目標という木を植樹させるんだけどなぁ！」。ラブーデは本気で心配して、友だちの腕に手を置いた。

「ぼくは傍観してるんだ。それって無意味かな?」

「それは誰の役に立ってるのかな?」

「誰かの役に立つ?」と、ファビアンがたずねた。「君は権力をもちたいんだ。小市民を集めて、そのリーダーになるつもりなんだ。それが夢だろ。君は資本をコントロールして、プロレタリアートに市民権をあたえるつもりなんだ。そしてそれから、天国そっくりの文化国家を建設する役に立つつもりなんだ。言っておくけど、その天国でだって、みんな顔をなぐり合うだろうさ! そんな天国なんか実現しないだろう、ってことは別にして……。ぼくにも目標がある。残念ながら、目標と呼べない代物だけどね。みんなが礼節と理性をもった人間になるよう、役に立ちたいんだ。さしあたりぼくは、みんなにその適性があるのかどうか、観察してるところなのさ」

ラブーデはグラスをかかげて、叫んだ。「おお、いいじゃないか!」。飲んで、グラスを下に置いて、言った。「まずさ、システムを理性的にしなくちゃ。そうすれば人びとはみんな順応するだろう」

ファビアンは飲んで、黙っていた。

ラブーデは興奮して、話しつづけた。「君、わかってるのかな? もちろんわかってるよね。でもさ、君は、実現可能な不完全な目標にむかって努力するかわりに、むしろ、到達不可能な完全な目標を空想してるんだよ。そっちのほうが気持ちがいいからね。君には野心がないんだ。最悪だな」

「野心がないのが幸せなんだ。かりにだよ、五百万人の失業者が、失業手当の要求だけでは満足しないとしたら、って考えてみろよ。失業者に野心があったりしたら、って考えてみろよ!」

そのとき二人の水着の天使が仕切りにもたれて身を乗り出してきた。一人は太ったブロンドで、バストが、お盆に載せて運ばれてきたかのように、フラシ天の仕切りに載っかっていた。もう一人は痩せていて、脚が曲がっているかのような顔つきだった。「タバコ一本、ちょうだい」と、ブロンドが言った。ファビアンが箱を差し出した。ラブーデが火をつけてやった。女たちはタバコを吸い、二人の青年をじっと見て待っていた。痩せた女がちょっと間を置いてから、錆びついた声で確認するように言った。「ま、こんなものね」

「火酒《シュナップス》は、どちらのおごり?」と、太った女がたずねた。

四人でカウンターに向かった。すべてボール紙でできたブドウの葉とブドウの房が、狭い通路を縁取っていた。みんなで隅のほうに腰を下ろした。壁にはラインラント＝プファルツ州カウプのプファルツ城が描かれていた。ファビアンは軍人ブルーヒャーのことを思い出した。ラブーデはリキュールを注文した。女ふたりは、こそこそささやいている。二人の騎士をどう分けるか、相談しているのだろう。というのも、すぐその後に太ったブロンドの女が、ファビアンのからだに腕を回し、ファビアンの膝に手を置いて、なれなれしくしたのだから。痩せた女は自分のグラスを一気に飲み干し、ラブーデの鼻をつまんで、クスリと笑って、はにかんだ。「上には仕切り席があるのよ」と言って、太もものところでブルーの水着のパンツのしわを引っ張って、目をパチパチさせた。

「どうしてそんなに手が荒れてるの?」と、ラブーデがたずねた。

痩せた女は指で脅かした。「あなたが考えてるようなことでじゃないわ」と叫んで、いたずらっぽくむせた。

「パウラはね、以前、缶詰工場で働いてたの」と言って、ブロンドの女はファビアンの手をとり、自分のバストをもませつづけたので、乳首が大きく固くなった。「これから、ホテル行かない?」と、女がたずねた。

「あたし、全部、剃ってるの」と、痩せた女は説明し、喜んでその証拠を見せようとした。ラブーデは際どいことをさせないよう苦労した。

「ホテルのほうが、後でよく眠れるでしょ」と、ブロンド女がファビアンに言って、がっしりした脚をぐいと伸ばした。

カウンターのロットヘンがグラスについだ。女たちは、一週間なにも食べていなかったかのような顔をして、がつがつ飲んだ。音楽がくぐもった音でこちらにまで聞こえてきた。バーには大男がすわっていて、キルシュヴァサーでうがいをしていた。髪の分け目が背骨まで届いている。カルプのプファルツ城の後ろでは電球がひとつ、赤々とついていて、後ろからにすぎないにせよ、ライン川を太陽のように照らしていた。

「上には仕切り席があるのよ」と、痩せた女がまた言った。みんなで二階に上がった。ラブーデがコールドミートを注文した。スライスされた肉やソーセージの皿が目の前に置かれると、女の子たちはほかのことを一切忘れて、パクついた。下のホールでは、一番スタイルのいい子が賞をもらうところだった。女たちがビキニ姿で輪になってぐるぐる回りながら、腕や指をひろげて、誘惑するようにほほ笑んでいる。男たちは牛の競《せ》り市にいるようだった。

「一等賞は化粧箱入りキャンディーなのよ」と、口をもぐもぐさせながらパウラが説明した。「でも、せっかくもらっても、マネージャーに返すことになってるわけ」

「あたしは食べるほうがいいな。それにさ、あたしの脚、いつも太すぎるって言われるの」と、ブロンド女が言った。「でもね、太い脚って最高なんだよ。あたし、前にロシアの侯爵といっしょになってたことあるんだけど、今でも絵葉書、送ってきてくれるんだよ」

「くだらない！」と、パウラがうなるような声で言った。「たで食う虫も好きずきよ。知り合いの紳士はさ、エンジニアだったけど、肺病病《や》みが好きだった。ヴィクトリアの彼氏は、背中にこぶがあってさ、ヴィクトリアが言うには、そういうのが人生には必要なんだって。ま、なんとでも反論できるけどさ。あたしが思うに、大切なのは、やるべきことがわかってるってことさ」

「スズメ百まで踊り忘れず、でしょうが」と言って、太った女が最後のハムのひと切れを皿から釣り上げた。下のホールではちょうど、一番きれいなスタイルの子が呼び上げられていた。ファンファーレが鳴らされた。マネージャーが優勝した子に大きな化粧箱入りのキャンディーを手渡した。彼女はうれしそうにお礼を言い、拍手してわめいている客にむかってお辞儀をして、賞品を手に引きさがったが、賞品はおそらく事務室に戻したのだろう。

「いったいどうして缶詰工場、やめちゃったのかな？」と、ラブーデがたずねた。その質問はまさに非難がましく聞こえた。

パウラは、空っぽになった皿を押し返し、お腹をさすりながら説明した。「まず第一にね、あたしに向いた工場なんかじゃなかった。第二に、あたしは整理されたんだ。幸い、あたし、工場長の秘密、知ってたの。十四歳の女の子を誘惑したことがあってね。誘惑は、大げさかな。でもくだらないことに工場長はそう信じてた。で、あたしはさ、二週間ごとに電話をかけてやったわけ。五十マルクもらわなければ、みんなに言いふらしますからね、って。翌日はいつも、金庫のところに行って、お金を受け取ってた」

「ゆすりじゃないか！」と、ラブーデが叫んだ。

「工場長がさし向けてきた弁護士も、そう言った。あたし、紙切れみたいな書類にサインする羽目になり、百マルク受け取って、終身年金もそれでおしまい。ま、そういうわけで、今じゃここでこんなことして、なんとか暮らしてるのさ」

「ひどいな」と、ラブーデがファビアンに言った。「恐ろしい話だ。立場を利用して使用人に手をつける工場長なんて、いっぱいいるんだから」

太った女が叫んだ。「あら、ま、なに言ってるのよ。あたしが男なら、おまけに工場長ならさ、しょっちゅう使用人に手つけるわよ」。そう言って、ファビアンの髪の毛をつかんで、キスをし、ファビアンの手をとり、満腹になった自分の胃袋のうえにぴったり押しつけた。ラブーデとパウラはいっしょに踊った。実際、パウラの脚は曲がっていた。

隣の仕切り席では女が酔っぱらって、大声で歌っていた。

恋なんて暇つぶし。
ねらうは下半身。

太った女が言った。「隣の女、変わってるのよ。こんなところに来るような人間じゃないんだ。高い毛皮のコート着てやって来るけど、下はシースルーの下着だけ。西部（山の手）のお金持ちの女性だそうよ。おまけに既婚だって。若い男たちを仕切り席に呼んで、お金払って、壁が顔を赤らめるようなこと、させるのよ」。ファビアンは立ち上がって、低い仕切り越しに、隣をのぞき込んだ。

そこには、グリーンの絹の水着を着た大きな女がすわっていた。歌を歌い終わりながら、共和国軍の兵士の服を脱がせようとしているところだった。兵士は必死になって抵抗している。「ねえ、ちょっと！」と、女が叫んだ。「意気地のない真似、しないでよ！　さあ！　男らしく見せなさいよ！」。しかし行儀のいい歩兵は、女を突き放して拒んだ。ファビアンは、あの有名な、エジプトの侍従長の妻を思い出した。アブラハムの有能なひ孫である、哀れなヨセフを、恥ずかしげもなくあれほどまでに悩ませたポティファルの妻のことだ。そのときグリーンの水着の女が立ち上がり、発泡《ゼクト》ワインのグラスをつかんで、よろよろと手すり壁のところへ行った。

それは、エジプトの侍従長ポティファルの妻ではなく、モル夫人だった。イレーネ・モル。その家の鍵をファビアンはコートのなかに持っている。

ふらふらしながら彼女は手すりにつかまって立っていた。細長いグラスをかかげて、下のホールへ投げつけた。グラスは寄せ木張りの床に落ちて砕けた。演奏していたミュージシャンたちは楽器を置いた。ダンスをしていたペアは驚いて見上げた。みんなが二階の仕切り席を見つめた。

モル夫人が手を伸ばして叫んだ。「あれで、男なんですって！　捕まえても、するりと逃げちゃう！　ご来場の淑女のみなさまに、提案します。連中を監禁しましょう。ご来場の淑女のみなさま、女性にも男性の売春が必要なのです！　賛成の方、挙手をお願いします！」。モル夫人は力をこめて胸をたたいたが、そのせいでしゃっくりが出た。ホールに笑い声が起こった。マネージャーがもう、こちらに向かっていた。イレーネ・モルが泣きはじめた。まつげに塗っていた墨が溶けて、顔に涙の線が引かれた。「歌いましょうよ！」。すすり泣き、しゃっくりをしながら、叫んだ。「ピアノを弾いて、っていう美しい歌を！」。両手をひろげて、彼女はうなった。

人間だって、ただの動物。
いつだって、とくにふたりのときは。
さあ、弾いて、わたしはピアノ。
さあ、わたしを弾いて。
なめらかに鳴らすレッスン。
わたしは練習台……

マネージャーがモル夫人の口をふさいだ。その動きを勘違いして、彼女はマネージャーの首に抱きついた。そのとき、こちらを見ているファビアンに気がつくと、さっとマネージャーから離れて、「あなたのこと、知ってるわ！」と叫んで、ファビアンに近づこうとした。しかし、さっきのショックから立ち直った共和国軍の兵士と、マネージャーが彼女を捕まえて、無理やり椅子にすわらせた。ホールではふたたび音楽とダンスが始まった。

ラブーデはこの騒ぎのあいだに支払いをすませていた。パウラと太った女にもいくらかのお金を渡し、ファビアンを腕で支えるようにして、出口へ引っ張っていった。

クロークでラブーデがたずねた。「あの女、本当に君のこと知ってるのかい？」

「ああ」と、ファビアンは言った。「モルって名前だ。旦那は弁護士でね、女房と寝たやつには、いくらでも払うんだよ。おかしな夫婦だろ。その家の鍵、このポケットに持ってるんだぜ。ほら」

ラブーデはその鍵を取り上げると、「すぐ戻る！」と叫んで、コートと帽子のまま走って奥へ引き返した。

第6章

メルキッシュ博物館での決闘
次の戦争はいつ起きるのか？
診断が確かな医者

通りに出ると、ラブーデが怒ってたずねた。「あの狂った女とやったのか？」

「いや。あの女の寝室にいただけだ。で、女が裸になった。突然そこに男が入ってきて、その女の亭主なんですが、私のことはどうぞお構いなく、って言うんだ。それからさ、その夫婦が結んだ異常な契約を、読んで聞かせてくれたわけ。それからぼくは帰ったんだ」

「なんで鍵なんか持ってたんだい？」

「玄関のドアが閉まってたからね」

「とんでもない女だな」と、ラブーデが言った。「ぐでんぐでんになってテーブルに突っ伏してたから、鍵は急いでハンドバッグに突っこんできた」

「いい女だと思わなかった？」と、ファビアンがたずねた。「とても印象的な体じゃないか。その上にのっかってる顔が、また生意気で、堅信礼を受ける少女みたいだから、すばらしく不釣り合いな感じだろ」

「不細工な女だったら、とっくの昔に鍵なんか玄関番に引き渡してただろ」。ラブーデはさらに友人を引っ張っていった。ふたりはゆっくり裏通りへ曲がって、経済学者シュルツェ＝デーリチュ像が立っている記念碑の前を通り、メルキッシュ博物館の前を通っていった。英雄ローラントの石像が暗い顔をして、キヅタの茂みの一角に寄りかかっていた。シュプレー川では一艘の汽船が嘆き声をあげていた。橋の上でふたりは立ち止まって、暗い川の流れと、窓のない倉庫をながめた。フリードリヒシュタットの上空が赤く燃えていた。

「ねえ、シュテファン」と、ファビアンが小声で言った。「君がぼくのこと心配してくれて、感激するよ。でもね、ぼくはさ、ぼくらの時代ほど不幸じゃないんだ。君はさ、ぼくをぼくらの時代より幸せにしようと思ってるわけ？　でも君がぼくに、支配人の地位か、百万ドルか、ぼくが愛することのできそうな節度ある妻かをだよ、用意してくれても、いやその三つを全部用意してくれても、ぼくは幸せにはならないだろう」。小さな黒いボートが、船尾に赤いランプをつけて、流れに沿って走っている。ファビアンは友人の肩に手をかけた。「さっきぼくはこう言った。世の中の人が節度ある人間になる才能をもっているかどうか、ぼくは、興味深く傍観することで時間をつぶしてる、って。でもそれは真実の半分にすぎないのさ。こうやってブラブラしてるのには、もうひとつ別の理由がある。ぼくはブラブラして待ってるんだ。戦争のとき、さあ、ぼくらは招集されるんだ、ってわかった時みたいにね。覚えてる？　ぼくらは作文を書き、ディクテーションをし、勉強してるふりをしてた。ちゃんとやってたか、さぼってたかなんて、どうでもよかった。ぼくらは戦争に行かされることになってたからだ。釣り鐘みたいなガラスのふたの中に閉じこめられてたみたいじゃないか？　そのガラスのふたからはポンプで、ゆっくりと、でも休むことなく空気が抜かれたんだ。ぼくらはジタバタしはじめた。でもジタバタしたのは、悪ふざけじゃなく、空気がなくなってたからだ。覚えてる？　ぼくらは、どんなことでもやろうとした。生きるってことに本当にガツガツしていた。処刑前の最後の晩餐なんだ、と思ってたからね」

ラブーデは欄干に寄りかかって、下を流れるシュプレー川を見ていた。ファビアンは興奮して、自分の部屋のなかで行ったり来たりするかのように、行ったり来たりした。「覚えてる？」とたずねた。「で、半年後、ぼくらは行軍準備を完了していた。ぼくは一週間の休暇をもらって、グラールへ行った。どうして行ったのかというと、子どものとき行ったことがあったからだ。ぼくはグラールへ行った。秋だった。憂鬱な気分で、ふかふかした地面を踏んづけながら、ハンノキの森を横切っていった。バルト海は荒れ狂っていて、湯治客は数えられるくらい少なかった。まずまずの女十人とつき合ってた。そのうちの六人と寝た。目の前に迫っている未来は決まっていた。ぼくはブラッドソーセージに加工されるんだ。それまでにぼくは、なにをするべきだった？　本を読む？　人格を磨く？　お金を稼ぐ？　ぼくは大きな待合室にいた。ヨーロッパという名前の待合室だ。一週間後に列車が出る。それをぼくは知っていた。だが列車がどこへ行き、ぼくがどうなることになっているのかは、誰ひとり知らなかった。そして今、ぼくらはまたもや待合室にいる。待合室の名前は、またもやヨーロッパだ！　そしてぼくらはまたもや知らない。なにが起きるのだろうか、は。ぼくらは暫定的に生きていて、危機に終わりはないんだ！」

「いい加減にしろよ！」と、ラブーデが叫んだ。「みんなが君みたいに考えたら、安定なんかしないだろ！　ぼくがこの時代の暫定的な性格を感じないとでも思ってるの？　そういう不満は君の特権なのかい？　でもぼくは傍観しないよ。理性的に行動しようとしてみる」

「理性的なやつは、権力を手に入れないだろうな」と、ファビアンが言った。「正しいやつなら、なおさら」

「そうかな?」。ラブーデは友だちの目の前まで近づき、両手でそのコートの襟をつかんだ。「でもさ、それにもかかわらず勇気を出して、やろうとしてもいいじゃないか」

その瞬間、ふたりは一発の銃声と叫び声を聞き、それからすぐ別の方角から三発の銃声を聞いた。ラブーデは闇に飛び込み、橋に沿って、博物館のほうへ走った。また銃声が一発、響いた。「こいつは、おもしろい!」と、ファビアンは走りながら、自分に言って聞かせて、心臓が痛むのにもかかわらず、ラブーデに追いつこうとした。

メルキッシュのローラント像の足もとに男がしゃがんで、ピストルをふり回しながら、「くそ、待ちやがれ!」とうなるように言った。それからふたたび通りの向こうの、見えない敵めがけて撃った。街灯が壊れた。ガラスが舗石に落ちてガチャンと音を立てた。ラブーデが男の手から武器をもぎ取った。ファビアンがたずねた。「どうしてまたすわったままで撃ってるんです?」

「脚、やられちゃって」と、男がうめいた。がっしりした体幹の、若い男だった。縁のない帽子をかぶっている。「クソ野郎!」と、うなるように言った。「お前の名前、知ってるぞ」。今度は闇にむかって脅かした。「ふくらはぎ、斜めにやられてるな」と、ラブーデは確認して、ひざまずき、コートからハンカチを取り出し、応急の包帯にしてみた。

「向こうの居酒屋で始まったんだ」と、怪我した男が愚痴をこぼした。「あいつ、テーブルクロスに鉤十字を描きやがった。俺が、こう言えば、あいつが、ああ言う。あいつの横っ面、ぶんなぐってやった。俺たち、店主に追い出されちゃった。あの野郎が追いかけてきて、国際労働者協会《インターナショナル》の悪口を言うんだ。俺がふり返ると、あの野郎、もう撃ってきやがった」

「少なくともそう確信してるわけだね？」とたずねて、ファビアンは、うずくまっている男をじっと見つめた。男が歯を食いしばっていたのは、ラブーデが傷口の手当をしていたからだ。

「弾丸はもうないな」と、ラブーデが言った。「このあたり、まったくクルマ来ないのか？　村みたいだな」

「ん、警官の姿さえ見えないぞ」と、ファビアンは残念そうに言った。

「警官、来てくれれば、ありがたいんだけどさ！」。怪我をした男が立ち上がろうとした。「またプロレタリアを一人、拘留するためにね。ナチに撃たれて脚やられた、恥ずかしいやつだからさ」

ラブーデは男を押しとどめ、ふたたび地面にすわらせてから、タクシーを拾ってくるようにと友人に命令した。ファビアンは駆けだした。通りを斜めに横切り、角を曲がって、夜の川岸に沿って走った。

次の裏通りにタクシーが何台か止まっていた。ファビアンは運転手に指示した。メルキッシュ博物館に行ったら、ローラント像のところで人が待ってるから。クルマが見えなくなった。ファビアンは歩いて、後を追った。ゆっくり深呼吸をした。心臓が狂ったように鼓動している。上着のしたでハンマーを打っているようだ。喉がドキドキしている。頭蓋骨がノックされている。ファビアンは立ち止まり、額をぬぐった。くそっ、戦争め！　くそっ、戦争め！　心臓が悪くなったのも戦争のせいだ。そんなことは大したことではないが、思い出すだけでもファビアンはうんざりした。田舎にはぽつんぽつんと散在して、さびしい建物が建っているはずだが、あいかわらずそこには体を切断された兵士たちが寝ていた。手足のない男たち、鼻や口のない、恐ろしい顔をした兵士たちだ。どんなことにもひるまない看護師たちが、この醜く変わり果てた被造物たちに、細いガラスの管から栄養を補給していた。その管は、傷口が増殖して癒着した穴に突き刺さっていたが、以前そこには口があった場所だ。笑うことも、話すことも、叫ぶこともできた口が。

ファビアンは角を曲がった。向こうに博物館がある。クルマがその前に止まっている。ファビアンは目を閉じ、恐ろしい何枚かの写真を思い出した。昔、見たことがある写真で、今でもときどき夢のなかに出てきて、恐ろしい思いをする写真だ。哀れむべき神の似姿たち！　あいかわらず彼らは、世の中から隔離された建物のなかに寝かされていた。栄養を補給され、生きつづけるしかない。彼らを殺すことは罪だったからだ。しかし、彼らの顔を火炎放射器で焼きつぶすことは、正当なことだった。家族はこの男たちのことはなにも知らない。父親のことも、兄弟のことも。行方不明です、と言われていたのだ。それからもう十五年になる。女たちは再婚した。そして故人は、ブランデンブルク辺境伯領のどこかでガラスの管から栄養を補給されているのだが、自宅では、銃身に小さな花束を差し、きれいな写真となってソファのうえに掛けられているだけだ。写真のしたには後継者がすわり、おいしい食事を食べている。いつ、ふたたび戦争になるのだろう？　いつ、ふたたびそんな事態になってしまうのだろう？

突然、誰かが「やあ」と声をかけてきた！　ファビアンは目を開けて、声の主を捜した。男は地面に転がって、ひじを突いたまま、手で尻を押さえている。

「どうしたんですか？」

「相手方なんだ、俺」と、男が言った。「俺もやられたんだ」。それを聞いてファビアンは、股をひろげて立って、笑った。向こう側から、博物館の壁から、こだまがいっしょに笑った。

「失礼」と、ファビアンが声をかけた。「陽気になるなんて、礼儀知らずで」。男は膝を立て、しかめ面をして、血だらけになっている両手をながめながら、不機嫌そうに言った。「お好きなように。そのうちあなただって、笑ってられなく日が来ますよ」

「なんでそんなところに立ってるんだ？」と叫んで、ラブーデが怒りながら通りを横切ってきた。

「おお、シュテファン」と、ファビアンが言った。「ここにさ、さっきの決闘の片割れが、お尻を撃たれて、すわってるんだ」

ふたりは運転手を呼んで、ナチ党員をクルマに運び、決闘の相手の共産党員の隣にすわらせた。それからファビアンとラブーデがクルマに乗り込んで、運転手に、一番近くの病院まで行くように頼んだ。クルマが発進した。

「ひどく痛むかい？」と、ラブーデがたずねた。

「大丈夫です」と、怪我人ふたりが同時に答えて、おたがいに暗い顔でじろじろにらみ合った。

「民族の裏切り者！」と、ナチ党員が言った。共産党員の労働者より背が高く、ちょっといい服を着ていた。どこかの店員のように見えた。

「労働者の裏切り者！」と、共産党員が言った。

「下等人種！」と、一方が叫んだ。

「猿め！」と、もう一方が叫んだ。

店員がポケットに手をつっこんだ。

ラブーデがその手首をつかまえた。「ピストルをこちらに！」と命令した。男は抵抗した。ファビアンがピストルを抜き取って、ポケットにしまい込んだ。

「ねえ、君たち」と、彼は言った。「ドイツがこの状態をつづけることはできない。それは、たぶんぼくたち全員の一致した意見だ。そしてね、維持できない状態を、冷たい独裁に助けてもらって、これからも永続させようなんてことは、罪な話さ。それにもかかわらずだよ、君たちがおたがいにピストルで、脚とか尻とか、的はずれな場所を撃ちあっても、なんの意味もない。そしてもしも君たちが、もっとうまく撃って命中させて、病院じゃなく、遺体安置所に行くことになったとしても、とくに変わり映えはしないだろうね。君たちの党は」と、ファビアンはファシストに言った。「なにと戦っているか、を知ってるだけでさ、それがどういうものなのか精確には知らないんだ。そして君の党は」と、今度は労働者にむかって言った。「君の党は……」

「われわれはね、プロレタリアートを搾取するやつらと闘ってるんだ」と、労働者が言った。「そしてあなたはブルジョワだ」

「もちろん」と、ファビアンは答えた。「ぼくは小市民さ。小市民って、今日じゃ、ものすごい悪口だけどね」

店員は傷が痛むので、からだを斜めにして、傷のない側の尻ですわり、自分の頭が敵の頭にぶつからないよう苦労していた。

「プロレタリアートは利益団体だ」と、ファビアンが言った。「最大の利益団体だ。君たちが君たちの権利を要求するのは、君たちの義務だ。そしてぼくは君たちの友人だ。ぼくらには同じ敵がいるんだからね。なぜならぼくは正義を愛するからだ。ぼくは君たちの友人なんだよ。君たちにはどうでもいいことだがね。でも、しかし、あなたたちがさ、たとえ権力の座についたとしても、人類の理想は、隠れたままで、あいかわらず泣いてるだろうな。貧しいという理由だけでは、人間はまだ善良でもなければ、賢くもないんだ」

「われわれの総統は……」と、男が演説をはじめた。

「その話はやめておかないか」と、ラブーデがさえぎった。

クルマが止まった。ファビアンは病院の正面玄関のベルを鳴らした。守衛が門を開けた。看護人たちがやって来て、ふたりの負傷者をクルマから運び出した。当直の医者がファビアンとラブーデに握手をした。

「政治家を二名、連れてこられたわけですか？」と、ほほ笑みながらたずねた。「今夜はこれで合計九人が運び込まれたことになります。一人は腹を撃たれて重傷です。労働者とサラリーマンばかりです。もうお気づきでしょうか？　ほとんどが郊外に住んでいて、おたがい顔見知りなんですよね。こういう政治がらみの撃ち合いは、ダンスフロアの殴り合いと見分けがつかないほど似てます。両方とも、ドイツ協会という生体にできた腫瘍なんですよ。ちなみにこの人たち、撃って殺し合うことによって、失業者数を減らそうとしてる印象があります。奇妙なタイプの自助ですな」

「国民が興奮してる、ということは理解できます」と、ファビアンが言った。

「ええ、もちろんです」。医者がうなずいた。「この大陸は、発疹チフス、つまり飢餓熱にかかっている。患者はもう、うわごとを言って暴れ回りはじめてます。では、ご機嫌よう！」。正面玄関が閉められた。

ラブーデは運転手にお金を渡して、タクシーを帰した。ふたりは黙ったまま、並んで歩いた。突然ラブーデが立ち止まって、言った。「これからまだ家には帰れないんだ。ねえ、アノニマス・キャバレーに行かないか」

「なんだよ、それ?」

「ぼくもまだ行ったことないんだけど。やり手の男が、ちょっと頭のおかしい連中を拾い集めて、歌ったり踊ったりさせるんだ。男が二、三マルク支払って、連中は客の悪口や大笑いの対象になる。そんな対象になってるなんて、おそらくご本人たちは、まるで気づいてないんだろうね。店には、とても大勢の客が詰めかけるらしい。それもよくわかるよね。自分より頭がおかしい人間がいるってことを喜ぶ人間なら、きっと出かけてくからね」

ファビアンは了解した。ふり返って、もう一度、病院のほうを見た。その上空には大熊座がまたたいていた。「ぼくら、大変な時代に生きてるんだ」と言った。「そして時代は毎日、もっと大変になっていく」

第7章

頭のおかしいやつが舞台に立っている
パウル・ミュラーの、死のドライブ
浴槽メーカーの社長

アノニマス・キャバレーの前には自家用車がたくさん止まっていた。赤ひげの男が、ダチョウの羽根飾りをつけた帽子をかぶり、やけに大きな中世の鉾槍《ヘレバルデ》をもって、店の入口のドアにもたれかかったまま、「いらっしゃい、いらっしゃい、精神病院のゴム張りの小部屋へ！」と叫んでいる。ラブーデとファビアンは中に入って、コートと持ち物をあずけ、煙が立ちこめる満員の店内の、隅のテーブルにようやくの思いで席を見つけた。

グラグラ揺れる舞台のうえでは若い女が、誰かを意識することもなくほほ笑みながら、跳んでいた。どうやらダンサーらしい。毒々しいグリーンの手製のワンピースを着て、造花の蔓《つる》をもち、規則正しく間《ま》をおいて、蔓と自分のからだを宙に浮かせている。舞台の左手には歯のない老人が、調子の狂ったピアノの前にすわって、リストのハンガリー狂詩曲を弾いている。

ダンスとピアノが嚙み合っているのかどうかは、わからなかった。観客はみんな、例外なくエレガントな服装で、ワインを飲み、大きな声で談笑していた。

「お嬢さん、急いで。電話がかかってますよ！」と、ハゲ頭の男性が叫んだ。少なくとも会社の社長といったところだ。野次を聞いた客たちは、前よりもっと笑った。ダンサーはその騒ぎに動じることなく、ほほ笑みながら跳びつづけていた。そのときピアノの演奏が止まった。ハンガリー狂詩曲が終わったのだ。舞台で踊っていた娘は、ピアニストを腹立たしそうな目つきで見て、ぴょんぴょん跳びつづけた。ダンスはまだ終わっていなかった。

「お母さん、子どもが呼んでるわよ！」と、片眼鏡《モノクル》をかけた女性が金切り声をあげた。

「お宅のお子さんも呼んでますよ！」と、遠くのテーブルから誰かが言った。片眼鏡《モノクル》の女性がふり返った。

「わたし、子どもなんかいませんよ」

「だったら子どもたち、幸せだね！」と、後ろのほうから誰かが叫んだ。「お静かに！」と、別の誰かが大声を出した。言葉の応酬は終わった。

その娘は、とっくに脚が痛くなっているにちがいないのに、あいかわらず踊っていた。しかし、とうとう自分でも、これで十分と思って着地し、ぎこちなく膝を折ってお辞儀をし、以前よりももっと間抜けなほほ笑みを浮かべて、両腕をひろげた。タキシードを着た、太った男性が立ち上がった。「よかった、非常によかった！　明日、絨毯をたたきに来てもらってもいいよ！」

客席がどよめいて、拍手した。娘は膝を折って、何度もお辞儀をした。

そこへ書き割りから男が出てきて、激しく抵抗するダンサーを舞台から引っ込めて、自分が前舞台に立った。

「ブラーヴォ、カリグラ！」と、一列目のテーブルの女性が叫んだ。

カリグラは、べっ甲縁の眼鏡をかけた丸ぽちゃの若いユダヤ人だが、いま叫んだ女性の隣にすわっている男性のほうを向いた。「お客様の奥様ですか？」とたずねた。

男性がうなずいた。

「じゃ、奥様におっしゃってください。口を閉じるように、と！」と、カリグラは言った。拍手が起こった。一列目のテーブルにすわっていた男は、赤くなった。細君のほうは悪い気がしなかった。

「お静かに、ご来場のお馬鹿さんたち！」と叫んで、カリグラが両手で合図した。静かになった。「ただ今のダンス、まさにまたとない体験じゃありませんでしたか？」

「その通り」と、みんなが大きな声で言った。

「しかし、もっとすばらしくなります。これから登場いたしますのは、パウル・ミュラーと申す者。トルケヴィッツの出身。つまりザクセン生まれであります。パウル・ミュラーはザクセン訛りがありますが、自称、朗読家。これからバラードをお楽しみいただきます。どうぞ、みなさま、最悪の場合をご覚悟ください。トルケヴィッツ出身のパウル・ミュラーは、誤診でないかぎり、頭がおかしい。この貴重なる戦力を当アノニマス・キャバレーに獲得するため、費用を惜しんだりしませんでした。と申しますのも、頭のおかしいのが客席にしかいないことに、我慢ならないからであります」

「口が過ぎるぞ、どう聞いても！」と、ひとりの客が叫んだ。顔に飾りの刀傷をつけている。席から飛び上がって、怒って自分の上着をビシッと引っ張った。

「どうぞ席におつきください！」と言って、口をゆがめた。「お客様のような方をなんというのか、ご存じですか？　白痴っていうんですよ！」

大卒のその客は怒って、大きく息を吸った。

「ちなみに」と、アノニマス・キャバレーのオーナーがつづけた。「ちなみに白痴と申しましたのは、侮辱するためではなく、特徴を述べるためなのです」

客席が笑って拍手した。怒っている刀傷の紳士は、知り合いに椅子に引き戻されて、なぐさめられた。カリグラはベルを手に取り、夜警のように鳴らして、「パウル・ミュラー、登場！」と叫んだ。そして姿を消した。

背景から出てきたのは、背がひょろりとして、異常に青ざめた人間だ。ぼろぼろの服を着ている。

「こんにちは、ミュラー！」と、客席から大声がした。

「背が伸びるのが、速すぎたな」と、誰かが言った。

パウル・ミュラーはお辞儀をし、挑発するような真剣な顔で、指で髪の毛をかき上げ、両手で両目をふさいだ。集中している。突然、両手を顔から離し、ぐっと前に突きだし、指をひろげ、目をかっと見開き、「パウル・ミュラーの、死のドライブ」と言った。それから、もう一歩前に出てきた。

「落っこちないで！」と、女性が叫んだ。なんとカリグラに、口を閉じるように、と言われた女性だ。

パウル・ミュラーは意地になって、さらにもうちょっと前に出てきて、客席を馬鹿にしたように見おろし、ふたたび言いはじめた。

それは、ホーエンシュタイン伯爵。

自分の娘を監禁した。

娘は士官に恋していた。

父は言った。「家から出てはならぬ！」

この瞬間、誰かが客席から角砂糖を一個、舞台に投げた。パウル・ミュラーはかがんで、角砂糖をポケットに突っこみ、禍《わざわい》をはらんだ声でつづけた。

逃げ出すしかなかった。伯爵令嬢は
十馬力のクルマで逃走した。

夜も必死にハンドルをにぎった。

だがラジエーターのうえには死がすわっていた！

ふたたび角砂糖が舞台に投げられた。どうやら常連が客席にいるらしい。芸人たちの癖をしっかり押さえている。ほかの客も常連の真似をして、しだいに角砂糖の砲撃が始まった。パウル・ミュラーは、かがみつづけることでしか対処できなかった。

かがんだままバラードを朗読することになった。口を大きく開いてまでして、ミュラーは、飛んできた角砂糖をキャッチしようとした。ますます恐ろしい形相になってきた。声がますます不吉な響きを帯びてきた。

朗読が語ったところでは、その恐ろしい夜、ホーエンシュタイン伯爵令嬢がクルマに乗って、恋しい士官に会いに行っただけではなかった。士官のほうもクルマに乗って、城に向かっていた。伯爵令嬢がいるだろうと思って。だが実際は、伯爵令嬢も士官のところへ向かっていた。二人の恋人が同じ街道を使っていた。おまけに格別の雨模様で、霧のかかった夜だった。そして朗読されている詩のタイトルが「死のドライブ」。だから、ふたりのクルマが衝突するのではないか、と大いに心配された。パウル・ミュラーは、それを微塵も疑わせなかった。

「口を閉じろ。でないと、お前の頭蓋骨からおがくずが落ちるぞ！」と、誰かが叫んだ。しかしクルマの事故はもはや防ぎようがなかった。

あの士官のクルマが
左から走ってきた。右から走ってきたのは伯爵令嬢のクルマ。
霧は驚くほど深かった。
そして起きるべくして起きたのは運命。
左から叫び声が一つ、
右から叫び声が一つ――

「正確に計算すれば、叫び声は合計二つ！」と、誰かが叫んだ。客席は歓声をあげて、拍手した。パウル・ミュラーには飽きてきて、もう悲劇の結末などに興味がなかった。

朗読がつづけられた。しかし客は、口がパクパク動かされていることしか見ていなかった。なにも聞こえなかった。死のドライブは、生き残っている者たちのどよめきのなかに沈んで消えた。突然、痩せたバラード詩人が、青ざめた顔をして怒りはじめた。舞台から飛び降り、ひとりの女性客の肩を揺さぶったので、くわえていたタバコが彼女の口からこぼれ、ブルーの絹の膝に落ちた。彼女が叫んで飛び上がった。彼女の連れの男も、同じように立ち上がって、文句を言った。まるで犬が吠えているようだった。その紳士は、パウル・ミュラーに突かれて、よろけて椅子に尻餅をついた。

そこへカリグラが登場した。怒っていた。歯ぎしりしている猛獣使いに似ていた。トルケヴィッツの男のネクタイをつかんで、楽屋へ連れていった。

「ちぇっ、いまいましい」と、ラブーデが言った。「舞台の下にはサディストがいて、上には頭のおかしなやつか」

「こういう気晴らしって、国際的なんだよね」と、ファビアンが言った。「パリでも同じさ。あそこじゃ、観客が『そいつ、殺《や》っちまえ！』と叫ぶと、馬鹿でかい木製の手が書き割りからゆっくり出てきて、なんとも哀れなそいつをすくって、舞台から引っ込める。掃き出されるんだ」

「カリグラって名乗ってるやつ。よく心得てるね。ローマの歴史でさえ心得てる」。ラブーデは立ち上がって、帰ろうとした。うんざりしていた。ファビアンも立ち上がった。そのときファビアンは誰かに無遠慮に肩をたたかれた。ふり返った。刀傷の男が目の前に立っていた。顔一面を輝かせて、楽しそうに大きな声で呼びかけてきた。「やあ、久しぶりだな。元気？」

「ありがとう。元気だよ」

「いやあ、じつにうれしいな。昔の仲間に再会できるなんて！」。刀傷の男はうれしくてファビアンの胸郭をドンと突いた。ちょうどシャツのボタンに当たった。

「さあ」と、ファビアンが言った。「外で、殴り合い、つづけようじゃないか！」。そして椅子のあいだをすり抜けて、入口の玄関に突進した。「ねえ、君」と、ファビアンは、コートを着かかっていたラブーデに言った。「急ごう。今さ、ずうっとぼくになれなれしく話しかけてくるやつがいたんだ」。ふたりは帽子を受け取った。けれども遅すぎた。

刀傷の男は、ソバカスのある女を、ひとりでは歩けないかのように後ろから押していた。そして女に言った。「ほら、メータ。この人はね、高等学校で俺たちの首席だったんだ」。そしてファビアンにこう言った。「あのさ、これ、うちの女房。ベターハーフってとこかな。今はレムシャイトで暮らしてる。司法修習生はやめちゃって、舅《しゅうと》のところで仕事してるんだ。浴槽のメーカーでね。そのうち浴槽が必要になるようなことがあれば、卸値で売らせてもらうからね！　おお、俺は元気さ。ありがたいことに、幸せな結婚だよ。二世帯住宅に住んでる。裏には大きな庭がある。現金もないわけじゃない。子どももいるんだ。でも生まれたばかりでね」

「まだこれくらいの大きさなんですよ」と、メータが弁解しながら、手で子どものサイズを示した。

「きっとすぐ大きくなりますよ」と、ラブーデがなぐさめた。妻のほうは感謝の目でラブーデを見つめ、夫にすがりつくようにした。

「ところで、相棒」と、ギムナジウムの同窓生がまた口を開いた。「今度はさ、これまでどうしてたのか、聞かせてよ」

「特別なことはやってないよ」と、ファビアンが言った。「目下のところ、宇宙ロケットを手作りしてるんだ。そのうち月を見物するつもりでね」

「すばらしい」と、浴槽メーカーに婿入りした刀傷の男が叫んだ。「ドイツはすべての国の先頭に！　ところで弟さん、元気？」

「いろいろ愉快で耳新しいことを聞かせてもらってますが」と、ファビアンは言った。「かわいい弟はずっと前からほしいと思ってましたよ。ところで、ひとつだけ教えてもらいたいことが。いったい、どちらのギムナジウムで？」

「マールブルクだよ、もちろん」

ファビアンは気の毒そうに肩をすくめた。「すてきな街だそうですね。でも残念ながら、ぼくはマールブルク、まるで知らないんですよ」

「だったら大変失礼しました」と、相手は声をきしませた。「ちょっと思い違いしてました。見間違えるほど似てたもので。悪く思わないでください」。靴の踵《かかと》と踵をコツンと合わせ、「さ、メータ！」と命令して、遠ざかっていった。メータはきまり悪そうにファビアンの顔をみつめ、ラブーデにうなずき、夫についていった。

「間抜けな猿め！」。ファビアンは憤慨していた。「見ず知らずの人間に話しかけて、馴れ馴れしくしやがって。今の図々しさも、アノニマス・キャバレーの演出じゃないかな。ぼくは、あのカリグラが怪しいと思う」

「そうは思わないな」と、ラブーデが言った。「浴槽はきっと本物だ。おそろしく小さな赤ん坊もね」

ふたりは家路についた。ラブーデは憂鬱な顔をして鋪道を見つめた。「恥ずかしいな」と、しばらくしてから言った。「あの元司法修習生はさ、家をもってる。庭ももってる。職ももってる。ソバカスの奥さんもいる。ほかにもいろいろもっている。でもぼくらは、住む土地もない浮浪者みたいに、ブラブラその日暮らしだ。決まった職もない。決まった収入もない。決まった目標もない。決まった彼女もいない」

「レーダがいるじゃないか」

「とくに腹が立つのは」と、ラブーデがつづけた。「あんなやつにだよ、自分でつくった自分の子がいるってことだ」

「ひがむなよ」と、ファビアンが言った。「あの、法律をやってた浴槽メーカーの社長なんか、例外だよ。今さ、三十歳で結婚できるやつって、いるか？　失業してるやつもいるし、明日にでも失職するやつもいる。これまで一度も就職したことのないやつもいる。ぼくらの国は、後の世代が生まれてくるってことに、準備できてないんだ。首の回らないやつは、結婚しないでいるのが一番なのさ。妻子にまで、やりの苦しい生活を分担させたりしないで。にもかかわらず他人を自分の生活に引きずり込むのは、すくなくとも不注意なやつだ。『ふたりで分ければ、苦しさも半分』だなんて、誰が言ったのか知らないけれど、そんな馬鹿なことを信じてるやつがまだいるなら、そいつに月二百マルクで八人家族を養わせてやりたいね。するとそいつは死ぬまで、自分の苦しさを8で割ることになるぞ」。ファビアンは横目で友人の顔をじっと見た。「ちなみにどうして君は、そんなことで悩むんだ？　お父さんからお金をもらってるだろ。それに大学教授資格の認可をもらえば、講師をやって収入もいくらか増えるじゃないか。そうすればレーダと結婚して、父親になる喜びを邪魔されることもない」

「経済的な問題のほかにも、まだ面倒なことがあるんだ」と言って、ラブーデは立ち止まって、タクシーに合図した。「悪く思わないで。急にひとりになりたくなった。明日、うちの実家に迎えにきてくれないか？話さなければならないことが、いろいろある」。ラブーデは友人の手になにかを握らせて、待っているクルマに乗った。

「レーダのことか？」と、ファビアンは、開いている窓からたずねた。

ラブーデはうなずいて、うつむいた。クルマが発進した。残されたファビアンはクルマを目で追った。

「ああ、行くよ！」と叫んだ。だがクルマはもう遠くに行っていて、赤いテールランプがホタルに見えた。

そのときファビアンは思い出して、手に握っているものを確認した。五十マルク札だった。

第8章

学生たちの政治運動
父ラブーデは人生を愛している
アウセンアルスター湖畔で平手打ち

ラブーデの両親は、ベルリンのグルーネヴァルトの大きなギリシャ風神殿に住んでいた。実際は神殿ではなく、大邸宅だった。そして実際のところ、両親はその大邸宅にまったく住んでいなかった。母親はよく旅行をした。たいていは南国に行った。ルガーノ近郊の別荘に住んでいた。第一に、グルーネヴァルトよりルガーノ湖のほうが気に入っていた。第二に、ラブーデの父親は、妻のか弱い健康には南国に滞在することが必要だ、と思っていた。妻のことをとても愛していた。とくに、妻が不在のときに。彼の愛情は、ふたりのあいだの距離の2乗分、深くなった。

彼は有名な弁護士だった。依頼人がたくさんのお金とたくさんの訴訟をもっていた。だから彼も、たくさんの訴訟とたくさんのお金をもつことになった。愛する職業からもたらされる興奮だけでは満足できなかった。ほとんど毎晩のように賭博クラブに行った。自宅はどこもしーんと静かで、その静かさがたまらなく苦手だった。非難がましい妻の目を見ると、絶望的な気分になった。夫婦はおたがいに出くわすことを恐れていたので、可能なかぎり、この大邸宅を避けていた。だから息子のシュテファンは、両親に会いたくなると、両親が冬にやるパーティーに出かけるしかなかった。ラブーデはそういう催しが年を追うごとに嫌いになり、とうとうパーティーには行かなくなった。だから両親と会うのも、うっかりなにかの偶然でしかなかった。

父親について知っている大部分のことは、あるとき、若い女優から聞かされたものだ。仮面舞踏会でのことだった。当時、金銭的な援助をしてもらっている男について、詳しく説明された。尻軽女はときとして、恋人を手に入れようとして、以前のパトロンの癖や秘密をペラペラしゃべってしまう。話の途中で、そのパトロンが法律顧問官ラブーデだとわかって、シュテファンは逃げるようにその仮面舞踏会を後にした。

ファビアンは好きでグルーネヴァルトの大邸宅へ行ったわけではなかった。こういう山の手のお屋敷がやらかしている浪費を馬鹿ばかしいと感じていた。こういう贅沢三昧の家にいると、自分はお客にすぎないのだ、と感じるのだが、そういう感覚がいつか消えるだろうとは、絶対に想像できない。だから、ほかにどんな理由があっても、この感覚のせいだけで、ラブーデ夫妻が博物館のような住居でおたがいに疎遠になったことは、まったくもって当然であると、ファビアンは思った。

「恐ろしいことに」と、ファビアンは、机にむかってすわっている友人に言った。「ここにやって来るたびに、ぼくは、君んちの使用人がフェルトのスリッパをはかせてくれて、宮殿の案内をしてくれるような気がする。もしもだよ、大選帝侯フリードリヒ・ヴィルヘルム一世がここの椅子に乗って、フェールベリンでの対スウェーデン戦に駆けていった、なんて話を君に聞かされたら、ぼくはさ、その話を信じる用意がある、って断言できるんじゃないかな。それはそうと昨日、お金ありがとう」

ラブーデは手をあげて制止した。「ぼくが必要以上の金をもってること、知ってるよね。その話はやめよう。ここに来てもらったのは、ハンブルクでぼくの身に起きたことを話しておこうと思ったからだ」

ファビアンは立ち上がって、ソファに腰を下ろした。こうするとファビアンがラブーデの背後に位置したので、ラブーデは話をしているあいだ、ファビアンの顔を見ないですんだ。ふたりとも窓の外を見ていた。緑の木立や、赤い屋根を見ていた。窓は開いていて、ときどき鳥がやって来て、窓敷居のうえをあちこち散歩し、首をかしげて部屋のなかをじろじろ見てから、庭のほうに飛んで戻った。そのほかに聞こえたのは、誰かが砂利道を熊手で掻きならしている音だった。

ラブーデはすぐそばの木の枝をじっと見つめていた。「ラソフから手紙が来たんだ。ハンブルク大学の大講堂で、いろんな傾向をもった学生たちを前にして、『伝統と社会主義』というテーマで話をする、ってね。で、ぼくにも、副報告者として、またはディスカッションのときに、政治のプランを話さないか、と言ってきたんだ。ぼくは出かけた。講演が始まった。ラソフは学生たちに、自分のロシア旅行のことや、そこで見聞きしたことや、ロシアの芸術家や学者たちとの対話について報告した。すると社会主義の学生団体の代表がくり返し話をさえぎった。その後、共産主義の学生が話をすると、今度はブルジョワの学生が邪魔してさ。それからぼくの番になった。ぼくはヨーロッパの資本主義の状況をスケッチして、こう要求したんだ。ブルジョワの青年がラディカルになる必要があります。そして彼らが、あらゆる方面から受動的・能動的に準備されているヨーロッパ大陸の破滅を阻止する必要があるのです。ブルジョワの青年は、と、ぼくは言った。近いうちに政治、産業、土地所有、商業において指導的な立場に立とうとしています。父親の世代は破産したのです。ヨーロッパ大陸の改革が私たちの使命なのです。つまり、国際協定によって、私的利益の自発的な縮小によって、資本主義と技術を理性的な程度にまで巻き戻すことによって、社会保障給付の増加によって、教育と授業を文化的に深めることによって、ヨーロッパ大陸を改革するのです。さらにぼくは言った。この新しいフロントは、いろんな階級を横断的に結びつけたものですが、不可能ではありません。なにしろ青年というものは、すくなくともエリートの青年は、抑制を知らない利己主義を嫌悪するだけでなく、じゅうぶんに賢明なので、社会システムの不可避な崩壊より、有機的な社会状態への復帰を優先させるからです。もしも、どこかの階級が支配しないと事が運ばないのであれば、と、ぼくは言った。私たちの世代という階級に政権をもたせてもらうのです。ぼくの演説はね、過激派の代表たちからは、いつものように大笑いされた。でもラソフが急進的ブルジョワ学生のイニシアチブ団体を組織しようと提案したら、拍手喝采を浴びたんだよ。で、イニシアチブ団体がつくられた。ぼくらは、呼びかけを起草して、ヨーロッパのすべての大学に送ることにした。ラソフと、ぼくと、その他二、三人は、ドイツの大学を回って、講演をして、似たような団体をつくるつもりなんだ。ぼくらの希望は、社会主義の学生たちと一種の協定《カルテル》を結ぶこと。すべての大学で団体ができてしまえば、その団体がほかの知的団体に働きかける。もう動きはじめてるんだ。昨日ね、なにも話さなかったのは、君の懐疑主義をうんざりするくらい知ってるからだ」

「うれしいよ」と、ファビアンが言った。「とてもうれしいよ。ついに君が君のプランの実行に取りかかれたんだから。独立民主主義の団体にはもう連絡した？　コペンハーゲンでは『ヨーロッパ・クラブ』が結成された。メモしておけよ。青年は善良なのか、とぼくは疑ってるが、あんまり怒らないでほしい。理性と権力がいつか結婚するだろう、などとぼくは思わないけれど、腹を立てないで。二律背反なんだよ。現在のような人類には、可能性は二つしかない、とぼくは確信している。人間は自分の運命に不満であり、その境遇をよくするために殺し合う。そうでなければ、これは理論上の状況でしかないけれど、逆に人間は自分および世界に同意していて、退屈のあまり自殺する。結果は同じ。人間がブタであるかぎり、神のようにすばらしい社会システムがなんの役に立つ？　ところでレーダは、この問題について、どんな意見だった？」

「どんな意見も控えてた。一緒じゃなかったから」

「いったい、どうして？」

「ぼくがハンブルクに行ったことも、知らなかった」

ファビアンは驚いて立ち上がったが、黙ってまた腰を下ろした。

ラブーデは腕をひろげて、机の天板の両端をにぎりしめた。「レーダを驚かせてやろうと思った。こっそり観察してやろうと思った。レーダを信じられなくなってからね。毎月、一緒にいるのが二日と一晩だけなら、男女の関係に地雷が埋められるようなものだ。そういう状態が、ぼくらの場合みたいに、何年もつづけば、関係はバラバラになる。それは、パートナーの性質にはあんまり左右されない。このプロセスは必然なんだよ。何か月か前、君にそれとなく言っただろ。レーダがすっかり変わっちゃった、って。本心を隠して、そらぞらしくなった。うわべを装うようになった。駅での挨拶も、会話の優しさも、ベッドのなかでの情熱も、みんな芝居にすぎないんだ」

ラブーデは首をロウソクのようにまっすぐに伸ばした。とても小さな声で話した。「こちらとしては、もちろん疎遠になる。相手がどんな心配をかかえてるのか、わからなくなる。相手が誰かと知り合いになっても、こちらはその知り合いを知らない。相手が変身しても、また、なぜ変身するのかも、こちらには見えない。手紙なんか書いても役に立たない。そこでこちらが出かけていき、キスをし、劇場に出かけ、なにかニュースはないのかとたずね、いっしょに一晩をすごしてから、別れる。また一か月後には、同じことのくり返し。心と心が近づいてから、手には時計をもって、カレンダーどおりにセックスする。無理なんだよね、彼女はハンブルクで、ぼくはベルリン。愛がくたばるのは地理のせいさ」

ファビアンはタバコを指にはさみ、マッチ箱の側《がわ》薬《ぐすり》のところを傷めないよう、そっとマッチに火をつけた。「この数か月は、レーダと会うのがいつも不安だった。彼女が目を閉じて横になってるときにさ、ぼくの下で震えながら、からだを動かし、両腕でぼくに抱きついてくると、ぼくはいつも、その顔を仮面のようにはぎ取ってやりたくなったんだ。嘘つきだからな。でも、誰に嘘をつこうとしてたのか？　ぼくにだけ？　それとも自分自身にも？　ぼくが手紙でくり返し説明を要求したのに、説明を避けたから、ぼくとしては、できることをやるしかなかった。ぼくらがイニシアチブ団体を設立した夜、ぼくはラソフやほかの連中とさっさと別れて、レーダが住んでいる家に向かった。どの窓も暗かった。もしかしたらもう寝てるのかもしれない。でもぼくはそんな論理を信じる気分じゃなかった。だから待ったわけ」

ラブーデの声がうわずった。机のうえに手を伸ばし、鉛筆を数本つかんで、両手ではさみ、神経質にグルグル回転させた。カタコトと鳴る木の音を伴奏にして、ラブーデの報告がつづいた。「通りは広く、家が建っているのは一箇所だけ。通りの向こう側に接するようにして花壇があり、それから草地があり、道があり、茂みがある。その後ろにはアルスター湖アウセンアルスターの湖面だ。家の向かい側にベンチがあった。そこにぼくは腰を下ろし、何本となくタバコを吸い、待った。誰かが通りを歩いてくるたびに、レーダにちがいない、と思った。そうやって夜中の十二時から午前三時まですわってた。激しい口論や嫌な光景を思い出しながら。時間が経った。三時ちょっと過ぎにタクシーが曲がってきて、家の前で停まった。背の高い痩せた男が降りて、運転手にお金を払った。それから女がクルマから飛び出してきて、玄関のドアまで急ぎ、鍵を開けて、中に入り、ドアを開けたまま、男が中に入るのを待ち、内側から鍵をかけた。タクシーは街に戻っていった」

ラブーデは立ち上がっていた。鉛筆を机のうえに投げ、部屋のなかをせわしなく歩きまわり、いちばん隅の、壁のすぐ前のところで立ち止まった。壁紙の模様をながめて、指で模様をなぞった。「レーダだった。レーダの窓には明かりがついた。二つの影が薄地のカーテンのむこうで動いているのが見えた。居間がまた暗くなった。今度は寝室が明るくなった。バルコニーのドアが半開きだった。ときどきレーダの笑い声が聞こえた。彼女が妙に甲高い声で笑うの、覚えてるだろ。ときどきしーんと静かになった。その家も、こちらの通りも。聞こえたのは、ぼくの心臓の鼓動だけ」

その瞬間、ドアが急に開けられた。法律顧問官ラブーデが入ってきたのだ。帽子もかぶらず、コートも着ていない。「やあ、シュテファン！」と言って、近づいてきて、息子に手を差し出した。「久しぶりだな、ん？　二、三日、旅行してたんだ。休養が必要だった。神経だよ、神経がね。さっき戻ってきたところだ。元気か？　顔色が悪いぞ。心配事でもあるのか？　教授資格論文、なにか連絡があったのか？　退屈な連中だな。母さんから手紙もらった？　母さんは、まだ二、三週間、滞在してりゃいいんだ。滞在先の名前が天国《パラディーソ》だなんて、ぴったりじゃないか。奥方は幸せだ。や、ファビアン君。シリアスな会話の最中だったのかな？　死後にも生は存在するのか？　ここだけの話だが、そんなのないよ。すべてのことは、死ぬ前に片づけてしまわなきゃ。やるべきことが両手に一杯。昼も夜も」

「フリッツ、もういい加減にいらっしゃいよ！」と、階段室で女の声が呼んだ。

法律顧問官が肩をすくめた。「ほら、な。駆け出しの歌手だ。才能はたっぷりだが、仕事はさっぱり。オペラは全部、暗譜で歌える。ずっと聞いてると、ちょっとうるさいんだが。じゃ、また会おう。人類を救おうなんて考えないで、むしろ楽しむんだよ。さっきも言ったが、人生なんて、死ぬ前に片づけてしまわなきゃ。詳しい話が聞きたいなら、いつでも聞かせてやるよ。ま、あんまりまじめになるな、坊主」。ふたりに握手して、部屋を出て、ドアをバタンと閉めた。ラブーデは遅れて耳をふさぎ、机のそばに寄って、しばらくじっと考えてから、話をつづけた。「五時頃、雨が降りはじめた。六時過ぎに止んだ。夜が明けて、空が明るくなった。寝室にはまだ明かりがついていた。夜明けなのに奇妙な感じがした。七時に家からあの男が出てきた。ドアを出たとき、口笛を吹いて、上を見上げた。レーダが日本の寝間着を着てバルコニーに立ち、手をふっている。男も手をふった。レーダは一瞬、また寝間着の前を大きくはだけて、男にまた自分のからだを見せてやった。男が投げキスをした。ぼくは反吐《へど》が出そうだった。男は口笛を吹きながら、通りを下っていった。ぼくはうつむいた。上ではバルコニーのドアが閉められた」

ファビアンは、どんな態度をとったものか、わからなかった。そのまますわっていた。突然、ラブーデが腕をふりあげ、こぶしを机にたたきつけた。「あばずれめ！」と叫んだ。ファビアンはソファから飛び上がったが、ラブーデが手をあげて制止して、落ち着き払った声で言った。「もういいんだ。つづきを聞いてくれ。昼に電話した。彼女は喜んだ。あら、また来てくれたのね。どうして手紙で知らせてくれなかったの？　五時に来てくれない？　学生集会は二、三週間前から早めに終わっていた。時間になるまで、ぼくは港のあたりをブラブラした。それからレーダの家に向かった。レーダはお茶とケーキを用意してくれていて、ぼくを優しく迎えた。ぼくはお茶を一杯飲んで、とりとめない世間話をした。それからレーダは、自動的に服を脱ぎはじめ、着物をからだに巻きつけて、寝椅子に横になった。そこで、ぼくはたずねた。もしもだよ、ぼくらの関係を解消するとしたら、レーダはどう思う？　すると彼女がたずねた。あなた、どうしたの？　大学教授資格が認可され次第、結婚するって、決まったことでしょ。あたしのこと嫌いになったの？　で、ぼくは言ってやった。そんなこと、今は問題じゃない。レーダのせいで気持ちがどんどん離れてきたから、別れたほうが賢明だと思えるんだよ、って。

レーダは思いっきり伸びをして、寝間着がはだけるようにし、子どもの声で言った。あなた、冷たいんだ。気持ちが離れたのも、誰が見てもこんな事情なら当然と思うように、あたしのせいというよりは、あなたのせいでしょ。レーダは認めた。ハンブルクとベルリンの距離を気持ちで埋めるのは、むずかしいわ。セックスのことだって葛藤がある。あたしがあなたをほしいと思っても、あなたはいない。あなたがいるときは、愛なんて、お腹がへっていても、へっていなくても食べる昼ご飯みたいに、片づけられちゃう。でも結婚しちゃえば、違ってくるでしょ。ところで、怒らないで聞いて。あたし数週間前、手術してもらったの。子どもはね、妻になってから産みたいと思うから。結婚前じゃなく。ま、ちょっとした事故みたいなものだけど、報告しなかったのは、心配させたくなかったから。でも、もう元通り、元気よ。ねえ、いい加減、こっちに来てすわりなさいよ。あたし、さびしかったんだから。

『誰の子だったんだい、堕ろしたのは？』と、ぼくはたずねた。レーダはからだを起こして、きちんとすわり、傷ついた顔をしてた。

『それからさ、昨日の男は誰だったんだい？　ここに泊まっただろ？』と、たたみかけてやった。

『幽霊でも見たんじゃないの』と、レーダが言った。『嫉妬深いんだから。まったく馬鹿げかしい』

それを聞いて、レーダに平手打ちを食らわせて、部屋を出たんだ。レーダのやつ、追いかけてきたけどね。階段を下りて、玄関まで。ドアのところで立ちつくしてたよ。素っ裸のうえに寝間着の着物を風になびかせて。午後六時頃だったかな。帰らないで、って叫んでた。でもぼくは、逃げるように走って、タクシーで駅に行った」

ファビアンはラブーデの後ろに行き、両手を友人の肩にのせた。「どうして昨日すぐ、話してくれなかったんだ？」

「ああ、もう大丈夫だよ」と、ラブーデが言った。「自分をひどく欺いてたけど」

「でもレーダはどうすればよかったんだ？　本当のことを言うべきだった？」

「そのことについては、もうなにも考えられない。ぼく、重病にかかってたような気がするんだ」

「まだ病気だろ」と、ファビアンが言った。「まだ好きなんだろ」

「ああ、そうだ」と、ラブーデが言った。「でも、もうほかの男たちのことは気にならないよ。ぼくのことと違って」

「レーダが手紙を書いてきたら？」

「レーダの件は、片がついてるんだ。ぼくは五年間、まちがった前提のもとで生きてきた。もう十分だ。最悪のことを君には話してなかったね。レーダはぼくを愛してない。一度もぼくを好きだったことがないんだ！　今ようやく、最後に線を引いてみて、突然、計算が合うんだ。レーダがぼくの横で寝て、冷血にぼくを欺いたときになってはじめて、ぼくはこれまでの五年間を理解したんだ。五分間ですべてを理解した。決済済みさ！」。ラブーデは友人をドアのところまで押した。「さ、行こう。ルート・ライターに招待されてるんだ。さあ、いろんなこと取り返さなきゃ」

「ルート・ライターって誰？」

「今日、知り合ったばかりなんだ。ご本人の言葉を信じていいなら、アトリエをもっていて、彫刻やってる女性」

「モデルやりたいと、ずっと思ってたんだ」と言って、ファビアンはコートを着た。

第9章

風変わりな若い娘たち
死にたがった男が元気になる
クラブの名前は「従妹《クジーネ》」

「ついに男性陣の到着よ！」と、ライター女史が叫んだ。「どうぞ楽にして。クルプ嬢がね、嘆いてたところなの。これじゃやってけない、って。二日間、ひとりも男がいなかった。最後の男は、交通事故でしかなかったわ。クルプ嬢はファッション・デザイナーなんだけど、その男はさ、ちょっとでも見返りがなきゃ、クルプ嬢に注文しなかった。ほとんどインポのくせして助平じじいなんだ、って言ってた」

「最悪だね」と、ラブーデが言った。「連中は休むことなく、なにかやってみようとする。損の埋め合わせができないものか、確かめてるんだ」。ラブーデは、クルプという娘を探して見回した。その娘は、両膝を立てて寝椅子にうずくまったまま、ラブーデに合図した。

ラブーデはクルプの隣に腰を下ろした。ファビアンは決心がつかないまま待った。アトリエは大きかった。部屋のまん中の、ランプの下の、彫刻が並んでいる列の前に、木のテーブルがあったのだが、そのテーブルの上には、髪の黒い、裸の女がすわっていた。ライター女史は腰掛けにしゃがみ、スケッチブックを手にとって、デッサンを始めた。「夜間ヌードモデルよ」と、ふり向かずに説明した。「名前はゼロフ。ポーズ変えるわよ、ダーリン！　立って、脚ひろげて、上半身を直角にねじって。そう、首の後ろで手を組んで。よし、いいよ！」。ゼロフという裸の女は、もうからだを起こしていて、テーブルの上で脚をひろげして立っていた。すばらしい体つきだ。憂鬱な目で、無関心にぼんやりと目の前を見ている。「男爵、なにか飲み物ちょうだい。寒いわ」と、突然、言った。

「本当だ、ゼロフ嬢、全身、鳥肌になってる」と、ファビアンが確認した。すでに近くまで来ていたファビアンは、ブロンズの女性像の前に立つ芸術通のように、モデルの前に立っていた。

「触っちゃ、ダメよ！」。彫刻家ライターの声がなんとも無愛想に響いた。

クルプ嬢は、温かい風呂の湯につかっているように、ラブーデの腕に抱かれて、手足を伸ばしていたが、ファビアンに声をかけた。「バターみたいな柔肌に触れちゃ、ダメ。男爵は嫉妬深いんだよ。夜間ヌードモデルとは、いい関係なんだから」

「お黙り！」と、ライター女史がうなるように言った。「ラブーデ、もしもクルプ嬢と緊急事態になりたいんなら、遠慮しなくてもいいわよ。部屋はここしかないけれど、みんな平気。慣れてるから」

ラブーデは、ぼくは道徳に配慮する人間なんだよ、と言った。

「いろいろあるんだな」と、クルプ嬢が悲しそうに言った。

ライター女史はスケッチブックからしばらく顔を上げ、ファビアンを見つめた。

「もしもクルプ嬢に興味があるなら、さ、仲間に入って！　十ペニヒ硬貨が一枚あれば、いいの。表なら、ラブーデ。裏なら、あなた。クルプ嬢が十ペニヒ硬貨を投げ上げると、クルプ嬢の腹腔神経叢《みぞおち》が刺激される。表でも裏でも、上になった方に優先権があるわけ」

「なんて深い真理だこと！」と、クルプ嬢が叫んだ。「でも、たったの十ペニヒ？　あたしの値段、暴落させたわね！」

ぼく、賭け事しませんから、とファビアンが礼儀正しく言った。

裸の女がじだんだを踏んだ。「なにか飲み物ちょうだい！」

「バッテンベルク、あんたの肘掛け椅子の横に、小さいテーブルあるでしょ。そのテーブルにジン置いてるの。それ、こっちに持ってきて」

「わかったわ」という声がした。彫像の後ろでカチャカチャ音がした。それから知らない女の子がランプの光の輪のなかに入ってきて、なみなみと注がれたグラスを夜間ヌードモデルに渡した。

ファビアンは驚いた。「いったいここには何人、女性がいるんだい？」とたずねた。

「女は、わたしひとりだけ」と説明して、バッテンベルク嬢が笑った。ファビアンはその顔をのぞき込んだ。この子はここの環境にはふさわしくないな、と思った。彼女は歩いて、また彫像の後ろに戻った。ファビアンは追いかけた。彼女は肘掛け椅子にすわった。ファビアンは、石膏のダイアナ像の隣に立って、筋肉質の女神の腰に腕を回して、アトリエの窓越しに、ユーゲントシュティールの切妻のアーチと街景図をながめた。男爵が命令している声が聞こえる。「最後のポーズよ、ダーリン、前に屈んで、膝を曲げて、お尻を突きだして、両手を膝に、よし、そのまま！」。そしてアトリエの前半分のスペースから、小さな鋭い叫び声が聞こえた。クルプ嬢がしばらく呼吸困難になっていた。

「いったいどうやってこのブタ小屋に？」

「ルート・ライターとわたし、同じ町の出身なんです。学校も同じだった。この前たまたま街で会ったんです。わたし、ベルリンに来て日が浅いので、いろいろ教えてあげるわよ、と言われて招待されたわけ。でもここはこれが最後。十分に教えてもらったので」

「それはよかった。ぼくは特別に品行方正ってわけじゃないけど、それでも、女の人がその人の水準以下の生活をしてるのを見ると、暗い気持ちになる」

彼女はまじめな顔をして彼を見つめた。「わたし、天使じゃありませんよ。わたしたちの時代は天使に意地悪でしょ。どうすればいいのかしら？　男の人を好きになると、自分をその人にゆだねてしまう。それまでのこととはすっかり手を切って、その人のところへ行く。『ほら、来たわよ』と言って、わたしたちはほほ笑む。『ああ』と、男が言う。『来たんだな』。そして耳の後ろを掻くんです。俺は全権をにぎったぞ、と考える。しかしこれで俺も厄介者を背負い込んだわけか。心も軽くわたしたちは、持っているものを全部プレゼントする。すると男が呪う。プレゼントがわずらわしいわけ。最初は小さな声で呪うけれど、後になると大声で呪う。で、わたしたちは、これまでよりもずっと孤独になる。わたし、二十五歳なんだけど、二人の男に置き去りにされた。わざと忘れられた傘みたいに、置き去りにされたの。こんなことまで話しちゃって、迷惑ですね？」

「多いよね、そういう話、女の人に。ぼくら若い男は心配事だらけ。だから残った時間は、楽しむことに使って、恋愛には使わない。家族なんて死にかかってる。ぼくらが責任をもつやり方って、二つしかないんだ。まずね、男は女の将来に責任をもつ。でも、一週間後に失業したら、無責任な行動だったと気づくことになる。逆に、責任感から、もうひとりの人間の将来を台なしにしないようにする。でも、そのせいで女が不幸になってしまったら、こちらの決断も無責任だったとわかることになる。こんな二律背反、以前にはなかった」

ファビアンは窓敷居に腰を下ろした。向かいの建物の窓の一つに明かりがついていた。質素な家具の部屋の中が見えた。女がテーブルに頬杖をついて、すわっている。男がその前に立ち、両腕でジェスチャーをし、叱りながら口を動かし、フックから帽子を乱暴に取って、部屋を出ていった。女は手を顔から離し、じっとドアを見つめている。それから頭をテーブルに寝かせた。なんともゆっくり、なんとも静かに。まるで落ちてくるギロチンを待っているかのように。ファビアンはふり返って、隣で肘掛け椅子にすわっている女の子を観察した。彼女も向かいの建物の光景を観察していたのだが、悲しそうな目でファビアンを見つめた。

「あそこにもまた、なりそこないの天使が」と、ファビアンが言った。

「わたしが愛した二番目の男にとって、わたし、お荷物だったんです」と、彼女が小声で言った。「ある晴れた夕方、その男が家を出た。手紙をポストに入れてくるって。階段を下りて、戻ってこなかった」。彼女は、その出来事がいまだに理解できないかのように、首をふった。「ポストから戻ってくるのを、わたし、三か月待ったわ。おかしいでしょ？　そんなとき男がサンティアゴから絵葉書を送ってきた。心からご挨拶を、なんて書いて。『おまえは売春婦だ！』って母に言われた。わたしがね、母さんの最初の男は十八のときで、最初の子は十九のときだったじゃない、って思い出させたら、母が怒って叫んだわ。『それとはまったく別の話でしょうが！』。もちろん、まったく別の話だけど」

「どうしてベルリンに来たのかな？」

「昔はね、女が身をまかせると、贈り物のように大切にされた。今はね、お金を払われて、ある日、支払い済みで用済みの商品みたいに、ポイと捨てられる。お金を払うほうが安上がりだ、と男は考えてるでしょう」

「昔、その贈り物は、商品とはまったく別のものだった。今、その贈り物は商品で、しかもタダなんだよね。そんなに安いから、買い手が不信感をもつ。腐ったビジネスにちがいない、と思う。で、たいていは腐ってる。後になって女から請求書を突きつけられるからね。突然、その贈り物の道徳上の値段で払い戻しを迫られる。精神的な対価で。終身年金として払わされるんだ」

「そう、そうなのよ」と、彼女は言った。「そんなふうに考えてるのよね、男の人って。でもどうしてこのアトリエのこと、ブタ小屋と呼ぶわけ？　ここにいる女の人はみんな、男の人が望むようなタイプでしょ！ちがうかな？　わたし、男の人の幸せに欠けてるもの、知ってるわ。わたしたち、男の人の望むように、来たり帰ったりしなきゃならない。でも、男の人に追っ払われたときには、泣かなきゃならない。そしてわたしたちは、男の人にウィンクされると、最高に幸せだと思わなきゃならない。男の人は、恋愛に商品みたいな性格を望むくせに、商品は男の人に惚れてなきゃならない。男の人はどんなことにも権利があり、どんなことにも義務がない。わたしたちはどんなことにも義務があって、どんなことにも権利がない。そういうのが男の人の天国なんでしょ。でもそんなの、行き過ぎだわ！」。バッテンベルク嬢は鼻をかんだ。そして話をつづけた。「わたしたちだってね、もしも男の人を自分のものにしちゃダメと言われるなら、男の人を愛そうとは思わない。男の人がわたしたちを買うつもりなら、高く払ってもらわなきゃ」。彼女は黙った。顔に小さな涙が流れていた。「そういうわけでベルリンに来たんですね？」と、ファビアンがたずねた。彼女は声を出さずに泣いた。

ファビアンは彼女の脇に寄り、肩をなでた。「君はさ、ビジネスのことわかってないね」と言って、二つの石膏像のあいだからアトリエの別の部分をのぞいて見た。夜間ヌードモデルがテーブルのうえにすわって、ジンを飲んでいる。彫刻家のライター女史は裸の女のうえにかがみこんで、あまり出ていないお腹と胸にキスをしている。ゼロフ嬢はそのあいだにグラスを飲み干し、つまらなさそうにガールフレンドの背中をなでていた。一方がキスし、もう一方が飲んでいて、どちらも、相手がなにをしているのか、よくわかっていないようだ。そして背景では、寝椅子でクルプ嬢とラブーデが横になり、ささやき合いながら、一つの糸玉になって絡みあっている。

そのとき表のベルが鳴った。ライター女史が起きあがり、重たい足取りで部屋を出た。ゼロフ嬢は靴下をはいた。大男がドアから入ってきた。ハアハアと息を切らし、片脚は義足で、杖をついている。

「クルプ嬢はいるかね？」とたずねた。ライター女史がうなずいた。大男はポケットから札を二、三枚取り出して、彫刻家に渡して、言った。「みんな、一時間ほど外してくれないか。ゼロフ嬢も場合によっちゃ、置いてってもらおうか」。どっかと椅子にすわり、ぎこちなく笑った。「いやあ、いやあ、男爵、今のは、ほんの冗談だよ」

クルプ嬢は寝椅子から這って下り、服のしわを伸ばして、大男に握手した。「こんちは、ヴィルヘルミー、あいかわらず死んでないのね？」

ヴィルヘルミーは額から汗をぬぐい、首をふった。

「もう長くねえんだぞ。それにな、金のほうが俺より先にくたばっちまう」。クルプ嬢にも札を二、三枚渡した。「ゼロフ！」と叫んだ。「ジン、全部飲んじまうな！　もっと急いで服を着ろ」『従妹《クジーネ》』に行ってて。あたし、後から行くから」と、クルプ嬢が言った。それからラブーデを揺さぶって、目を覚まさせた。「ねえ、あなたは追い出されるのよ。ここは、今月にも死ぬって、いろんな医者に言われた人の席。あたしたちが生理を待ってるように、この人は死を待ってるの。あたしはね、ほんの十五分間、待つのを手伝うの。後で会いましょ」

ラブーデが立ち上がった。ライター女史はコートを取りに行き、ファビアンは彫像の後ろからバッテンベルク嬢といっしょに出てきた。ゼロフ嬢はもう服を着終わっている。みんなで出かけた。死にたがり屋の大男とクルプ嬢が残った。

「この前みたいにひどく殴られなきゃいいんだけどね」と、彫刻家が階段のところで言った。「あの大男、みんなが自分より長生きを許されてるから、怒ってるのよ」

「あの子、嫌じゃないんだよ。殴られるの、好きなんだから」と、ゼロフ嬢が言った。「それにさ、あの子のデッサンじゃ、食べてけない。死ぬこともできない」

「りっぱな職業なのよ、わたしたち！」。ライター女史が憤慨しながら笑った。

「従妹《クジーネ》」は、主として女たちが出入りするクラブだった。女同士でダンスをした。女同士で腕を組んで、小さな緑のソファにすわっていた。女同士でじっと見つめ合った。火酒《シュナップス》を飲んだ。できるだけ男になりきるために、襟の詰まったブラウスにタキシードの上着を着ている者もいた。オーナーは、クラブの名前と同じクジーネだった。この女性は黒い葉巻を吸い、客の紹介や斡旋をした。クジーネはテーブルからテーブルへ歩き、客に挨拶し、手堅いジョークを飛ばし、居酒屋の亭主のようにがぶがぶ飲んだ。

ラブーデは、ファビアンに対しても自分自身に対しても、きまり悪そうだった。夜間ヌードモデルと踊ってから、その女の子とカウンター席にすわり、友人のファビアンに背中を向けていた。ルート・ライターは嫉妬していたが、我慢していた。ほとんどバーのほうに目を向けず、青ざめた顔をして、飲みはじめた。その後、ゆっくり別のテーブルに移動して、そこで年配の女性とおしゃべりをした。年配の女性は、恐ろしいくらい厚化粧で、笑うと、コッコッという声になったので、今にも卵を産むんじゃないか、と思われた。

「さっきふたりで話したことが忘れられない」と、ファビアンはバッテンベルク嬢に言った。「本当に君は、ここに集まってる女はみんな生まれつき変態だ、と思ってるわけ？　あそこのブロンドは何年も、ある俳優の彼女だったんだけど、突然、放り出されてしまった。そこでオフィスで働くようになり、支配人と寝た。子どもができたけれど、訴訟に敗れた。支配人が父親であることを否認したんだ。子どもは田舎にやられた。ブロンドは新しい勤め先を見つけた。でも彼女はね、もしかしたらずっと、少なくともさしあたりは、男に不自由しない。でね、彼女のほかにもここにいる女のなかには、似たような経験をしてる者がいるんだ。一方ではまるで男が見つからず、もう一方では見つかりすぎ。またね、結果を心配してパニックになってるのもいる。ここには、男に悪意しかもってない女が大勢いるんだよ。ぼくの友人といっしょにいるゼロフ嬢なんかも、異性にすねてるという理由だけで、レズなのさ」

「うちまで送ってもらえないかしら」と、バッテンベルク嬢がたずねた。

「ここが気に入らないのかな？」

彼女は首をふった。

そのときドアが開いて、クルプ嬢がよろよろと店内に転がり込んだ。彫刻家がすわっているテーブルの前で、立ち止まり、口を開けた。叫ばなかった。なにも話さなかった。その場にくずおれた。気絶したクルプ嬢のまわりに、女たちが野次馬根性で押し寄せた。クジーネがウィスキーを持ってきた。「ヴィルヘルミーのやつ、また殴ったんだ」と、ライター女史が言った。

「男たちに乾杯！」と、ひとりの娘が叫んで、ヒステリックに笑った。

「奥の部屋からドクター呼んできて！」と、クジーネが叫んだ。みんな右往左往しながら走った。ジョークが好きで酔っぱらってもいるピアノ弾きが、ショパンの葬送行進曲を弾きはじめた。

「あれがドクターなの？」と、バッテンベルク嬢がたずねた。サイドドアから、背が高くて痩せた女性がイブニングドレスを着て入ってきた。顔は、白いパウダーをはたいたドクロに似ている。

「ああ、医師免許をもってる男だよ」と、ファビアンが言った。「学生のときは、決闘規約をもつ学生組合にまで入ってたことがある。パウダーのしたには決闘のときの刀傷があるんだけど、見えるかな？ 今はモルヒネ中毒で、警察からは女装の許可ももらってるんだ。モルヒネの処方を書いて、暮らしてる。そのうち、捕まることになるだろう。そうなるとね、あの男は服毒自殺するね」

クルプ嬢が奥の部屋に運びこまれた。イブニングドレスのドクターがその後につづいた。ピアノ弾きがタンゴを弾きはじめた。彫刻家が夜間ヌードモデルをダンスの相手にし、からだをぴったり押しつけて、猛烈に口説いた。ゼロフ嬢は酔いつぶれていて、相手の言葉にほとんど耳を貸さず、目を閉じていた。突然、彼女は彫刻家から身をもぎ離し、寄せ木張りのダンスフロアをよろよろと横切り、ピアノのふたをバタンと閉めたので、楽器が悲鳴をあげたが、彼女は「嫌だ！」と怒鳴った。

ホール全体が死んだように静かになった。彫刻家はひとりでダンスフロアに立ったまま、腕組みをしていた。

「嫌だ！」と、ゼロフ嬢がもう一度怒鳴った。「もううんざり！　もういいでしょ！　あたしがほしいのは男！　男がほしいのよ！　あんたみたいな助平な雌ヤギなんて、いらないから、ほっといて！」。彼女はラブーデを椅子から引きはがし、キスをして、帽子をたたきつけるようにかぶり、ラブーデがコートを手に取るか取らないかのうちに、この若いラブーデをドアのところまで連れていった。「やっぱり男は違う。万歳、小さな違いが大きな違い！」と叫んだ。それからゼロフ嬢とラブーデは消えていった。

「ぼくらも帰ったほうが、やっぱりいいね」。ファビアンは立ち上がり、お金をテーブルに置いて、バッテンベルクがコートを着るのを手伝った。ふたりが帰るとき、男爵という別名をもつルート・ライターは、あいかわらず寄せ木張りのダンスフロアに立っていた。誰も近寄ろうとはしなかった。

第10章

不道徳のトポグラフィー
愛はけっして消えることがない！
小さな違いが大きな違い！

「どうしてあんな人が、あなたのお友だちなの？」と、通りに出て彼女がたずねた。

「あいつのこと、ぜんぜん知らないでしょうが！」。ファビアンは彼女の質問にも、自分の答えにも腹が立った。ふたりは黙って並んで歩いた。しばらくしてファビアンが言った。「ラブーデのやつ、ひどい目に遭ったんだ。ハンブルクへ行ってね、未来の妻の裏切りを目撃したんだ。計画を立てるのが好きなやつでね。家族にかんしてなら、自分の未来を小数点五桁まで計算してた。それがひと晩で、ご破算だとわかった。それをさっさと忘れようとして、とりあえず売春婦を相手に憂さ晴らしをしているというわけ」

ふたりは、とある店の前に立ち止まった。こんな夜の時間なのに店は照明が明るく、ワンピースやブラウスやエナメルのベルトが、暗い建物に囲まれているので、太陽に照らされた小島に陳列されているみたいだ。

「いま何時か教えてもらえませんか？」と、そばにいた誰かにたずねられた。バッテンベルク嬢はびっくりして、いっしょにいたファビアンの腕にしがみついた。「十時十分過ぎですよ」と、ファビアンが言った。「ありがとうございます。じゃ、急がなきゃ」。ふたりに話しかけた若い男は、かがんで、馬鹿ていねいに靴のひもを結んだ。それからからだを起こして、きまり悪そうにほほ笑みながらたずねた。「もしかして五十ペニヒ、余分に持ってませんか？」

「もしかして、ええ」と答えて、ファビアンは二マルク硬貨［つまり二百ペニヒ］をやった。

「おお、ご親切に。ありがとうございます。これで今夜は救世軍に泊まらなくてすみます」。見知らぬ男は、わびるように肩をすくめ、帽子を脱いで、足早に立ち去った。

「教養のある人ね」と、バッテンベルク嬢が言った。

「ああ。時間を聞いてから、無心したからね」

ふたりはまた歩きつづけた。ファビアンは、バッテンベルク嬢がどこに住んでいるのか、知らなかった。彼女よりこの辺りのことはよく知っていたけれど、彼女について歩くことにした。「今度の問題で最悪なのは」と言った。「レーダという、その例のハンブルクの女が、ラブーデのことをまるで愛してなかった、ってことをラブーデが、なんと五年も経ってから、気づいたことなんだ。彼女が彼をだましたのは、彼がほとんど彼女のところに行かなかったからじゃない。彼のことを愛していなかったからなんだ。ただ個人的に親しいというだけで、彼は彼女のタイプじゃなかった。逆のケースもあるんだけどね。つまり、自分にぴったりのタイプだから好きになる可能性はあるけれど、個人としては好きになれないわけ」

「すべての点でぴったりの相手、ってないものなんでしょうね？」

「そんな極端なこと望むべきじゃないと思うよ」と、ファビアンが答えた。「ところで、戦ってやろうという決意は別として、どうしてソドムとゴモラみたいなベルリンにやって来たんですか？」

「わたし、試補なんです」と、彼女が説明した。「学位論文のテーマは、映画の国際著作権の問題について。ベルリンの大きな映画会社に、契約部門の見習いとして雇ってもらうの。月百五十マルクで」

「それより映画女優にはならないのかな？」

「なるしかないなら、仕方ないかな」と、観念したように言った。ふたりは笑った。ガイスベルク通りを歩いていた。夜の静けさを破るのは、ごくたまに横切っていくクルマだけだった。建物の前に並んでいる庭の花壇が匂っていた。ある建物の入口では恋人同士が抱き合っていた。

「月ですらこの街は明るく輝いてる」と、映画の国際著作権の専門家が言った。

ファビアンは彼女の腕をちょっと押した。「君のふるさとの町とほとんど同じじゃない？」とたずねた。

「でもそれは君の勘違いだよ。月の光も、花の匂いも、静けさも、市門のアーチのなかでする小さな町のキスも、みんな錯覚なんだよ。ほら、あそこの広場にあるカフェじゃ、中国人がベルリンの売春婦といっしょにすわっている。中国人専用のカフェさ。その前の店ではね、香水をつけたゲイの若者がエレガントな俳優や、スマートな英国人とダンスをして、ダンスのうまかった者に賞を出したりしてるんだ。でも最後に全額支払うのは、ブロンドに染めた白髪の婆さん。勘定係だから入店を許されてるわけ。ほら、右の角にあるホテルは、日本人しか泊まらない。その横にあるレストランでは、ロシア系ユダヤ人とハンガリー系ユダヤ人が、お金を借りあったり、猛烈に殴りあったりしてる。また裏通りにあるペンションでは、午後、ギムナジウムに行ってる未成年の女子生徒が売春して、小遣いを稼いでる。半年前、スキャンダルがあった。下手にもみ消そうとしたため騒ぎになったんだけどね。年配の男性が、お楽しみを求めて部屋に入ったところ、期待どおり、服を脱いだ十六歳の女の子がいたんだけど、残念ながらそれが、自分の娘だった。そんなことまで期待してなかったわけで……。この巨大な街が石でできているかぎり、街はほとんど昔のままだ。住民を見ていると、街は以前からずっと、精神病院に似てるね。東は犯罪の居城、中央は詐欺の居城、北は悲惨の居城、西は性的不道徳の居城、そしてどの方角にも没落が住んでいる」

「じゃ、没落の後は、なにが来るのかしら?」

ファビアンは、鉄格子のうえに垂れている小枝をむしり取って、こう答えた。「愚かさが来るんじゃないか、と心配してる」

「わたしのふるさとの町には、愚かさは、もう到着してるわ」と、バッテンベルク嬢が言った。「でもどうすればいいわけ?」

「楽天家なら、絶望すればいい。ぼくは憂鬱屋だから、大した影響はない。自殺なんかしようとは思わない。行動への意欲なんてまったく感じないからね。ほかの連中は、行動への意欲なんかに駆られて、壁に頭をぶつけるまで走り、ついに頭が降参する。ぼくは、じっと見ていて、待つ。礼節が勝つまで、ぼくは待つ。そうなってからなら、自分を自由に使ってもらうことができるんじゃないかな。でもぼくがそれを待っているのは、信仰のない人間が奇蹟を待っているようなものだ。ところで、ぼくは君のことをまだよく知らない。にもかかわらず、いや、もしかしたら、だからこそ君に、人とつき合うための作業仮説をこっそり教えてあげたいんだ。この仮説は実証ずみでね。理論なんだけど、正しいと証明される必要はない。でも実際に使ってみると、効果がある」

「それ、どんな仮説なのかな?」

「すべての人間を気狂いだと思え。子どもと老人は別だけど、その逆が明白に証明されるまでは。この命題に従っておくとね、この命題がどんなに役に立つものなのか、すぐにわかると思うよ」

「じゃ、あなたを最初の例にしてもいいかしら?」と、彼女がたずねた。

「ええ、お願いします」と、彼は言った。

ふたりは黙って、ニュルンベルク広場を横切った。一台のクルマがふたりの鼻先でブレーキをかけた。バッテンベルク嬢がふるえていた。シャーパー通りへ入った。荒れた庭で猫たちが大声で鳴いていた。歩道の縁に街路樹が並んでいて、道を暗く覆い、空を見えなくしていた。

「着いたわ」と言って、17番の建物の前で立ち止まった。それは、ファビアンも住んでいる家だった!

ファビアンは驚きを隠し、また会えるでしょうか、とたずねた。

「本気ですか?」

「ただし、君も会いたいと思うなら、だけど」

彼女はうなずき、一瞬、頭を彼の肩にもたせかけた。「わたしもよ」。彼は彼女の手を握りしめた。「この街、とても広いから」とささやくように言って、彼女は黙り込んで、ためらっていた。「半時間ほど寄っていきませんか、なんて言うと、誤解されるかな? わたしまだ、自分の部屋に慣れてなくて。なにを言っても響かないし、思い出もない。部屋では誰ともしゃべったことないし、なにひとつ思い出せるようなこともない。窓の前では夜になると木が黒っぽく揺れてるわ」

ファビアンは、思わず大きな声で言った。「寄るよ、喜んで。さあ、鍵を開けて」。彼女は鍵を鍵穴に差し込んで回した。しかしドアを開ける前に、もう一度、彼のほうにふり返った。「ほんとに心配だな。誤解されてるんじゃないか、って」。ファビアンはドアを開け、階段の明かりのスイッチを押した。そのとき、こんなことをするとバレてしまったのではないか、と自分で自分に腹が立った。しかし彼女は気づかなかった。ファビアンが中に入ってから、彼女は鍵をかけて閉め、先に立った。ファビアンは後につづき、今日はこっそりこの建物に入ったことをおもしろがった。何階に彼女は住んでるんだろう？　なんと彼女は、彼の大家さんの家、つまり未亡人ホールフェルト家の前で立ち止まり、ドアを開けた。

廊下には明かりがついていた。ピンクの上下ひと続き《コンビネーション》の下着姿の若い女の子が二人、緑色の風船でサッカーをしていた。二人はびっくりして、驚きのあまりクスクス笑いはじめた。バッテンベルク嬢は立ちすくんでいた。そのときトイレのドアが開き、好色なセールスマン、トレーガー氏がパジャマ姿であらわれた。

「ハーレムには鍵かけておくほうがいいですね」と、ファビアンが低い声で言った。トレーガー氏はニヤッと笑って、二人の女の子を後宮に追い込んで、かんぬきを掛けた。ファビアンは自分の部屋のドアノブをうっかりつかんでしまった。

「あら、ダメよ」と、バッテンベルク嬢がささやいた。「そこは誰か別の人の部屋よ」

「失礼」と言って、ファビアンは彼女について、廊下の突き当たりの部屋に入った。帽子とコートはソファに置いた。彼女はコートをロッカーに掛けた。「ひどい部屋でしょ」と言って、ほほ笑んだ。「これで月八十マルクなの」

「ぼくの部屋もちょうど同じだな」と、ファビアンが慰めた。

隣の部屋が騒がしくなった。ベッドのスプリングが不機嫌にきしんでいる。「ご近所の騒ぎはタダで鑑賞できるのよ」と言った。

「壁に穴を空けて、入場させてもらったらどうかな」

「ああ、でも、うれしい」と、彼女は暖炉の前にいるように手をこすり合わせた。「ひとりだと、ここのサロン、もっと不愉快に感じられる。あなたにとても感謝するわ。あの恐ろしい木、見てみる気あるかな？」

ふたりは窓のそばへ行った。「今日は木までが、いつもより友好的だなあ」と、彼女は気づいた。それから彼をじっと見て、つぶやいた。「つまりね、いつもわたし、ひとりだから」。ファビアンはそっと彼女を引き寄せて、キスをした。彼女はキスを返した。「やっぱり、このために、寄っていかない、と言ったんだな、と思ってるんでしょ」

「もちろん思ってるよ」と、ファビアンは答えた。「でも君は、自分でもまだわかってなかったんだよ」

彼女はほっぺたをファビアンのほっぺたにこすりつけながら、窓の外をながめた。「ところで君の名前は？」と、ファビアンがたずねた。

「コルネリア」

ふたりがベッドで並んで寝ていたとき、ファビアンは両手でコルネリアの顔をなでながら、自分の目を閉じて、コルネリアの顔の輪郭を手のひらで感じた。そして本気で心配してたずねた。「覚えてるかな？　今夜、アトリエで石膏の女神像の後ろにすわってたとき、君が話したこと。男たちのエゴイズムを罰してやるんだ、って」

コルネリアはファビアンの両手に何度も小さなキスを押しつけるだけだった。それから深く息を吸って、答えた。「その決心に変わりはないわ。ちっとも。でも、あなたは例外。すっかりあなたのこと、好きになっちゃってるみたい」

ファビアンはすわって背中を伸ばした。しかしコルネリアに引き戻された。「さっき抱き合ったとき、わたし、泣いちゃった」と、ささやいた。そしてそのことを思い出すと、あらためて涙が目にあふれたが、その涙のなかで彼女はほほ笑んだ。ファビアンは久しぶりにほとんど幸せな気分になった。「わたしが泣いちゃったのは、あなたのことが好きだから。でも、あなたのことが好きなのは、わたしの問題、そうでしょ？あなたには関係がない話。好きなときに、来てもらっていいし、帰ってもらっていい。来てくれれば、うれしい。帰られても、悲しまないつもり。約束するわ」。コルネリアはファビアンに迫って、からだをファビアンにぎゅうっと押しつけたので、ふたりは息ができなくなった。「そうなのよ」と叫んだ。「ああ、お腹が空いた！」。ファビアンがあっけにとられた顔をしたので、コルネリアが笑った。

　彼女が事情を説明した。「こういうことなのよ。わたし、誰かを好きになると、つまりね、わたしが誰かに好かれてしまったら、ということだけど、あなた、わたしの言ってることわかるわよね、そうすると、わたし後で、恐ろしくお腹が空くわけ。お腹が空くのはいいけれど、ひとつだけ問題があるの。食べる物がなんにもないのよ。恐ろしいこの街で、こんなに早くこんなにお腹が空くなんて、知りようがなかった」。彼女は仰向けに寝て、天井にほほ笑みかけた。化粧しっくい《スタッコ》で天井に描かれている天使の頭にも。

　ファビアンは立ち上がって、「では、盗みに入るしかない」と言った。そして彼女をベッドから抱き上げ、ドアを開け、抵抗するコルネリアを廊下に引っ張り出した。彼女は逆らったが、組み伏せられ、ふたりで、アダムとイブさながら、廊下を散歩して、ファビアンの部屋のドアのところまで来た。

「こんなこと、恐ろしいわ」とぼやいて、逃げ出そうとした。しかしファビアンはドアノブを下ろし、バッテンベルク嬢を部屋に搬入した。彼女は歯をカタカタならして嘆いた。ファビアンは明かりをつけ、お辞儀をして、儀式めかして言った。「ドクター・ファビアン氏は、その居室にてドクター・バッテンベルク嬢を歓迎させていただきまする」。ファビアンはおかしくてたまらず、ベッドに身を投げて、枕を噛んだ。「嘘でしょ！」と、彼女が後ろで叫んだ。「こんなこと、ありえないわ」。しかししばらくして納得した彼女は、タップダンスを始めた。

ファビアンは立ち上がって、コルネリアをながめた。「そんなにバタバタ騒々しく音を立てるものじゃないぞ」と、ファビアンは威厳をもって言った。

「でもタップダンスは、こうしか踊れないわ」と言って、踊りつづけた。ますます本式に、ますます騒々しく。それから悠然と歩いてテーブルに戻り、椅子に腰を下ろした。目を引くような服など着ていないのに、ワンピースのしわを伸ばすような仕草をして、「メニュー、お願い」と言った。

ファビアンは、うやうやしく皿、ナイフ、フォークと、パン、ソーセージ、ビスケットを運び、コルネリアが食べているあいだ、よく気のきくボーイ長のふりをした。食事が終わってからコルネリアは、ファビアンの本棚をかき回して、読み物を脇にはさみ、左腕をファビアンに差し出し、堂々と命令した。「今すぐ、わたくしのスイートルームへ送ってちょうだい」

明かりを消す前に、明日の朝はコルネリアがファビアンを起こすことを、ふたりで決めた。ファビアンの目が覚めるまで、コルネリアがファビアンの耳をつまんで引っ張ることになった。夕方はまたこの家で会う。そして、先に帰ってきた者が、自分の部屋のドアノブの横に×印を書いておく、ということにした。できるだけホールフェルト未亡人には気づかれないよう用心することにした。

それからコルネリアが明かりを消した。ファビアンの横に寝て、「さあ！」と言った。ファビアンがコルネリアのからだを愛撫した。コルネリアはファビアンの頭を両手でつかみ、ファビアンの耳に口を押しつけて、ささやいた。「さあ！　ゼロフ嬢、なんて叫んでたっけ？　小さな違いが大きな違い！」

第11章

工場での不意打ち
クロイツミルクと奇人
人生は悪い習慣である

次の日の朝、ファビアンはすでに始業時間の十五分前から仕事をしていた。口笛を吹きながら、部長に言われていた懸賞募集にかんするメモにざっと目を通した。

工場は小売り業者に格安の特価品十万箱を出荷できるようにすること。箱には番号をつけ、異なった六種類の銘柄のタバコを文字表示なしで詰めること。客には、箱に当社の人気六銘柄のタバコが何本入っていたか、当ててもらう。安い特価品を買った客は、懸賞問題を解いて賞金をもらおうと思えば、以前から販売されていた六銘柄のタバコを、どうしても一箱ずつ買わなければならない。つまり特価品のほかに六箱を購入する。もしもこの懸賞に十万人が興味をもつなら、自動的に別のタバコが六十万箱、合計すると七十万箱のタバコが売れることになる。それだけでなく、うまく客を捕まえれば、その結果、全体として売上げ増につながるのが通例だ。ファビアンは予測を立てはじめた。

そのときフィッシャーが来て、「おやおや?」と声をかけ、ファビアンの肩越しにのぞき込んだ。「懸賞募集の企画だよ」と、ファビアンが言った。フィッシャーは、オフィスで着るグレーのラスタークロスの上着に着替えて、たずねた。「私の書いた二行、後で見てもらえますか?」

「いいよ。今日は詩のセンスが冴えてるから」

そのときノックの音がした。会社の小使いのシュナイデライトは、ちょっと年配でヨボヨボの何でも屋だが、「扁平足の発明者」とも呼ばれている。その男がのっそりと部屋に入ってきた。無愛想な顔をして、大きな黄色の封筒をファビアンの机のうえに置いて、帰っていった。封筒には、ファビアンの証明書と、会計課あての支払い指示書と、以下の内容の短い手紙が入っていた。

「前略。当社は本日をもちまして貴殿に解雇を通知することとしました。月末に支払われるべき給与につきましては、本日すでに会計課でお渡しすることにします。貴殿が宣伝活動において特別の資質をそなえておられることを、当社はこの場において表明したく、勝手ながら証明書を同封させていただきました。遺憾ながら解雇は監査役により決定された広告予算削減の結果であります。当社の業務に対する貴殿のご尽力に感謝するとともに、貴殿の更なるご発展をお祈り申し上げます。敬具」。署名があって、終わり。

ファビアンは数分の間すわったまま、身動きしなかった。それから立ち上がり、身支度し、封筒をコートに突っこみ、フィッシャーにむかって言った。「さよなら。元気でやれよ」

「どこへ行こうというんです?」

「たった今、クビになったのさ」

フィッシャーが飛び上がった。顔が緑色に青ざめている。「なんて言いました! おや、じゃ、私、また助かったんだ！」

「君のほうが給料、安いからな」と、ファビアンが言った。「だからクビにならなかったんだ」

フィッシャーは解雇された同僚のほうに近寄って、汗ばんだ手で握手して残念な気持ちをあらわした。

「でもさ、幸いあなたは、そんなに動揺してませんね。有能で器用だし、それに女房なんて厄介な荷物もないし」

突然、ブライトコップが部屋に立っていた。フィッシャーひとりでないことに気づいて、ためらっていたが、とうとう「おはよう」と言った。

「おはようございます、部長」と挨拶して、フィッシャーは二回お辞儀をした。ファビアンは、ブライトコップに気づかないふりをして、同僚のほうに顔を向けた。「机のうえに懸賞募集の企画が置いてある。ぼくの遺産だ。君にあげる」。そう言ってファビアンは仕事場を去り、会計で二百七十マルクを受け取った。

外の通りに出る前に、玄関のところで数分の間、立ち止まった。トラックがガタガタ音を立てて通過した。至急便配達夫が自転車から飛び降り、向かいの建物に急いで入っていった。隣の建物は、組まれた足場で囲われていた。左官が足場の板に乗って、灰色でボロボロになった上塗りにしっくいを塗っていた。カラフルな家具運搬車が列をなして、裏通りに重そうに曲がっていった。至急便の配達夫が戻ってきて、急いで自転車に飛び乗り、走っていった。ファビアンは玄関のアーチのところに立っていた。受け取ったお金がまだ入っているのか、ポケットに手を突っこんでから、「俺、どうなるんだろう？」と考えた。それから、働くことができないので、散歩した。

街中あちこち歩き回った。お昼頃、お腹が空いてなかったので、アシンガーでコーヒーを一杯飲んで、また歩き出した。深い森でもあれば、悲しく身を隠したのだが。しかしどこにそんな森があるのだろう！　どんどん歩きつづけた。走って、悩みを靴底で蹴散らした。ベル＝アリアンス通りでは、学生のとき二学期間、住んでいた建物に気づいた。その建物は、長く会っていなかった昔なじみのように建っていて、ファビアンに挨拶したものかどうか、とまどいながら待っているみたいだ。ファビアンは階段を上っていった。あの年寄りの枢密顧問官未亡人がまだここに住んでいるのか、確かめた。しかしドアには知らない表札がかかっていた。ファビアンは引き返した。その老婦人は、真っ白の髪の毛で、とてもきれいな人だった。整った、愚かな、老人の顔を彼は思い出した。インフレの冬、ファビアンには暖房のお金がまったくなかった。あの上の部屋で、コートにくるまり、「シラーの道徳美学の体系をめぐって」という講演について勉強していた。日曜日にはときどき老婦人が昼食に招待してくれて、幅広い交流関係からさまざまな家庭の事情を説明してくれた。以前も、当時も、今日も、ファビアンはつねに貧乏人だった。そして、貧乏人でありつづける、という大いなる見通しもあった。彼の貧乏はすでに、ほかの人間が猫背ですわったり、爪を噛んだりするような、悪い習慣だった。

昨日の夜、眠り込んでしまう前に、ファビアンは考えたものだ。功名心がこんなに早く実を結ぶベルリンというこの街では、もしかしたら、功名心の種を小さな紙袋ひとつ分くらいは蒔くべきかもしれない。もしかしたら、もうちょっとまじめにふるまって、土台がぐらついている世界という建物のなかに、万事順調であるかのような顔をして、三部屋の住居をしつらえるべきかもしれない。もしかしたら、人生を愛しながら、人生と厳粛な関係をもたないことは、罪だったのかもしれない。女性試補のコルネリアが隣で寝ていた。寝ながらファビアンの手を握っていた。真夜中にね、と彼女は朝になって報告した。わたし、びっくりして目が覚めちゃったの。だってファビアンったら、ベッドでからだを起こして、勢いよく宣言したのよ。「広告、電気で輝かせるんだ！」。それからファビアン、また寝ちゃったわ。

ゆっくりクロイツベルクの高台に上って、ベンチにすわった。ベンチの手入れは公衆にまかされていた。プレートには「市民のみなさん、公園を大切に！」と書かれていた。市役所がきわめて曖昧な文章にOKを出したのだ。市役所もわかっているにちがいない。ファビアンは、一本の木の巨大な幹を観察した。樹皮は千本の垂直のしわで割れ目がついている。木だって心配事があるのだ。小さな小学生が二人、ベンチのそばを通り過ぎた。片方の子が、両手を後ろで組んで、怒ってたずねているところだ。「あんなこと、我慢しなきゃならないの？」。もう一方の子は答えるのに時間がかかった。「あんなやつらに、お前、逆らえないだろ」と、ようやく言った。それからどんなことを言ったのか、もう聞こえなかった。

広場の反対側から奇妙な姿が近づいてきた。老人で、白い八字ひげをたくわえ、いい加減に巻いた傘をもっている。コートのかわりに緑がかった、色の褪《あ》せたケープを着て、何年も前は黒だったと思われる灰色の山高帽をかぶっている。ケープの男はベンチをめざして歩いてきて、なにか挨拶の言葉をぶつぶつ言いながら、ファビアンの横に腰を下ろし、仰々しく咳をして、傘で砂にいくつも輪を描いた。それから輪の一つを歯車にして、その中心を別の輪の中心と直線で結び、そのスケッチを何本もの曲線や線で複雑にして、スケッチの横や上のほうに式を書いて、計算し、それを消しては、また計算し直し、ある数字に二本のアンダーラインを引いて、たずねた。「機械のこと、おわかりかな？」

「残念ながら」と、ファビアンが言った。「誰かに言われて、ぼくが蓄音機を巻くと、きっとその蓄音機、二度と動かなくなっちゃうんですよ。ライターだって、ぼくが触ると、火がつかない。今日までぼくは、電流のこと、名前が証明しているように、液体だと思ってたんです。またぼくは、片側から、屠畜された牛を電動の金属容器に押し込むと、裏側からコーンビーフが押し出されるなんてことが、どうして可能なのか、絶対にわからないでしょう。——ところであなたのケープを見ていると、寄宿学校時代のことを思い出します。日曜日になるとぼくらは、そういうケープを着て、緑色の帽子をかぶり、マルティン・ルター教会へ礼拝に行ったんです。お説教のあいだ、ぼくらはみんな寝てました。ただひとりだけ起きてる生徒がいて、オルガンがコラールを演奏しはじめたときか、家庭教師が聖歌隊席に上がったときかに、寝ているぼくらを起こす役なんです」。ファビアンは隣にすわっている老人のケープを見て、そのケープが過去を召集しているのを感じた。青白い顔をしたデブの校長の姿が目に浮かんだ。校長は毎朝、祈禱のはじめに、腰を下ろして賛美歌集を開く前に、膝を曲げて、手でズボンをつかんで、罪深きこの世の肉体がまだそこにあることを確かめていた。そしてファビアン自身の姿も目に浮かんだ。夕方、寄宿寮の門をそっと出て、黄昏の通りを走り、兵営のそばを通って、練兵場を横切り、貸しアパートの階段を駆け上がり、玄関のベルを押している。ドアのむこうには母親のふるえる声が聞こえる。「どなたですか?」。そして彼が、息を切らして、叫んでいる。「ぼくだよ、ママ! 今日は具合よくなってるか、確かめたくて」

老人は、いい加減に巻いた傘の先でなでるように砂をかき回し、計算をすっかり消してしまった。「もしかしたら私のこと、理解してもらえるかもしれない。なにしろあなた、機械のことまるで理解してないから」と言った。「私は、いわゆる発明家でね。五つの科学アカデミーの名誉会員なんじゃ。技術は、私のおかげで見違えるような進歩をとげた。繊維産業には、毎日五倍の布を生産できるようにしてやった。私の機械で大勢の人がお金を儲けた。この私でさえ」。老人は咳をして、とがったひげを神経質そうにいじった。

「私は平和な機械を発明したのだが、それが大砲だったことに気づかなかった。不変資本は休むことなく成長し、企業の生産性は増大したけれどもだよ、君、雇用されてる労働者の数が減少した。私の機械が大砲だったんだ。全軍の労働者を戦力外にしてしまった。何十万人もの生存権の要求を粉砕してしまった。マンチエスターにいたとき、目にしたことだが、ロックアウトされた労働者たちを警察が蹴散らしていた。労働者たちはサーベルで頭をなぐられていた。小さな女の子が馬に踏みつけられていた。そしてそのことの責任は私にあったのじゃ」。老人は山高帽を額からずらして、咳をした。「ドイツに戻って、私は家族に禁治産の宣言をされた。お金をどんどん人にやってしまうようになり、もう機械とはかかわりをもつつもりがないと宣言したので、私のことが気にくわなかったんだな。それから私は家出した。家族は食うには困らない。シュタルンベルク湖のそばの私の家に住んでいて、私は半年前から行方不明なんだ。先週、新聞で読んだのだが、私の娘が子どもを生んだ。これで私もおじいちゃんになったわけだがね。今はベルリンを浮浪者みたいにうろついておる」

「年を取っても、うまく立ち回るものなんですが」と、ファビアンが言った。「残念ながら、あなたのように感じやすい発明家ばかりじゃないですからね」

「私はね、ロシアに行って、そこで使ってもらいたいと思った。しかしパスポートがないから行けない。それに私の名前がバレたら、ともかく引き止められちゃう。胸のポケットには紡織機装置のスケッチと計算が入っている。この装置があれば、これまでの紡績機械なんか、全部すっ飛んでしまう。何百万という価値が、このつぎはぎだらけのポケットに入っておる。でも私は、むしろ飢え死にしたいんじゃ」。老人は誇らしげに胸をたたき、また咳をした。「今晩は、ヨルク通り93番地に泊まるんじゃ。閉門直前に入っていく。

玄関番に、どちらへ、と聞かれたら、グリューンベルクさんちに、と答える。グリューンベルクさんたちは五階に住んでいる。亭主は郵便局員。私はね、上の階に上がっていく。グリューンベルク家は通り過ぎて、屋根裏までよじ上っていく。そこの階段に腰を下ろす。もしかしたら屋根裏部屋のドアが開いているかもしれない。どこかの隅に古いマットレスなんかが転がっていることもある。朝早く私はまた姿を消す」

「どうやってグリューンベルクさんたちを知ったんですか？」

「住所録じゃよ」と、発明家が答えた。「玄関番に用件をたずねられたら、住んでる人の名前くらい言えなきゃならん。次の日の朝になると、バレることが多いが。しかし、白髪頭が目の前にいると立ち上がり、老人を敬えという何千年来の教えは、玄関番にいたるまで、実を結んでいるわけでな。おまけに私は毎日のように住所を変えている。冬、私立学校で物理の授業をした。残念ながら授業は、技術の奇蹟を批判する啓蒙講座になった。生徒たちにも校長にも不評だった。私はそんな授業より、三か月間、いろんな郵便局で寒さをしのぐことにした。今はもう郵便局でなくてもいい。暖かいからな。今は、いろんな駅で何時間もすわって、旅立つ人や、到着した人や、見送りの人をながめている。じつにおもしろいぞ。そうやってすわっていると、生きていることがうれしくなる」

ファビアンは自分の住所をメモして、老人に渡した。「このメモ、持っていてください。もしも玄関番に早々と追い出されたりしたときは、ぼくのところに来てください。ぼくのソファで寝てもらいますから」

老人はメモを読んで、たずねた。「大家さん、なんと言うだろうね？」

ファビアンは肩をすくめた。

「私は咳をするけれど、心配する必要はないからね」と、老人が言った。「夜、暗い階段室にすわっているときは、絶対に咳はしない。住んでる人を驚かさないように、我慢するんじゃ。おかしな生き方かな？　最初は貧乏だった。後で金持ちになった。今はまた貧乏人。でもそんなことは問題じゃない。なるようになって、それを受け入れるだけ。太陽が私を照らすのが、レオニの私のテラスであっても、ここクロイツベルクであっても、そんなこと、私にとっても、太陽にとっても、どうでもよいんじゃ」。老人は咳をして、両脚をぐっと伸ばした。ファビアンは立ち上がって、そろそろ行かなきゃ、と言った。

「ところでご職業は？」と、発明家がたずねた。

「失業中です」と答えて、ファビアンは、ベルリンの通りにつながっている並木道のほうに歩いていった。日が暮れて、何時間もの行進のせいでよろめきながら、家に着いたとき、すぐにコルネリアのところへ行って、自分の災難を報告するつもりだった。これからくり広げられる光景を想像しただけで、ファビアンは深く心をかき乱された。もしかしたら空腹だっただけかもしれない。

家主のホールフェルト夫人が、ファビアンの計画を挫折させた。廊下に立っていて、必要もないのに秘密めかして、といってもそれが彼女の流儀なのだが、ラブーデはファビアンの部屋ですわっていますよ、とささやいたのだ。ラブーデはファビアンの部屋ですわっていた。どうやら頭が痛いらしい。やって来たのは、謝ろうと思ったから。昨夜はさ、挨拶もしないで、テーブルから立って、クラブを出ちゃったんで。しかし実際のところ、ラブーデはまったく別の目的でやって来ていた。ゼロフ嬢とのことをファビアンがどう思っているか、知りたかったのだ。

ラブーデは道徳的な人間だった。自分の履歴を下書きもせず間違いなくすらすらと清書することが、ずっと彼の功名心だった。子どものとき一度も吸い取り紙に落書きしたことがなかった。彼の道徳の感覚は、几帳面さの結果だった。ハンブルクでの失意によって、彼の私的な秩序のシステムが傷つけられ、したがって彼のモラルが傷つけられたのだ。心の時間割が危険にさらされていた。人格から手すりがなくなった。そこで、目標を愛し目標を必要とするラブーデは、無計画の専門家であるファビアンのところにやって来た。平穏を乱されながらも、どうやって平穏を保つことができるのか、教えてもらいたかったのだ。

「顔色が悪いな」と、ファビアンが言った。

「夜、一睡もできなかったんだ」と、友人が告白した。「あのゼロフって女、憂鬱で下品なんだ。その両方、同時に。何時間でも寝椅子にすわったまま、猥褻《わいせつ》なことをひとりで、まるで連禱を唱えてるみたいに、ぶつぶつ言えるんだからさ。聞くに堪えない。アルコールものすごく飲むから、見てるだけでこっちが酔っ払っちゃうほどだ。そのうちにあいつ、部屋に男とふたりっきりだ、ってこと思い出したものだから、ぼくは雹害《ひょうがい》保険に入りたくなったよ。それなのにあいつの感覚は、ノーマルな女とは確かに違う。しかし、レズビアンだとも思えない。変に聞こえるけれど、ゲイなんだと思う」

ファビアンは友人の話を黙って聞いていた。なにを聞いても驚かなかったので、友人のほうが落ち着いてきた。「明日、二日間の予定でフランクフルトへ行くんだ」と、ラブーデは帰る前に話した。「ラソフも来るので、フランクフルトにイニシアチブ団体を設立するつもりなんだ。そのあいだゼロフにはぼくの部屋でおとなしく留守番でもさせておく。この何か月、ひどく調子が悪かったからね。十分に睡眠をとらなきゃ。じゃ、またな、ヤーコプ」。そう言って、帰っていった。

ファビアンはコルネリアの部屋に入っていった。解雇のことを話したら、どう言われるだろう？　だが彫刻家のルート・ライター女史が、そこにいた。元気のない様子だった。こんなところでファビアンに会っても、まるで驚かなかった。バッテンベルク嬢に詳しく報告したことを、要約して話した。クルプちゃんがね、ベルリン大学付属病院《シャリテ》に運ばれちゃったの。心が傷ついてたんだ。それから義足で死にたがり屋のヴィルヘルミーは、昨日の晩からアトリエで倒れたまま、苦しそうな息をして、死にかかってるの。

コルネリアは、二、三のカップと皿とナイフとフォークをトランクから取り出して、簡単な食事の支度をして、テーブルをきれいに飾りつけていた。白いテーブルクロスと花束まで用意された。フイター女史が言った。わたし、もう帰らなきゃ。でも忘れないうちに聞いておきたいんだけど、ラブーデ青年がどこに住んでるのか、誰か知らないかな。明らかに彼女はそのためにやって来たのだ。学校時代の友人からファビアンの住所を聞き出し、ファビアンを通してラブーデの家を知りたいと思っていた。グルーネヴァルトの大邸宅の使用人たちからは、教えてもらえなかったので。「どこに住んでるのか、知ってますよ」と、ファビアンが言った。「それどころか数分前まで、隣のぼくの部屋にいたんだけど。住所は教えるわけにはいきませんが」

「ここに来てたの？」と、彫刻家が叫んだ。「さよなら！」。彼女は駆けだした。

「ゼロフに会いたいのよ」と、コルネリアが言った。

「虐待されたいんだな」と、ファビアンが言った。

「わたしはされたくない」。コルネリアはファビアンにキスをした。夕食の支度をほめてもらうため、ファビアンをテーブルのそばへ連れていった。「気に入った？」とたずねた。

「すばらしい。とてもすてきだ。ところで、なにかうれしいことがあるときは、かならず教えてもらいたいものだね。もしかしてそれ、新しいワンピース？　そのイヤリング、ぼく知ってるかな？　昨日も髪、まん中で分けてた？　ぼくはね、気に入ってるものに、気がつかないたちなんだ。ちゃんと気づかせてもらわなきゃ」

「あなたって、欠点しかないんだから」と、彼女が叫んだ。「あなたの欠点が別々にあるなら、わたし、憎むと思う。でも全部まとまってるなら、好きだな」。食事のあいだコルネリアは、明日から仕事をはじめるように言われた、と話した。今日は、同僚や、脚本家や、プロデューサーや、重役に紹介されたのだ。彼女の説明によると、そこの、奇妙で、とても広い建物のなかには、重要人物たちがぎっしりすわっていて、会議から会議へと大急ぎで移動し、トーキーの発展のために人生をつらいものにしていた。ファビアンは自分の報告を後回しにした。

食事が終わると、コルネリアはサンドイッチが二つのっている皿を脇にのけて、ほほ笑みながら言った。

「非常用の食料だから」

「顔が赤くなってるよ」と、ファビアンが叫んだ。

コルネリアはうなずいた。「なにかうれしいことがあるときは、あなただって気がつくことがあるんだ」

ちょっと散歩しようか、とファビアンが提案した。コルネリアが身支度をはじめた。そのあいだにファビアンは、クビを切られたことをどうやって知らせたものか、思案した。しかし散歩は実現しなかった。家の前に出たとき、誰かが後ろで咳をした。知らない男が、「こんばんは」と挨拶した。ケープの発明家だった。

「あなたのソファの話を聞いてから、今日は、どこの階段でも、どこの屋根裏でも寝る気がしなくなってしまって」と話した。「ヨルク通りをぐるっと回って、ここにやって来たんじゃ。実際、あなたの厄介になるのは、気がとがめるのだがな。なにしろあなた自身、失業中なんだし」

「失業中なの？」と、コルネリアがたずねた。「本当に？」

こちらの若い女性もご存じのことだと思ったもので、と老人がくどくどと言い訳をした。

「今朝、クビになったんだ」。ファビアンはコルネリアと組んでいた腕をほどいた。「退職金として二百七十マルクもらった。家賃を前払いしたら、百九十マルク残る。昨日なら、笑い話だったわけだけど」

老人をソファに寝かせ、横にスタンドランプを置いてやった。秘密の機械の計算をしたがったからだ。それからふたりは老人に「おやすみなさい」と言って、コルネリアの部屋に行った。ファビアンはもう一度戻ってきて、客人にサンドイッチをもってきた。

「咳はしない。約束するよ」と、老人がささやいた。

「ここは、咳をしてもいいんですよ。お隣はもっと別の楽しみにふけってますから。それでも大家さんは、ホールフェルト夫人という名前ですが、以前なら間貸しなんかする必要はなかったんだけれどね、隣の物音くらいじゃ、ベッドから転がり落ちたりしないので。ただ明日の朝、ぼくらがどうするか、まだわかりません。大家さんは自分の家具が魅力的だと思ってるので、知らない人がひと晩、彼女のベッドでビバークするなんてことになったら、本気で怒るでしょうからね。ま、ともかく、ぐっすり寝てください。明日の朝、起こしますよ。それまでには、なにかいいアイデアが思い浮かぶでしょう」

「ありがとう、おやすみなさい」と言って、老人はポケットから貴重な書類を取り出した。「フィアンセによろしく」

コルネリアは、ファビアンが驚くほど幸せそうだった。一時間後、彼女はすでに非常用の食料を食べてしまった。「ああ、人生って、すてき！」と言った。「ねえ、誠実ってこと、どういうふうに考えてる？」

「そんなに立派な言葉を口にするのは、口のなかのもの嚙み終わってからだよ！」。ファビアンはコルネリアの横にすわって、自分の膝をかかえた。そして大の字になって寝ているコルネリアを見おろした。「ぼくはね、誠実になる機会を待っているだけなんだと思う。でも昨日までは、堕落してるから誠実にはなれない、って思ってた」

「それって、愛の告白でしょ」と、小さな声で彼女がささやいた。

「泣き出したりすると、お尻ぶつぞ！」と、彼が言った。

コルネリアはベッドから転がり落ち、小さなピンク色のパンティーをはくと、ファビアンの前に立った。涙を浮かべてほほ笑んでいる。「あたし、泣き出すわよ」とつぶやいた。「あなたもちゃんと約束守りなさい」。そう言って、からだを屈めた。ファビアンはコルネリアをベッドに引き上げた。コルネリアが言った。

「ねえ、あなた！　心配しないで」

第12章

発明家がロッカーのなかに
働かないことは恥である
母親の来訪

次の日の朝、ファビアンが起こしに行ったとき、発明家はもう起きていて、顔を洗い、服を着て、テーブルにむかって、計算をしていた。

「よく眠れましたか?」

老人は上機嫌で、ファビアンに握手した。「このソファ、睡眠専用に生まれついておるな」と言って、茶色のソファの肘掛けを、まるで馬の背中であるかのようになでた。「さて、もう姿を消さなければね?」

「ひとつ提案があるんです」と、ファビアンが言った。「ぼくが風呂に入ってるあいだに、大家さんが朝食を部屋にもってきます。そのとき、あなたと鉢合わせするのはまずい。騒ぎになりますからね。大家さんが部屋から出ていくと、また大丈夫です。二、三時間は安心してここにいてもらえます。もっとも、ぼくは仕事を探しに行かなきゃならないから、あなたをひとりにすることになりますが」

「それは構わない」と、老人がはっきり言った。「許してもらえるなら、本でも読んでおるから。ところであなたが風呂に入ってるあいだ、私はどこへ?」

「ロッカーはどうでしょうか」と、ファビアンが言った。「ロッカーを居場所にするというのは、今日まで姦通喜劇の特権だったわけだけど。お客人、ひとつ伝統をうち破ろうではありませんか! どうですか、ぼくの提案?」

発明家はロッカーを開けて、疑い深い目で中をのぞき込んで、たずねた。「あなたのお風呂、長風呂なのかな、とても?」。ファビアンは老人を安心させ、自分の二着目のスーツを脇に寄せて、スペースをつくり、客人に入るように言った。老人はケープをまとい、帽子をかぶり、傘を小脇にかかえて、ロッカーにもぐり込んだ。ロッカーのありとあらゆる継ぎ目がミシミシと音を立てた。「もしも大家さんに見つかったら?」

「そのときはぼくが一番に引っ越しますよ」

発明家は傘に寄りかかり、うなずいて、言った。「いざ、急げ、浴槽へ!」

ファビアンはロッカーを閉め、念のため鍵は自分で持ち、廊下に出て叫んだ。「ホールフェルト夫人、朝食お願いします!」。ファビアンが浴室に入ると、もうコルネリアが、からだを石鹸だらけにして、浴槽につかって、笑っていた。「背中、こすってもらわなきゃ」とささやいた。「わたし、びっくりするくらい腕が短いの」

「きれいにするのって楽しいな」と言って、ファビアンは彼女の背中に石鹸を塗ってやった。後で彼女は彼に同じことをして返した。最後にふたりは向かい合って浴槽にすわって、高波をつくって遊んだ。「大変だ」と、彼が言った。「ぼくのロッカーに発明王がずっと立っていて、解放されるのを待ってるんだ。急がなきゃ」。ふたりはよじ登って浴槽から出て、おたがいのからだをタオルで拭きあった。肌がひりひりした。

それからふたりは別れた。

「じゃ、また夕方」と、彼女がささやいた。

ファビアンはコルネリアにキスをした。彼女の目に、彼女の口に、彼女の首に、彼女のからだのすべての部分に、別れの挨拶をした。それから自分の部屋へ駆けていった。朝食が届いていた。ロッカーを開けた。

老人はしびれた脚で出てきた。それまで我慢していたのを取り戻すように、長いあいだ咳をした。

「さて、これからは喜劇の第二部です」と言って、ファビアンは廊下に出て、玄関のドアを開けてから、また閉じて、叫んだ。「すごいな、おじさん、ぼくのところに来てくれるなんて。さあ、どうぞ中へ！」。ファビアンは架空の人物を招き入れて、あっけにとられている発明家にむかってうなずいた。「これで、あなたは正式に到着したわけですよ。どうぞ掛けてください。ここにもうひとつ、コーヒーカップがあるので」

「ちなみに、おじさんというのは私のことじゃな」

「親戚っていうのが、いつも大家さんが安心する関係なので」と、ファビアンが説明した。

「このコーヒー、うまいな。プチパンを一つ、もらっていいかな?」。老人はロッカーのことを忘れはじめた。「もしも私が禁治産の宣告をされていなかったら、おい、甥よ、君を包括相続人にするのじゃが」と言って、熱心に食べた。

「仮定の提案だとしても光栄です」と、ファビアンは答えた。新しいおじさんの要望で、ふたりはコーヒーカップとコーヒーカップをこつんと当てて、「乾杯！」と叫んだ。

「私はね、人生を愛している」と告白して、老人はきまり悪そうな顔をした。「貧乏になってから、ますます人生を愛するようになった。ときには、うれしさのあまり陽の光にかぶりつくこともある。公園で吹いているそよ風にかぶりつくこともある。どうしてなのか、わかるかね？　私はね、しばしば死のことを考える。今日、誰がそんなことをするだろう？　誰も死のことは考えない。みんなは死を、列車の衝突や思いもかけない大惨事のように驚くだけ。人間は、そんな愚か者になってしもうた。私は毎日のように死のことを考えておる。いつ死というやつにウィンクされるかわからんからね。私は死のことを考えておるから、人生を愛してる。これはすばらしい発明じゃないか。発明は私の専門なんじゃ」

「では、人間も愛してるんですか？」

「いや、人間は地球の疥癬《かいせん》じゃ」と、老人がうめいた。

「人生を愛する、と同時に人間を軽蔑する。そんなこと、めったにうまく行きませんよ」と言って、ファビアンは立ち上がった。まだコーヒーを飲んでいる客人を残し、ホールフェルト夫人には、おじの邪魔をしないようにと頼んでから、地区の職業安定所に向かった。

三人の役人を卒業するのに二時間かかったが、そこで教わったのは、来るところ間違えてますね、西支所に行くべきなんですよ、ということだった。西支所がサラリーマン専用の窓口だった。バスでヴィッテンベルク広場まで行き、教えてもらった場所に向かった。だが間違って教えられていた。ファビアンが飛び込んだのは、失業中の看護師、保育士、タイピストの群れのまん中だった。男はファビアンひとりだけだったので、ものすごく注目された。

引き返して、通りに出てから、二、三軒先に行ったところに、消費組合の事務所のような店を見つけた。そこがまさに、ファビアンが登録すべき職業安定所の支所だった。店で売り台として使われていたようなテーブルのむこうに役人が一人、すわっていた。こちら側で長い行列をつくって立っていたのが、失業したサラリーマンで、ひとりずつ順番にスタンプ用カードを出して、必要な検印をもらっている。

この失業者たちが服装に細心の注意を払っていることに、ファビアンは驚いた。まさしくエレガントと呼べる者もいる。もしもクアフュルステンダムの華やかな通りで出会ったなら、てっきり金持ちがぶらぶらしているのだと思われただろう。おそらくこの失業者たちは、朝この検印所にやって来るときにはかならず、高級商店街をぶらぶら歩いてきたのだろう。ショーウィンドーで立ち止まっても、お金がかかるわけではない。それに、彼らが買うことができないのか、買う気がないだけなのか、誰もそんなことは知りたがらない。彼らが休日のように一張羅《いっちょうら》を着ていたのは、当然のことなのだ。誰も彼らのようにたくさんの休日をもっていないのだから。

真剣な顔をして、背筋を伸ばして、みんな縦にも横にも整列して、カードを出す順番を待っていた。検印してもらうと、歯医者から出てくるように出ていった。ときどき役人が文句を言って、カードを横に置く。助手がそれを隣の部屋にもっていく。そこには検査官が偉そうにすわっていて、出頭日に来ていなかった失業者に説明を求めた。ときどき守衛らしき男がドアから出てきて、名前を呼んだ。

ファビアンは、壁に掛けられている印刷物を読んだ。腕章をつけることは、禁止します。市電の乗換切符を譲り受けて使うことは、禁止します。政治的な討論を呼びかけたり、それに参加することは、禁止します。三十ペニヒで栄養満点の昼食が食べられる場所を、お知らせします。出頭日が延期になった人は名前のイニシャルで、お知らせします。案内所の住所と紹介時間が変更した職種を、お知らせします。お知らせします。禁止します。お知らせします。禁止します。

待っている人間の数が次第に減ってきた。ファビアンは役人に書類を提出した。するとこう言われた。広告制作の人は、この支所じゃないですね。自由業や学者や芸術家を担当する支所に行くことをおすすめしますよ。ファビアンは住所を教えてもらった。

バスでアレクサンダー広場まで行った。ほとんど正午だった。今度の支所では、いろんな種類の人が待っていた。いくつもの掲示から察すると、どうやら医者、法律家、エンジニア、農学士、音楽教師といったところだ。「私は今、緊急扶助をもらってるんですよ」と、小柄な男性が言った。「額は二十四マルク五十ペニヒ。家族の頭で割ると、週に一人あたり二マルク七十二ペニヒ。一日だと一人三十八ペニヒ。慢性的に暇だから、正確に計算したんですよ。このままだと近いうちに私、泥棒に入っちゃいますね」

「それが簡単にできればね」と、隣にいた男がため息をついた。近視の青年だ。「泥棒するのにも練習が必要だ。俺、一年入ってたんです。つまりね、もっと好ましい環境があるわけで」

「それはどうでもいいんです。すくなくとも以前は」と、小柄な男性は興奮して言った。「女房はね、学校に行く子どもたちにパンひと切れさえ持たせてやれないんですよ」

「まるで泥棒することに意味があるみたいだな」と、背が高くて肩幅の広い男が言った。窓にもたれかかっていた。「小市民は、食うものがなくなると、すぐにルンペンプロレタリアートになろうとする。おちびさんたちは、どうして階級意識で考えないのかね？　自分がどこに属してるのか、あいかわらず気づいてないのかね？　政治革命の準備を手伝うんだよ」

「それまでにうちの子どもたち、餓死してますよ」

「あんたが盗みをはたらいてムショ暮らしになったら、大切なお子さんたち、もっと早く餓死するぞ」と、窓際の男が言った。近視の青年が笑って、申し訳なさそうに肩を揺らした。

「私の靴の底なんて、すっかりボロボロなんですよ」と、小柄な男性が言った。「毎回こちらに来ると、一週間で靴がダメになるんですよ。乗り物に乗るお金はないし」

「福祉事務所から長靴もらわないんですか？」と、近視の青年がたずねた。

「私の足、ひどく敏感なので」と、小柄な男性がはっきり言った。

「首でもくくることだな！」と、窓際の男が言った。

「彼の首、ひどく敏感なので」と、ファビアンが言った。

近視の青年は、硬貨を二、三枚、テーブルのうえに置いていたのだが、自分の財産を計算しはじめた。「このお金の半分は、応募の書類で定期的に消える。切手代もいる。返信用の切手代もいる。履歴書、毎週二十通は清書して証明してもらう必要がある。どこも書類は返してこない。返事だってよこさない。事務のやつら、俺が同封した返信用切手代で切手の収集やってんじゃねえかな」

「でも政府もさ、できることはやってるんだぜ」と、窓際の男が言った。「なかでも無料の絵画講座をはじめただろ。あれは本物の慈善だと思わないか。まず最初にリンゴやビーフステーキの絵を描くことを習ってだね、次にだね、それを食って満腹になる。食べ物としての芸術教育だ」

小柄な男性は、ユーモアの感覚がすっかり消えてしまったらしく、憂鬱な顔で言った。「そんなの、なんの役にも立ちませんよ。私、画家なんですから」

そのとき一人の役人が待合室を通った。念のためファビアンは、ここで受け付けてもらえるのか、聞いてみた。その役人に、地区の職業安定所の証明書をもっているか、とたずねられた。「まだ登録してないんですか？　まずそれを済ませなきゃダメですよ」

「これからまた、五時間前にこのツアーを始めた場所に行くわけですか？」と、ファビアンは言った。けれども役人はもうそこにはいなかった。

「サービスはていねいだけど」と、青年が言った。「案内が正確、とは誰も胸を張れない」

ファビアンはバスで、自分が住んでいる地区の職業安定所に向かった。すでに一マルクを運賃で使ってしまっていた。腹が立って窓の外を見なかった。

到着したとき、職業安定所は閉まっていた。「書類を見せていただきましょうか」と、守衛が言った。「もしかしたらお役に立てるかもしれません」。ファビアンは、実直そうなその守衛に書類の束を渡した。「なあんだ」と、守衛は詳しく読んでから、きっぱり言った。「あなた、失業なんかしてないじゃないですか」

ファビアンは、車寄せの飾りになっているブロンズの里程標のひとつに腰を下ろした。

「月末までは、いわば有給休暇なんですね。お金も、会社からもらってますよね？」

ファビアンはうなずいた。

「では二週間後にまた来てください」と、守衛が提案した。「それまでは就職活動の手紙を書いてみるのもいいですね。新聞の求人欄も見てください。あんまり期待できませんが、悪口を言うものでもありませんよ」

「では、ご機嫌よう」と言って、ファビアンは書類を返してもらった。ティーアガルテンへ行って、プチパンでも食べようと思った。しかし結局、自分では食べずに、ノイアー・ゼーの池で子連れで泳いでいる白鳥にやってしまった。

日が暮れて部屋に帰ると、母親がいた。ソファにすわっていた。読んでいた本を脇に置いて、「驚いたかい、坊や」と言った。

抱き合ってから、母親がつづけた。「どうしてるか、様子を見にきたのよ。留守のあいだ、お父さんに店番は頼んである。心配してたんだよ。手紙を書いても、返事よこさないんだから。十日間、手紙書いてないでしょ。気になって落ち着かなかったよ、ヤーコプ」

ファビアンは隣にすわって、母親の両手をさすって、「元気だよ」と言った。

母親はファビアンを探るように観察した。「私が来たの、都合が悪かった？」。ファビアンは首をふった。母親が立ち上がった。「洗濯物、もうロッカーに入れておいたよ。大家さん、掃除してくれたらいいんだけどね。あいかわらずお上品だから、掃除なんかしないのかね？　わたしが持ってきたお土産、なんだと思う？」。母親は木製のバスケットを開けて、いろんな包みをテーブルに並べた。「ブラッドソーセージよ」と言った。「一ポンド。あのブライテ通りの店の。知ってるでしょ。それから冷たいカツレツ。残念だけど、ここは台所が使えないんだ。使えるんなら、温め直してあげるんだけど。これはハムベーコン。それからサラミソーセージ半分。マルタおばさんが、よろしくって。昨日、おばさんちの庭先まで行ったのよ。それから店の石鹸。店がこんなに不景気じゃなきゃいいんだけど。みんな、からだを洗わなくなったのかね。で、これはネクタイ。気に入るかな？」

「本当にありがとう」と、ファビアンが言った。「でもこんなにお金、使ってくれなくてもいいのに」

「なに言ってんだよ」と言って、食品を皿に並べた。「大家さんにお茶いれてもらってるの。もう大家さんには話しておいたけど。明日の晩、帰るよ。わたし、普通列車で来たのよ。あっという間だった。コンパートメント席に子どもが一人いてね。たくさん笑った。どうなの、心臓？　タバコ吸いすぎだよ！　部屋中、タバコの空き箱が散らかってるじゃないか」

ファビアンは母親の様子をながめていた。感極まって母親は、警察官のようにあちこちチェックしている。

「昨日、つい思い出してしまったんだ」と、ファビアンは言った。「ぼくが寄宿学校に入ってた頃のことだけど、お母さんが病気だったので、日が暮れると、寄宿学校を抜け出してた。走って練兵場を横切って、ただお母さんの見舞いをするためにだけ。まだ覚えてるんだけど、お母さんが椅子をずらせて、それにもたれながらじゃないと、ドアを開けてくれることができなかったこともあったよね」

「お母さんのことで、お前、いろんな目に遭ったね」と、母親が言った。「わたしたち、もっとよく会わなきゃね。どうなの、工場は？」

「懸賞募集の企画を出したんだ。それで工場は二十五万マルク稼ぐことができる」

「お前の月給は二百七十マルクなのに、ひどい連中だね」。母親は腹を立てた。そのときノックの音がした。ホールフェルト夫人がお茶をもってきてくれた。お盆をテーブルに置いて、言った。「おじさんが、またお出でですよ」

「お前におじさんが？」

「私もおかしいと思ってたのよ」と、大家さんがはっきり言った。

「それでホールフェルトさんに被害がなかったらいいんですが」と、ファビアンが応じた。ホールフェルト夫人はむっとしながら帰っていった。ファビアンは発明家を部屋に入れて、言った。「お母さん、ぼくの古い友人です。昨日、ぼくのソファで寝てもらったので、面倒にならないように、おじさんということにしたんだ」。ファビアンは発明家にむかって言った。「おじさん、ぼくの母です。今世紀最高の女性です。どうぞ掛けてください。今夜はソファ、もちろん空いてません。でも明日なら、招待したいと思ってます。おじさんの都合がよければ」

老人は腰を下ろして、咳をし、帽子を傘の柄にかぶせて、ファビアンの手に封筒を握らせた。「急いでポケットに」と頼んだ。「私の機械じゃ。私は追われておる。家族がまた私を精神病院に入れようとしておるんじゃ。どうやらそのときにな、このメモを取り上げて、お金にしようという魂胆らしい」

ファビアンは封筒をポケットに突っこんだ。「精神病院に入れられるんですか?」

「私は構わんのだよ」と、老人が言った。「あそこは落ち着ける。広い庭もすばらしい。医長もまずまずの男で、本人もちょっと狂っていて、チェスがすばらしく上手だ。私はな、二回入院しておった。嫌になって我慢できなくなると、また逃げ出す。ごめんなさい、奥さん」と、ファビアンの母親に言った。「ご迷惑をおかけして。私を連れにきても、驚かんでください。もうすぐベルが鳴るでしょうな。私は用意ができておる。書類も保管されているから安心じゃ。ちなみに私は、狂ってなんかおりませんぞ。私の家族にとって理性的すぎるだけじゃ。ファビアン君、住所が変わったら、ベルゲンドルフの精神病院に手紙で知らせてもらいたいんだが」

ベルが鳴った。

「おお、もう来たな」と、老人が叫んだ。

ホールフェルト夫人が二人の男性を案内してきた。

「お邪魔します」と言って、一方の男性がお辞儀した。「ここに委任状があります。ご覧いただけますが、この委任状により私が、コルレップ教授を皆さまのところから連れ出すことにします。下にクルマが待っています」

「衛生功労医さん、なんでまたそんなにご丁寧に？　痩せましたね。昨日からもう、追跡されておることに気がついておった。こんにちは、ヴィンクラー。じゃ、衛生功労医さんのクルマに乗せてもらいますか。私の家族は元気かな？」

医者は肩をすくめた。

老人はロッカーのところへ行き、扉を開けて、中をのぞき込んで、また扉を閉めた。それからファビアンのところへ行き、その手を取った。「本当にありがとう」。それからドアのところへ行った。「優しい息子さんをお持ちで」とファビアンの母親に言った。「誰もが息子自慢できるわけじゃありませんからな」。そして老人は部屋を出ていった。医者と看護人がその後につづいた。ファビアンと母親は窓からながめた。クルマが一台、家の前に止まっている。三人の男が入口から出てきた。運転手に手伝ってもらって老発明家がダスターコートを着た。ケープはクルマに押し込まれた。

「おかしな人だね」と、母親が言った。「でも、狂ってはいないよね」。クルマが発進した。「なんでまたロッカーなんかに？」

「今朝ね、入ってもらってたんだ。大家さんに見つからないように」と、息子が言った。

母親がお茶をカップにいれた。「それにしても軽率だよ、お前。見ず知らずの人間をロッカーで寝かせるなんて。なにが起きるかわからないだろ。ロッカーのお前のもの、汚してなきゃいいが」

ファビアンは精神病院の住所を封筒に書いて、鍵のかかる場所にしまった。それから食事にかかった。

簡単な夕食をすませてから、ファビアンが言った。「ねえ、支度して。映画に行こう」。母親が支度しているあいだに、ファビアンはコルネリアの部屋に行って、母親が来ていることを話した。コルネリアは疲れていて、もうベッドで横になっていた。「映画から帰ってくるまで、わたし、寝てるわ」と言った。「帰ってきたら、もう一度のぞいてみてくれない？」。ファビアンは約束した。

ファビアンと母親が見たトーキーは、平板で馬鹿げた芝居だった。それは別としてお金をかけた映画だった。舞台の贅沢さは度を超していた。ベッドのしたに黄金の溲瓶《しびん》が並んでいるような印象だった。マナー上、そんな代物は画面に出てこなかったけれど。母親は何度も笑った。ファビアンはそれがとてもうれしくて、いっしょに笑った。

家には歩いて帰った。母親は陽気だった。「以前、わたしが今日みたいに元気だったらね、お前ももっと幸せだったのに」と、しばらくしてから言った。

「以前だって、そんなに不幸じゃなかったよ」と、ファビアンが言った。「でも、どっちにしても昔のことだけど」

家で、ちょっと言い争った。誰がベッドで寝て、誰がソファで寝るのか。結局、ファビアンが勝った。母親は、ファビアンが眠れるようにソファを整えた。それからファビアンは、ちょっと隣に行ってこなきゃ、と言った。「そこに若い女の子が住んでるんだ。つき合ってるんだ」。まさかの場合を考えて、ファビアンは母親におやすみと言って、キスをし、静かにドアを開けた。

一分後、ファビアンは戻ってきた。「もう寝ちゃってた」とささやいて、ソファに横になった。

「以前なら、ありえなかったんだけどね」と、ファビアン夫人が言った。

「彼女も母親に、同じこと言われたんだって」と言って、息子は壁のほうを向いた。眠りこむ前に、突然、ファビアンはもう一度、立ち上がって、暗い部屋を手探りしながら歩いて、ベッドのうえにかがみ込み、昔のように言った。「おやすみ、母さん」

「お前もね」とつぶやいて、母親は目を開けた。ファビアンにはそれが見えなかった。闇のなかを手探りでソファに戻っていった。

第13章

百貨店とショーペンハウアー
男の売春宿
一枚の二十マルク札

次の日の朝、ファビアンは母親に起こされた。「起きるのよ、ヤーコプ！　遅刻するよ、会社に！」。大急ぎで支度し、立ったままコーヒーを飲み、「行ってきます」と言った。

「お前がいないあいだに、きれいにしておくね」と、母親が言った。「どこもかしこも、ほこりだらけ。お前のコート、襟吊《えりづ》りがボロボロじゃないか。コート着ないで行きなさい。外は暖かいから」

ファビアンはドアにもたれて、母親がかいがいしく動いているのをながめた。神経質で几帳面なうえに勤勉な母親の姿を見ていると、突然、くつろいだ気持ちになった。部屋はアットホームな気分で満たされていた。突然、実家でのことを思い出した。「お母さんは、五分間じっとすわって、手を膝に置いておく、ってことができないんだからな」と、ファビアンは文句を言った。「今、ぼくが暇だったら、いいんだけど。ティーアガルテンに行くこともできる。水族館でもいい。出かけないでさ、ぼくがどんなにおかしな子だったか、昔の話をまた聞かせてもらってもいいんだけどね。留め針で引っ掻いて、ベッドの木の枠のそこら中に落書きして、すばらしいその絵を見てもらうために、お母さんの手を引っ張っていたことがあったな。お母さんの誕生日に、白と黒のより糸と、一ダースの縫い針と、スナップをプレゼントしたこともあった」

「それから、布の冊子に刺した留め針セットと、白と黒の絹糸ももらったわ。みんな、今日のことみたいだよ」と言って、母親はファビアンの上着のしわを伸ばした。「スーツにはアイロンかけなきゃ」

「それにそろそろ女房と七人の悪ガキくらいもってなきゃ」と先回りして、ファビアンはつけ加えた。

「さ、さっさと仕事に行きなさい！」。母親は両手を腰にあてがって、ひじを張った。「仕事するのは健康にいいんだ。ところで、午後、会社に迎えに行くね。入口で待ってるよ。駅まで送っておくれ」

「本当に残念だなあ。一日しかいられないなんて」。ファビアンがもう一度、戻ってきた。

母親は彼に目を向けなかった。ソファをごそごそいじくり回していた。「うちじゃ、もう我慢できなかったんだよね」とつぶやいた。「でも、もう大丈夫。お前、もっとたくさん眠らなきゃ。人生をあんまり重く考えちゃ、ダメだよ。重く考えても軽くならないんだから」

「じゃ、ぼく行くね。でないと本当に遅刻しちゃうから」と言った。

母親はファビアンを窓から見送って、うなずいた。ファビアンは合図して、笑って、家が見えなくなるところまで急いで歩いた。それから歩く速度をゆるめ、とうとう立ち止まった。なんと下手くそな隠れん坊を年老いた母親とやっているのだ！　なにも用はなかったのに、急いで家を飛び出したのだ。息子といっしょにいてもいいのなら、どんなときでも母親はその一時間を、自分の人生のまるまる一年と交換してもいいとさえ思っている。そんな気持ちがわかっていながら、知らない土地の、汚らしい部屋に母親をひとりにして置いてきてしまったのだ。午後には母親が息子を会社に迎えにくるだろう。息子としては喜劇を演じるしかない。解雇を知らせるわけにはいかない。いま着ているこのスーツは、ファビアンが三十二年の人生で、自分で買った唯一のスーツだ。母親は生涯ずっと息子のために、あくせく働いて倹約してきた。こういうことが終わってはいけないのか？

　雨が降りはじめたので、ファビアンはカウフハウス・デス・ヴェステンス（百貨店KaDeWe）で散歩した。百貨店というものは、散歩が目的の施設などではないにもかかわらず、お金と傘をもっていない人たちを楽しませるには絶好の場所である。ファビアンは、売り場の店員がじつに達者に弾いているピアノに耳を傾けた。食料品売り場からは、魚の臭いのせいで退散した。子どものときから、もしかしたら胎児のときの記憶のせいかもしれないが、魚の臭いには耐えられなかったのだ。家具のフロアでは若い男の店員が、大きな衣装用ロッカーをしつこく売りつけてきた。この商品はお買い得でございます。こんな機会はもう二度とございません。ファビアンはそのとんでもない押し売りから逃げ出して、書籍売り場へやって来た。古本を並べているテーブルのひとつに、たまたまショーペンハウアーの選集を見つけて、パラパラとページをめくって、読みふけった。頭の混乱した、人類のおじさんは、インド風の治療術の助けによってヨーロッパを陶冶することを提案しているのだが、その提案は、十九世紀の哲学者のものであれ、二十世紀の国民経済学者のものであれ、これまでのあらゆる積極的な提案と同様、明らかに二日酔いの考えだった。しかしそのことはさておいて、このおやじは抜群にすばらしい。類型学的な論究が目にとまったので、読んでみた。

「プラトンがエウコロス〈軽く考える人〉とディスコロス〈重く考える人〉という表現で呼んだものこそが、まさにこの違いである。この違いは、さまざまな人間が快・不快の印象に対してきわめてさまざまな感じ方をするということに、さかのぼることができる。つまり感じ方によって一方は、他方が絶望しかねないときに、笑っていることがある。しかも、快適な印象に対する感じ方が弱ければ弱いほど、不快な印象に対する感じ方が強くなるのであり、またその逆も真実である。ある事件が幸せな結果になるのか・不幸な結果になるのか、の可能性が同じ場合に、ディスコロスなら、不幸な結果には腹を立てたり、心を痛めたりするだろうし、幸せな結果には喜ばないだろう。逆にエウコロスなら、不幸な結果のことに腹を立てたり、心を痛めたりしないだろうし、幸せな結果のことは喜ぶだろう。ディスコロスは、十個の計画のうち九個がうまくいっても、九個のことを喜ばず、うまくいかなかった一個のことに腹を立てる。エウコロスなら、逆の場合でも、うまくいった一個のことで、自分を慰めたり、気分を晴れやかにする仕方を心得ている。

さて次に、なにかの災いがあったとき、それを埋め合わせるものが一切ないということは、めったにないのだが、この場合も同様である。ディスコロス、つまり暗くて心配性の人は概して、想像上の事故や悩みを克服する必要があるだろうが、そのおかげで、現実の事故や悩みを克服する必要は、陽気で気楽な人よりも少ないだろう。というのも、どんなこともネガティブに考え、つねに最悪の事態を恐れ、それゆえ予防策を講じている者は、つねに物事を陽気にながめて、明るい見通しを立てる者ほどには、計算間違いをしないだろうからである」

「どちらの本を差し上げましょうか?」と、年配の女の店員がたずねた。「木綿のソックス、ありますか?」と、ファビアンはたずねた。

年配の女の店員は怒った顔でファビアンをじろじろ見て、「二階でございます」と言った。ファビアンは本をテーブルに置いて、階段を下りていった。まさしくショーペンハウアーは、人間の二つのタイプを、同等なものとして対立させたが、そのショーペンハウアーは正しいのだろうか？　まさしくショーペンハウアーこそがその心理学で、「快感とは不快感の心的最小値にほかならない」と主張していたのではないか？この命題でショーペンハウアーは、間違いとわかっていながら、ディスコロス的な見方を絶対視したのではなかったか？　陶磁器・陶芸品の売り場に人だかりがしていた。ファビアンは近くへ行った。買い物客や、女の店員や、ひやかしの客たちが、泣き叫んでいる小さな女の子を取り囲んでいる。十歳ぐらいだろうか。ランドセルを背負って、みすぼらしい服を着ている。女の子は全身をふるわせ、恐れと驚きの日で、自分を取り囲んでいる大人たちの意地悪で興奮した顔を見ていた。

売り場の主任がやって来た。「どうしましたか？」

「恥知らずな子、捕まえたわ。灰皿、盗んでたから」と、オールドミスが断言した。「ほら！」。カラフルな小さな皿を差し上げて、主任に見せた。

「フロア・マネージャーのところへ行くんだ！」と、モーニングを着た男が命令した。

「近ごろの子どもったら」と、めかしこんだガチョウみたいな娘が言った。

「フロア・マネージャーのところへ行くのよ！」と叫んで、女の店員のひとりが小さな女の子の肩をつかんだ。女の子はひどく泣いた。

ファビアンは人だかりを押し分けた。「すぐにその子を放すんだ！」

「困りますね」と、売り場の主任が言った。

「どうしてあなたが口出しするんです？」と、誰かがたずねた。

ファビアンが女の店員の指をぴしゃりとたたいたので、女の子が放された。そこでファビアンは、小さな女の子をそばに引き寄せた。「どうしてまた灰皿なんか盗ったんだい？」とたずねた。「もうタバコ吸ってるの？」

「お金がなかったの」と、女の子が言った。それからつま先で立って背伸びをした。「パパ、今日が誕生日なの」

「お金がないってだけで、盗むわけね。ますます結構な話だわ」と、めかしこんだガチョウみたいな娘が言った。

「伝票、書いていただこうかな」と、ファビアンが女の店員に言った。「この灰皿、もらいますから」

「でもその子、罰せられるようなことやったんですよ」と、売り場の主任が主張した。

ファビアンはその主任に近寄った。「ぼくの提案に反対なら、ここにある陶磁器、ひとつ残らず投げて、粉々にしちゃいますよ」

モーニングの男が肩をすくめた。女の店員が伝票を書き、灰皿をカウンターに持っていった。ファビアンはレジに行き、お金を払い、灰皿の包みを受け取った。それから女の子を出口まで送った。「はい、君の灰皿だよ」と言った。「でも割らないように気をつけて。昔あるところに、小さな男の子がいたんだ。その子は大きな鍋を買った。お母さんにクリスマスのプレゼントしようと思ってね。家に着いたとき、鍋を手に、半開きのドアをさっと通りぬけたんだ。クリスマスツリーがとてもきれいに輝いてた。『お母さん、ほら……』と言って、『お母さんの鍋だよ』と言おうとした。でもガチャンと音がして、鍋がドアにぶつかって壊れてしまった。そこで男の子は、こう言った。『お母さん、ほら、お母さんの取っ手だよ』。手に残ってたのが取っ手だけだったから」

小さな女の子はファビアンを見上げていた。灰皿の包みをしっかり両手でにぎりしめて、「わたしの灰皿、取っ手なんかないわ」と言った。膝を折ってお辞儀をして、駆けだした。そのときもう一度ふり返って、「ありがとう!」と叫んで、姿が見えなくなった。

ファビアンは通りに出た。雨はもう降っていなかった。歩道の縁石のところに立って、走っていくクルマをながめていた。一台のクルマが停まった。老婦人がいくつも荷物をかかえたまま、苦労して座席から体をずらせて、クルマから降りようとしていた。ファビアンはドアを開けて、老婦人がステップから下りるのを手伝い、うやうやしく帽子を脱いで、脇によけた。「はい!」と、誰かが横で言った。クルマの老婦人だ。ファビアンの手になにかを握らせ、うなずいて、百貨店に入っていった。ファビアンは手を開いた。十ペニヒ硬貨を握っていた。知らないうちに十ペニヒ稼いでいたのだ。すでに乞食のように見えたのだろうか?

ポケットに十ペニヒ硬貨を突っこみ、なにかに反抗するような気持ちになって、歩道の縁石のところへ行き、二台目のクルマのドアを開けた。「はい!」と言って、誰かがファビアンにまた十ペニヒくれた。「これは商売になるぞ」とファビアンは思った。十五分後に六十五ペニヒを稼いでいた。「もしもブブーデがここを通りかかって、文学史の素養のある男がクルマのドアを開けているのを見かけたとしたら」と、ファビアンは考えてみた。だがそう考えても、ファビアンは驚かなかった。ただし母親には会いたくなかった。コルネリアにも。

「お恵み、いかが?」と、女がもっと大きな硬貨をくれた。イレーネ・モル夫人だった。「ずうっと観察してたのよ、坊や」と言って、ファビアンのみじめな姿をうれしそうに見ながら、ほほ笑んだ。「あたしたち、珍しいところで会うわね。そんなに困ってるの?　うちの亭主の申し出を拒むなんて、早まったわけだ。鍵だって、持ってればよかったのに。あたし、坊やが帰ってくるのをベッドで待ってたのよ。あなたの控えめなところに、そそられるのよね。さ、荷物、運んでちょうだい。チップ、もうあげたでしょ」

ファビアンは荷物を持たされて、黙ってついて行った。

「なにをしてあげられるかしらね?」と言って、考えこんだ。「会社、クビになったんでしょう? あたし、執念深くないからね。モルには、残念だけどもう頼れない。船でフランスかどこかへ行っちゃった。今うちじゃ、刑事が見張ってるの。モルはね、公証人として依頼された資金を横領しちゃってたの。何年も前からなのよ。そんなことができる男だなんて思ってもいなかった。見くびってたわ」

「じゃ、今、どうやって暮らしてるわけですか?」と、ファビアンがたずねた。

「下宿、始めたのよ。大きな家って、今、安いのよ。家具はオールド・フレンドからのプレゼント。つまりさ、昔からの知り合いじゃないけど、年取った知り合いがくれたの。その人のものは、一、三枚のドアののぞき穴だけ」

「その見通しのいい下宿には、どんな人が住んでるのかな?」

「若い男たちよ、ふふ。部屋代と食事代はタダ。それだけじゃなく、収入の30パーセントが下宿人のものになる」

「収入って?」

「あたしのね、非キリスト教青年協会には、上流階級のご婦人たちが本当に熱心に通ってくるわけ。そのご婦人たち、かならずしもすらっとした美人じゃない。若いときがあったなんて、誰も信じない。でも彼女たちにはお金がある。で、あたしがどんな金額を要求しても、払ってくれるの。うちに来るために亭主から盗んだり、亭主を殺したりすることになっても、やって来るわ。うちの下宿人たちが稼ぐ。年取った家具屋はのぞき見する。ご婦人たちは情熱に身をまかせる。若い男のうち三人は、もう身請けされちゃった。相当な小遣いをもらって、マイホームも手に入れて、おまけに若いガールフレンドを何人ももっている。もちろん、内緒で。ハンガリー人の男の子なんか、工場主の奥さんに身請けされたのよ。王子様みたいに暮らしてる。利口なら、一年でひと財産つくるわ。そうなると、射的場の人形みたいな婆さんなんかお払い箱にできるでしょ」

「つまり男の売春宿なんだ」と、ファビアンが言った。

「そういう施設のほうが今じゃ、ハーレムよりずっと生存権があるでしょ」と、イレーネ・モルが説明した。「それにさ、あたし、若い女の子のときにはもう、そういうクラブのオーナーになりたいと思ってたの。だから、とても満足。お金があるから、ほとんど毎日のようにこの事業のために新しい人材を雇ってるわけ。下宿人になりたいなら、かならずあたしのところで一種の採用試験を受けてもらうの。誰でもいいわけじゃないんだからね！　本物の才能があるのは、ほとんどいない。やっぱり、まず生まれつきなのよね。養成コースつくらなきゃならないんだろうな」

彼女が立ち止まった。「着いたわ」。彼女のやっている下宿は、大きくてエレガントな貸し家の一角にあった。「あなたに提案があるの。下宿人になってもらうのは無理なのよね。えり好みが激しいでしょ。それにこの業界じゃ、あなたは年寄り。うちのお客の好みは、二十歳だから。おまけにあなた、間違ったプライドが捨てられない。でも、秘書ならやってもらえるかもしれない。きちんとした簿記がそろそろ必要になってくるの。あたしの個室で仕事してもらってもいいわ。そこに住んでもらってもいい。どうかしら？」

ていたが、帽子を取った。

「はい、荷物ですよ」と、ファビアンは言った。「これ以上聞かされると、吐いちゃいそうだ」

この瞬間、二人の若者が家から出てきた。シックな服装をしている。モル夫人の姿に気づいて、ためらっていたが、帽子を取った。

「ガストン、あなた今日は外出日なの？」と、モル夫人がたずねた。

「メッキーに言われたんです。メッキーが7号さんからもらうことになったクルマ、見に行こう、って。二十分くらいで帰ってきます」

「ガストン、あなたはすぐ部屋に戻るのよ。だらしない話じゃない？　メッキーがひとりで行くのよ。急ぎなさい！　三時には12号さんの予約が入ってるでしょ。それまで寝ておくのよ、さあ！」

若者は家に戻った。もうひとりの若者は、もう一度挨拶しながら、出かけていった。

モル夫人がファビアンのほうを向いた。「あなたの返事は、またノーなの？」。ファビアンから荷物を受け取った。「一週間、待つわ。住所、わかるでしょ。よく考えてみて。飢え死にするのは趣味の問題。でもその気になれば、あたしに親切にできるのよ。本当に。あなたが嫌がれば嫌がるほど、あたし、この提案にそそられるんだな。急がないから。暇つぶしなら、ちゃんとできるわ」。モル夫人は家に入った。

「ほとんど強制じゃないか」とつぶやいて、ファビアンは引き返した。

居酒屋で丸ゆでソーセージ《ボックヴルスト》とポテトサラダを食べた。それに、店の掲示板に張ってある新聞を読んで、求人募集をメモした。それから、かび臭い文房具屋で用紙と封筒を買って、四通の応募書類を作成した。ポストに投函してから、気がついた。そろそろ時間だな。疲れ切った足を引きずりながら、のろのろとタバコ工場に向かった。

「おや、戻ってこられたので？」と、守衛がたずねた。

「ここでおふくろと会おうと思ってね」と、ファビアンが答えた。守衛が片目をつぶった。「わかりました。任せてください」

守衛には喜劇を見抜かれているらしい。ファビアンはつらかった。大急ぎで本部棟に入り、窓の壁龕《へきがん》に腰を下ろし、五分おきに時計を見た。足音が聞こえるたびに、窓枠にからだを押しつけた。あと一分で終業だ。社員たちは急いでいた。ファビアンには気づかなかった。ファビアンは隠れるのを止めようとした。ちょうどそのとき、こちらに近づいてくる足音と声に気づいた。

「明日の重役会で懸賞募集の報告をするつもりだ。フィッシャー君、君が準備してくれたやつをね」という声が聞こえた。「注目に値する提案だ。君も評価されることになるだろう」

「ご厚意ありがとうございます、部長」と返事したのは相手の声だ。「でも実際、そのプロジェクトは、ドクター・ファビアンから遺産として受け継いだだけなんですよ」

「相続財産だって、財産は財産なんだよ、フィッシャー君！」。部長の口調は機嫌が悪かった。「それとも私の提案が不愉快なのかな？　特別手当がついたりすると、不都合なのかね？　さあてと。それにさ、このプロジェクト、ちょっと手を加える必要がある。君が用意した資料にもとづいて、これからすぐレジュメをタイピストに口述するつもりだ。うまくいくと思うよ、われわれの懸賞募集は。もう帰っていいぞ。運がいいね、君は」

「名匠はたえず骨折る必要がある。シラーの言葉です」と、フィッシャーが言った。ファビアンが壁龕《へきがん》から出てきた。フィッシャーは驚いて一歩、後ろに下がった。部長のブライトコップは襟元を指先でいじくった。「ぼくはそんなに驚かないけれど」と言って、ファビアンは階段のほうへ歩いていった。

「ほら、いらっしゃいましたよ」と言ったのは、ファビアンの母親とおしゃべりしていた守衛だ。彼女はトランクを下に置いて、トランクの上に旅行バッグとハンドバッグと傘をのせていたのだが、ファビアンに会釈した。「しっかり働いたのかい？」とたずねた。守衛が気だてよくほほ笑んで、小さな守衛室にゆっくり入っていった。

ファビアンは母親に手を差し出した。「まだ三十分、時間があるね」と言って、荷物を持ち上げた。

列車では隅に席をとった。（まん中の車両にしたのは、ファビアン夫人の考えでは、万一の列車事故の場合、危険の可能性を前もって少なくするのに適しているからだが）。それからふたりで、コンパートメント車の前をぶらぶら行ったり来たりした。

「ここから離れちゃダメだよ」。母親が息子の袖をつかんだ。「トランク、盗まれやすいからね。ちょっとよそ見してるうちに、なくなっちゃうんだから」。結局、ファビアンのほうが母親より神経質になって、窓越しに網棚をずっと監視していた。

「これでちゃんとやって行けるわね」と、母親が言った。「コートの襟吊《えりづ》りは縫いつけたし。部屋の中も人間らしくなったし。ホールフェルトさんはむっとしてたけど。そんなこと気にしなくていいんだ」

ファビアンは近くの移動《カート》ビュッフェに行って、プチパンのハムサンド一つと、ビスケット一袋と、オレンジ二個を買ってきた。「坊や、買いすぎだよ」と、母親が言った。ファビアンは笑って、コンパートメントに乗り込んで、二十マルク札を一枚、こっそり母親のハンドバッグのなかに押し込み、またプラットホームに下りた。

「いったいいつになったら、うちに帰ってくるんだい？」と、母親がたずねた。「おまえの好物、全部こしらえてやるよ。毎日、品を変えて。ふたりでマルタおばさんの庭に行こうね。店にはほとんど客が来ないから」

「帰るよ。帰れるようになったら、すぐ」と、ファビアンは約束した。

コンパートメント車の窓から首を出して、母親が言った。「ほんとに達者でね、ヤーコプ。ここでうまく行かなくなったら、荷物まとめて、帰っといで」

ファビアンがうなずいた。ふたりで顔を見合わせ、ほほ笑んだ。プラットホームでみんながほほ笑むように。それは写真をとるときに似ていたが、どこを見回してもカメラマンの姿はなかった。「元気でね」と、ファビアンはささやいた。「来てくれて、よかったよ」

テーブルに花が生けてあった。手紙が横に置いてあった。手紙を開けた。二十マルク札が一枚、出てきた。それからメモが一枚。「ほんの気持ちだけど。母より」と書かれていた。下の隅にもまだなにか書かれている。「先にカツレツを食べて。ソーセージはパーチメント紙にくるんでおけば、四、五日は大丈夫」

ファビアンは二十マルク札をポケットに突っこんだ。今、母親は列車に乗っている。まもなく、ファビアンがハンドバッグに押し込んだ別の二十マルク札を見つけるにちがいない。数学的に考えれば、プラス・マイナス、ゼロだ。ふたりとも所有金額は以前と変わりがないのだから。しかし心優しい行為は取り消されることがない。道徳の方程式は、算術の方程式とは別の道を歩いている。

その晩、ファビアンはコルネリアに百マルクねだられた。映画会社の廊下で偶然、マカルトに出会ったの。俳優のレンタル移籍交渉のため、ライバル社の建物にやって来てたのよ。そこで話しかけられたわけ。君さ、俺がずうっと探してたタイプなんだよ。もちろん、俺の会社の次回作の話だけどね。明日の午後、うちのオフィスに来てもらえないかな。プロデューサーと監督も同席するよ。もしかしたらテストさせてもらうかも。

「お昼のうちに新しいセーターと、帽子を手に入れなきゃならないのよ。ファビアンは、ほとんどお金もってないのよね。でも、わたし、このチャンスを逃すわけにはいかない。これから映画女優になる、と考えてみて！　想像できるかな？」

「できるさ」と言って、最後の百マルク札をコルネリアに渡した。

「それで君に幸運が舞い込めばいいね」

「わたしに？」

「ぼくたちに」と、ファビアンは彼女の気に入るように訂正した。

第14章

ドアのない道
ゼロフ嬢の舌
階段はスリだらけ

その夜、ファビアンは夢を見た。どうやら自分が思っている以上に、よく夢を見ているらしい。だがその夜はコルネリアが起こしてくれた。だからファビアンは、夢のことを覚えているのだ。数日も前のことなら、誰がファビアンを夢から起こしてくれただろう？　コルネリアと並んで寝るようになる前なら、誰が真夜中に心配してファビアンのからだを揺さぶってくれただろう？　ファビアンはたくさんの女や女の子と寝たことがある。それは事実だ。しかし並んで寝たことはなかった。

夢でファビアンは、終わることのない通りを歩いていた。両側の建物は最上階が見えないほど高かった。通りにはまったく人がおらず、建物には窓もドアもない。空は、深い井戸のうえの空のように、はるか遠くにあって異様な感じだ。ファビアンは、お腹が空いて喉が渇き、死ぬほど疲れていた。見たところ、通りが終わる気配はない。しかしファビアンは歩いた。終わりまで歩こうと思った。

「そんなに歩いても、なんの役にも立たん」と言う声が聞こえた。ふり返って見た。あの老発明家が後ろに立っていた。色の褪せたケープを着て、いい加減に巻いた傘をもち、はげて灰色になった山高帽をかぶっている。「こんにちは、教授」と、ファビアンが叫んだ。「精神病院かと思ってましたが」

「ここが、そうなんだよ」と言って、傘の柄で建物のひとつをたたいた。ブリキの音がした。すると門のなかったところに門が開いた。

「私の最新の発明だ」と、老人が言った。「甥ご殿、お先に失礼。ここは、わが家も同然じゃ」。ファビアンが後につづいた。守衛室では部長のブライトコップがうずくまって、腹を押さえ、うめいていた。「俺、妊娠してんだ。女秘書のやつ、また用心するのを忘れちゃって」。それからブライトコップは自分のハゲ頭を三回たたいた。ゴングのように大きな音がした。

教授は、いい加減に巻いた傘を部長の喉に深く突っこんで、大きく開いた。ブライトコップの顔が風船のように破裂した。

「これはご親切にありがとう」と、ファビアンが言った。

「いや、礼には及ばない」と、発明家が応えた。「私のマシン、もう見てもらえたかね？」。ファビアンの手を引いて、青みがかったネオンライトが燃えている通路を抜けて、外に出た。

ケルンの大聖堂ほどの大きなマシンが、ふたりの前にそびえていた。半裸の労働者たちがマシンの前に立っていた。シャベルで武装している。十万人の小さな子どもをシャベルですくっては、赤い火が燃えている巨大なボイラーに投げ込んでいる。

「向こう側に行ってみるか」と、発明家が言った。ふたりはエスカレーターのようなベルトに乗って、灰色の中庭を通っていった。「着いたぞ」と言って、老人は空を指さした。

ファビアンは上を見た。馬鹿でかくて、燃えて赤くなっているベッセマー転炉が、下りてきて、自動で回転して傾き、炉内のものを水平の鏡面にぶちまけている。炉内のものは生きていた。何人もの男や女がキラキラ光るガラスのうえに落ちてきて、直立している。手でつかめそうなのに手が届かない自分の鏡像を、魔法にかかったように見つめている。顔見知りであるかのように、下に向かって手をふっている者がいる。誰かがポケットからピストルを取り出して、撃った。きちんと狙いをつけて自分の鏡像の心臓をめがけたにもかかわらず、自分自身の足の親指に当たって、顔をしかめた。また別の誰かは回転して輪を描いている。どうやら自分の鏡像に背中を向けようとしているらしいのだが、その試みはうまく行かなかった。

「一日に十万人」と、発明家が説明した。「それで私は労働時間を短縮して、週五日制を導入したんじゃ」

「気の狂った人ばかりで?」と、ファビアンがたずねた。

「それは用語の問題なんだな」と、教授が応えた。「ちょっと待って。連結器がおかしくなっておる」。教授はマシンに近づき、傘で開口部をつつき回した。突然、傘が消えた。それからケープが消えた。ケープは老教授も連れていった。老教授もいなくなった。自分のマシンに呑みこまれたのだ。

ファビアンは、エスカレーターのようなベルトに乗って、灰色の中庭を横切って、引き返した。「事故が起きたぞ!」と、半裸の労働者の一人に叫んだ。そのとき子どもが一人、ボイラーから転がって出てきた。べっ甲縁の眼鏡をかけて、いい加減に巻いた傘を小さな手でもっている。労働者は乳飲み子のようなその子をシャベルですくい、燃えているボイラーのなかに投げ返した。ファビアンはあらためて中庭に沿って大急ぎで移動し、振動しているベッセマー転炉の下で待った。友人である老教授がふたたび大人に変身して戻ってくるのを、待った。

待ったが、老教授は戻ってこなかった。そのかわりファビアン自身が、なんとケープを着て、傘をもち、帽子をかぶった第二のファビアンとなって、馬鹿でかい傾斜ボックスの口から転がり落ちてきて、他の人物たちの一員となって立ち、彼らと同様に鏡像をじっと見つめていた。靴の底のところでは、頭が下になって、第二のファビアンの鏡像、つまり第三のファビアンがぶらさがっており、上にある第二のファビアンの顔をじっと見つめていた。第二のファビアンは親指で、後ろにあるマシンを指さして、「機械による輪廻転生、特許コルレップ教授」と言った。それから中庭に立っている本物のファビアンにむかって歩き、本物のファビアンのど真ん中に入りこんで、姿が見えなくなった。

「ぴったりだな」と認めて、ファビアンは、ファビアン本人を埋めつくして姿を消したマシン人間から、傘を受け取り、ケープのしわを伸ばし、ファビアン本人の唯一のサンプルに戻った。

きらきら輝いている鏡のほうに目をやった。人間たちが突然、透明な沼に沈むように、鏡のなかに沈んでいった。恐ろしさのあまり叫んでいるかのように、口をぽっかり開けているのだが、なにも聞こえない。みんな、鏡面の下にすっかり沈んでしまった。みんなの鏡像は、魚のように、頭を前にして逃げていき、どんどん小さくなって、完全に消えた。すると鏡の下には本物の人間たちが立っていた。まるで琥珀《こはく》のなかに閉じこめられているかのようだ。ファビアンはすぐそばまで行ってみた。そこで見えたのは、もう鏡像ではなかった。沈没した人間たちの頭上にあったのは、ガラス板にすぎなかった。そして彼らは生きつづけているのだ。ファビアンはひざまずいて、下をながめた。

デブで裸の女たちがすわっている。心配事のせいでからだ中にしわをつけて、テーブルでお茶を飲んでいる。網タイツをはき、襟首のところに小さな編み上げ帽子をくっつけている。ブレスレットや大きなイヤリングがキラキラ輝いている。老女の一人は金のリングを鼻につけていた。別のテーブルにいるのは、デブの男たちだ。半裸で、ゴリラのように毛深く、シルクハットをかぶっている。ライラック色のズボン下をはいている者もいる。みんな、太い唇で大きな葉巻をくわえている。男たちも女たちもギラギラした目でカーテンをじっと見ている。カーテンが引かれた。化粧をした若い男たちが、からだにぴったりしたレオタードを着て、着飾ったモデルのように意気揚々と、高くされたステージを横切っていく。青年たちにつづいて、こちらもレオタード姿で、若い娘たちが出てきた。彼女たちも気取ったほほ笑みを浮かべ、自分の曲線美をすべて見せようとがんばっている。何人かファビアンの知っている顔があった。クルプ嬢、彫刻家のライター女史、ゼロフ嬢、それにハウプトのホールにいたパウラ。

年寄りの男女がオペラグラスを目に押しつけると、飛び上がって、椅子やテーブルにつまずきながら、ステージに殺到し、前に出るために殴り合って、さかりのついた馬のようにいないた。飾り立てたデブの女たちは、若い男たちをステージから引きずり下ろして、泣きわめきながら押し倒し、ひざまずいて懇願し、太った両脚を開いて、ブリリアントカットのダイヤモンドを腕や指や大きな耳たぶから引きはがして、みだらなほほ笑みを浮かべる若い男たちに差し出して、懇願している。年寄りの男たちは猿のような腕で若い娘たちを、それからまた若い男たちをも、捕まえては、捕まえた相手を、興奮のあまり紫色になりながら抱きしめている。ズボン下、静脈瘤、靴下留め、ボロボロになったカラーのレオタード、しわだらけでプニョプニョの手足、しかめっ面、ニヤリとほくそえむ口紅をつけた大きな口、日焼けしてすらっとした腕、痙攣してぴくぴく動いている脚。それらが床を埋めつくしていた。あたかも、生きているペルシャ絨毯が地面に敷かれているかのようだ。

「あなたのコルネリアもいるわよ」と、モル夫人が言った。モル夫人はファビアンの横にすわっていた。ボンボンの大きな紙袋から小さな若い男たちをつまみ食いしている。まず最初に服を脱がせている。まるで、紙に包まれた小型の板チョコを裸にしているかのようだ。ファビアンはコルネリアを探した。みんなが床のうえで激しくからまり合って転がっているのに、コルネリアだけはステージに立っていて、デブで野蛮な男に抵抗していた。そのデブは片手でコルネリアの口をこじ開け、もう一方の手で自分が吸っている葉巻を、火のついた先のほうから、コルネリアの口に押し込もうとしていた。

「あの男には抵抗してもムダね」と言って、モル夫人は紙袋の中をかき回した。「マカルトよ。映画の制作者。あり余るほど金をもってる。奥さんは毒を飲んで自殺しちゃったわ」。コルネリアはバランスを失って、マカルトといっしょに乱痴気騒ぎのなかへ墜落した。

「飛び込んで追いかけなさいよ」と、モル夫人が言った。「でも、あなた、心配なんでしょう。あなたと連中のあいだにあるガラスが壊れるんじゃないか、って。世の中をショーウィンドーの陳列品だと思ってるんだから」

もうコルネリアの姿を発見することはできなかった。しかし今、ファビアンの目に映ったのは、余命いくばくもないヴィルヘルミーだった。裸で、左脚は義足だ。天蓋つきベッドのうえに立って乗ったまま、じたばたしている男女の頭上をサーファーのように越えていっている。松葉杖をふり回して、ベッドにしがみついているクルプ嬢の頭と両手をたたいたので、とうとうクルプ嬢は血まみれになって手を離して、下に沈んでいった。

ヴィルヘルミーは松葉杖にひもを結びつけ、そのひもの先に紙幣を一枚くっつけて、釣り針のように投げた。下にいる人間たちは男も女も、魚のように空中に飛び上がり、パクリと食いつこうとしたが、疲れて下に落ちては、また急いで飛び上がっていた。すると、そのとき！　一人の女が紙幣を口にくわえた。ゼロフ嬢だ。耳をつんざくような悲鳴をあげた。釣り針が舌を貫通したのだ。ヴィルヘルミーがひもをたぐり寄せた。ゼロフ嬢は、顔をゆがめて、ベッドに近づいた。しかしゼロフ嬢の後ろに彫刻家のライター女史が浮かび上がってきて、友だちのゼロフ嬢を両腕でかかえ、後ろへ引っ張った。舌がべろっと口からすべり出てきた。ヴィルヘルミーと彫刻家はゼロフ嬢をそれぞれ自分の側に引き寄せようとした。舌はますます長くなって、赤いテープのようになり、今にもはち切れんばかりに引っ張られた。ヴィルヘルミーはあえぎながら笑った。

「すばらしいわ！」と、イレーネ・モルが叫んだ。「まるで綱引きじゃない。あたしたち、スポーツの時代に生きてるんだ」。彼女は空っぽになった紙袋をくしゃくしゃに丸めて、言った。「さて、今度はあなたを食べちゃおう」。ファビアンのケープを引きはがした。彼女の指はハサミのように噛み合って、ファビアンのスーツを切ってボロボロにした。ファビアンは傘の柄で彼女の頭を殴った。彼女はよろめいて、彼を離した。「あなたのこと大好きなのに」とささやいて、泣いた。涙が目尻から小さなシャボン玉のようにあふれ、どんどん大きくなって、玉虫色に輝きながら空高く昇っていった。

ファビアンは立ち上がって、歩きはじめた。

どこにも壁のないホールのなかに入りこんでいた。階段には数え切れないほど段があって、ホールの一方の端からもう一方の端まで上っている。どの段にも人間が立っていた。みんな熱心に上を見ながら、おたがいに他人のポケットに手を突っこんでいる。誰もが誰かから盗んでいる。誰もが、前にいるやつのポケットをこっそりかき回していて、そうやっているあいだに自分も、後ろにいるやつに盗まれている。ホールは静まりかえっていた。それなのにみんな動いている。せっせと盗み、せっせと盗まれていた。一番下の段に十歳の小さな女の子が立っていて、前にいる男のコートからカラフルな灰皿を盗んだ。突然、ラブーデが一番上の段にいた。両手を上げて、階段を見おろして叫んだ。「友人のみなさん！　市民のみなさん！　礼節に勝利を！」

「もちろんだとも！」と、みんなは声をそろえてうなりながら、おたがいに他人のポケットを引っかき回していた。

「私に賛成の人は、挙手を！」と、ラブーデが叫んだ。みんなは手を挙げた。誰もが片手で挙手をして、もう一方の手で盗みつづけていた。一番下の段の小さな女の子だけが両手を挙げた。

「みなさん、ありがとう」と、ラブーデが言った。感動した声だった。「人間の品位の時代が始まったのです。この時を忘れないでください！」

「あなた、馬鹿ね！」と、レーダが叫んだ。ラブーデの横に立っている。背の高いハンサムな男を後ろに従えている。

「わが最良の友は、わが最大の敵」と、ラブーデは悲しそうに言った。「どっちでも同じことだけど。理性が勝利するだろう。たとえぼくが滅んでも」

そのとき銃声が響いた。ファビアンは上を見た。どこにもかしこにも窓があり、天井があった。どこにもかしこにも暗い人影がピストルや機関銃をもって立っていた。

階段の段にいる人間たちは横になったまま、盗みつづけていた。銃声が激しく響いた。人間たちが死んだ。手を他人のポケットに入れたまま。階段は死体だらけだ。

「連中のこと、惜しいとは思わないね」と、ファビアンは友人のラブーデに言った。「さ、行こう！」。しかしラブーデは、銃弾の雨のなかに立ちつくしていた。「ぼくのことも、惜しいとは思わないさ」とささやいて、窓と屋根のほうにふり向いて、こぶしをふり上げた。

天窓や切妻から銃弾が下に降ってきた。いくつもの窓から負傷者が何人もぶら下がっている。切妻の縁のところでアスリート風の男が二人で格闘している。おたがいに首を絞め合い、嚙みつき合っている。とうとう片方がよろめいて、両方が墜落した。空っぽの頭蓋骨が二つ、割れる音が聞こえた。飛行機が何機もホールの天井のしたでぶんぶん旋回して、燃えている松明《たいまつ》を建物に投下している。あちこちの屋根が燃えはじめた。緑色の煙が窓から噴き出した。

「どうしてみんな、こんなことしてるの？」。百貨店にいた小さな女の子がファビアンの手をつかんだ。

「新しい家を建てたいんだよ」と、ファビアンは応えた。それからその子を腕に抱いて、死体をまたぎながら階段を下りていった。途中で小さな男に出会った。小さな男は突っ立ったまま、メモに数字を書いて、暗算していた。「なにしてるんですか？」と、ファビアンがたずねた。

「在庫品を売ってるんで」という答えが返ってきた。「死体一個で三十ペニヒ。あんまり傷んでないのは五ペニヒ追加。お宅、交渉権もってますか？」

「とっとと失せろ」と、ファビアンは叫んだ。

「そのうちにね」と言って、小さな男は計算をつづけた。階段が終わったところでファビアンは小さな女の子を腕から下ろした。「さあ、家に帰りなさい」と言った。女の子は駆けだした。スキップして歌をうたいながら。

ファビアンはまた階段を上った。「一ペニヒも稼げないぞ」と、小さな男はファビアンが通りかかったとき、つぶやいた。ファビアンは先を急いだ。上のほうで家や建物が倒壊しかかっている。積み重なった石のあいだから細長い炎が噴き出している。まっ赤に燃えている梁が傾き、まるで綿のなかに沈むようにゆっくり倒れていく。あいかわらず散発的に銃声が響く。ガスマスクをつけた人間たちが瓦礫をかき分けて這っていく。そういう者同士が鉢合わせするたびに、銃を構え、狙いをつけて、撃ち合った。ファビアンはまわりを見回した。ラブーデはどこだ？「ラブーデ！」と叫んだ。「ラブーデ！」

「ファビアン」と呼ぶ声が聞こえる。「ファビアン！」

「ファビアン！」と、コルネリアが呼んで、ファビアンのからだを揺さぶった。ファビアンは目を覚ました。「どうしてラブーデを呼んでるの？」。コルネリアはファビアンの額をなでた。

「夢見てたんだ」と、ファビアンは言った。「ラブーデはフランクフルトだ」

「明かり、つける？」と、コルネリアがたずねた。

「いや、コルネリアはすぐに、また眠ったほうがいい。明日は、きれいな顔してなきゃね。おやすみ」

「おやすみなさい」と、コルネリアが言った。

それからふたりとも長いあいだ目を覚ましていた。どちらも相手が起きていることを知っていたが、ふたりとも黙っていた。

第15章

青年はどのようであるべきか
駅の意味について
コルネリアが手紙を書く

次の日の朝、コルネリアがオフィスに出かけたとき、ファビアンは開けた窓のところにすわっていた。コルネリアは書類入れを脇にかかえ、大股でさっさと歩いていった。彼女には仕事があった。収入があった。ファビアンは窓際にすわって、からだを太陽にくすぐらせていた。太陽の光は温かく、まるで世の中が順調であるかのようだった。世の中を乱すものはなにもなかった。

コルネリアはもう遠くに行っていた。ファビアンが彼女を呼び戻すことは許されなかった。かりに彼がそんなことをしたら、つまり窓から乗り出して、「行かないで、こっちに戻っておいで。働いてもらいたくないんだ。マカルトのところに行ってもらいたくないんだ！」と言ったなら、彼女はこう答えただろう。「なに考えてるの？　お金ちょうだい。くれないんなら、止めないでよ」。ファビアンにはどうすることもできなかった。ファビアンは太陽に向かって舌を突きだした。

「なにしてるんですか？」と、ホールフェルト夫人がたずねた。知らないうちに部屋に入ってきていた。ファビアンは冷たく言った。「ハエ、取ってるんだ。今年は大きくて、むちむちしてる」

「仕事には行かないの？」

「引退したんだ。来月一日から、ぼくは予想外の超過支出として、財務省の赤字に登場するのさ」。窓を閉めて、ソファにすわった。

「失業なの？」と、ホールフェルト夫人がたずねた。

ファビアンはうなずいて、ポケットからお金を取り出した。「これ来月分の八十マルク」

ホールフェルト夫人はあわててそのお金を取って、言った。「そんなに急がなくてもよかったのに、ファビアンさん」

「いえ」。ファビアンは最後の札と硬貨をテーブルのうえに見えるように並べて、いくら残っているのか数えた。「この資本を銀行に預けると、年に利子が三マルクだな」と言った。「これじゃ、どうしようもない」

大家がおしゃべりになった。「新聞で昨日、エンジニアがこんな提案してたわ。地中海の水面を二百メートル下げる。すると、氷河時代以前のように、大きな陸地がいくつも出現するだろう。そこに入植できるので、何百万という人を扶養できる。おまけに、短い堤防をいくつか造ることによって、ベルリンからケープタウンまで直通列車を走らせることができるんだ、って！」。ホールフェルト夫人は今でもそのエンジニアの提案が気に入っていて、口から火を噴くほど熱心に話した。

ファビアンがソファの肘掛けをたたいたら、ほこりが舞った。「では、それなら！」と、ファビアンは叫んだ。「いざ、地中海へ！　地中海の水面を下げよう！　ホールフェルトさんも行きますか？」

「喜んで。わたし地中海、新婚旅行で行ったきりで、もう行ってないわ。すばらしい所ね。ジェノヴァ、ニース、マルセイユ、パリ。あら、パリは地中海じゃなかった」。ここでホールフェルト夫人は話題を変えた。「ところでドクターのコルネリアさん、とっても悲しそうだったんじゃない？」

「残念ながら、もう出かけちゃってて。いたら、聞けたんだけどな」

「魅力的なお嬢さんね。とても上品で。若い頃のルーマニア王女に似てるんじゃないかな」

「うん、そうだな」。ファビアンは立ち上がって、大家さんをドアまで案内した。「王女の娘だという噂もあって。でもどうか、これは内緒ですよ」


午後、ファビアンは大きな新聞社にいて、ツァハリーアス氏が暇になるのを、すわって待っていた。ツァハリーアス氏はファビアンの知人だった。広告の意味について討論した後、「私が必要になるようなことがあれば、訪ねてください」と言われたことがあるのだ。待合室のテーブルを飾っている雑誌の一冊をぼんやりめくりながら、ファビアンはあのときの会話を思い出した。あのときツァハリーアス氏は、キリスト教の成長は巧妙なプロパガンダによるところが大きい、というH・G・ウェルズの主張を熱烈に支持していた。また彼は、宣伝というものを、もはや石鹼やガムの消費増加に限定せず、そろそろ理想のために十分役立てるべきだ、というウェルズの要求も擁護していた。ファビアンはこう言ったのだ。人類を教育できるというのは疑わしいテーゼですね。それ以外にも、プロパガンダをする者の教育者としての適性や、教育者のプロパガンダをする才能も、疑問です。理性は、限られた数の人間にしか教え込めないわけだけれど、そういう人たちはすでに理性をそなえてますよね。ツァハリーアスとファビアンは本気になって論争したが、結局ふたりとも、その論争があまりにもアカデミックなものであることに気がついた。というのも、考えられる両者の帰結――つまり、あの理想主義的な啓蒙の勝利であれ、敗北であれ――は、非常に多額のお金を前提としているのだが、誰も理想のためにお金は出さないからである。

小使いたちが迷路のような廊下を忙しそうに歩いていた。ボール紙のケースが金属の筒からカタカタ音を立てて落ちた。監督の役人の電話がひっきりなしに鳴っている。客が来ては、帰っていく。社員たちは部屋から部屋へ駆けている。従順な部下たちをスタッフとして引き連れて、一人の重役が階段を急いで下りている。

「ツァハリーアスがお目にかかりますので、どうぞ」

小使いがファビアンをドアまで案内した。ツァハリーアスは情熱をこめてファビアンの手を握った。どんなことでも極端に元気よくこなすのが、この青年の突出した特性だった。熱狂から抜け出すことはなかった。歯を磨くときでも、議論をするときでも、お金を使うときでも、上司に提案するときでも、つねに無理をしていた。この青年の近くに行くと、誰でもこの青年のユーモア欠乏症に感染した。ネクタイの結び方の会話が、突然、もっとも刺激的な現代の話題になった。そして上司たちは、ツァハリーアスと仕事の議論をするといつも、自分たちの職業が、自分たちの新聞社が、自分たちの地位が、じつはとてつもなく重要なものであることに気づいたのだ。この男のキャリアを邪魔するものはなかった。彼自身が重要な仕事をしたというわけではない。会社に対しては触媒の役目をはたし、周りの人に対しては刺激の役目をはたしたのだ。彼はなくてはならぬ人物となり、今ではすでに、二十八歳の若さで、二千五百マルクの月給をもらっている。ファビアンは、話せることは全部、話した。

「空きがないんですよね」と、ツァハリーアスが言った。「喜んでお役に立ちたいと思ってます。それにですよ、あなたと私なら、見事にやっていけると確信してます。さて、どうするかな？」。ツァハリーアスは、突然なにかがひらめく直前の占い師のように、両手を額に押しつけた。「こういうのはどうでしょうか？　私のポケットマネーであなたを私的なアルバイトとして雇うんです。あなたなら十分、私の役に立ってもらえると思いますよ。私はね、この会社で毎日一ダースの提案をするよう期待されてるんです。私って、自動販売機ですか？　ほかの連中がましなこと思いつけないからといって、私にどうしろって言うんですかね？　こんな調子がつづけば、私の脳は走りすぎて股ずれができちゃう。先日ですね、乗り心地のいい小さなクルマ、買ったんです。シュタイアー、六気筒、スペシャルボディー。毎日二、三時間、郊外へドライブして、卵を産むんです。運転が好きなんです。神経が休まります。三百マルク、用意しましょう。欠員が生じたらすぐ、あなたが入ればいい。どうですか？」

ファビアンが答えを言う前に、相手は言葉をつづけた。「いや。これはダメだ。ツァハリーアスのやつ、白い黒人を召使いにしてるぞ、って言われかねません。そういう連中に私、狙われてるんです。みんな斧をもってドアの陰にひそんで、私のカボチャ頭をはねてやろうと思ってる。どうしたもんでしょうかね？　なにか思い浮かびませんか？」

ファビアンが言った。「腹の前に大きな看板をかかえて、ポツダム広場に立つことくらいかな。看板には、『この青年は目下のところなにもしていません。しかしお試しください。なんでもできることがわかります』なんて書いて。このセリフは大きな風船に書いてもいいかな」

「その提案を本気で言ってるなら、それもいいでしょう！」と、ツァハリーアスは叫んだ。「しかしその提案、なんの価値もありませんね。あなたが信じてないからですよ。あなたが真剣に考えるのは、本当に真剣な話だけなんです。もしかしたら、それすら真剣に考えないかもしれない。残念ですねえ。あなたのような能力が私にあれば、もう社長になってるでしょう」。自分より優秀な人間に対して、ツァハリーアスはきわめて老獪なトリックを使った。その優秀さを認めて、まさにそのことを主張したのだ。

「私に能力があっても、なんの役に立つのでしょうか?」と、ファビアンは悲しそうにたずねた。こんなレトリックで反問されようとはツァハリーアスは思ってもいなかった。ツァハリーアス自身が率直であれば、それで十分だった。それなのに、いきなりやって来て、相談をもちかけ、おまけに生意気になるやつがいたのだ。

「私の発言で気を悪くされるとしたら、残念です」と、ファビアンは言った。「そんなつもりはなかった。才能があるなんて思ってませんからね。あるとすれば、せいぜい、飢え死にする才能くらいです。そんな自慢をしなきゃならないほど、具合が悪いんですよ、この二週間は」。ツァハリーアスは立ち上がり、客のファビアンをわざわざ階段のところまで送った。「明日、電話ください。二時頃に。いや、そのとき会議だな。二時過ぎということで。もしかするとそれまでに、なにかいい考えが浮かんでるかもしれません。じゃ、また」

ファビアンはラブーデに電話をしたかった。だがラブーデはフランクフルトにいた。電話をしても、ファビアンは自分の心配事なんか絶対に話さなかっただろう。心配事ならラブーデ自身にもあった。よく知っている声を聞きたかっただけだ。それ以上のことは望まなかった。友だちのあいだでは、天気の話をするだけでも奇蹟が起きるものだ。母親はもう帰ってしまった。おかしな老発明家は、ケープもいっしょに、精神病院に連れていかれた。コルネリアは新しい帽子を買って、二、三人の映画人に気に入ってもらおうとしている。ファビアンは、ひとりぼっちだった。どうして人間は、自分が取り消されるまで、自分から逃げることができないのだろう？　あてもなく繁華街を歩いているうちに、ついさっきはコルネリアの勤め先である建物の前を通りかかった。そんな自分に腹を立てながら、ファビアンは歩きつづけたのだが、気がつくと、帽子屋の前を通るたびに横目で中をのぞき込んでいた。コルネリアはまだオフィスにいるのだろうか？　帽子と、新しいセーターをもう試しているのだろうか？

アンハルター駅で新聞を買った。キオスクの男は気さくで人懐っこそうだった。「この店を手伝う人間、いりませんか？」と、ファビアンはたずねた。

「近いうちに私、靴下編むのを習うんですよ」と、男は言った。「一年前はね、売上げが二倍あったんです。それでも潤ってはいなかった。近ごろはね、新聞なんて、美容院や床屋やカフェくらいでしか読まれない。パン屋になればよかったんですよね。パンなら、美容院や床屋でもタダで出てきません」

「最近、誰かが提案してましたね。パンも、水道の水と同じように、国が配給すればいい、って」と、ファビアンが話した。「用心しないと、そのうちパンを焼いても飢え死にしちゃいますよ」

「オープンサンド、ひとつ差し上げましょうか？」と、キオスクの男がたずねた。

「まだ一週間はもつでしょう」と言って、ファビアンはお礼を言って、駅のほうへ歩いていった。時刻表を調べた。残っている最後のお金で切符を買って、母親のところへ乗っていくべきか？　しかし、もしかしたらツァハリーアスが明日、なにか方法を考えてくれているかもしれない？　アンハルター駅の駅舎を出た。

目の前には、何本か通りが並んでいて、建物がブロックになっている。これは希望のない、無慈悲な迷路だ。ファビアンはめまいがした。二、三人の赤帽と並んで、壁にもたれかかり、目を閉じた。すると今度は騒音に悩まされた。まるで市電やバスがファビアンの胃のど真ん中を通過しているかのようだ。引き返して、階段を上って待合室に行き、そこの、固いベンチに頭を寝かせた。半時間後、気分がましになった。市電の停車場まで歩いて、電車で家に帰って、ソファに身を投げ、すぐに眠り込んだ。

夕方、目が覚めた。玄関のドアが音を立てて閉まった。コルネリアが帰ってきたのか？　いや、誰かが急いで階段を下りていったのだ。ファビアンは、隣の部屋に行って、驚いた。

ロッカーは開いたままだった。空っぽだ。スーツケースがない。まだ日が暮れはじめたばかりだったが、ファビアンは明かりをつけた。テーブルのうえに、花びんを重しにして、手紙が置いてある。花びんのなかでは花が捨てられるのを待っていた。ファビアンはうなずいて、手紙を取り、自分の部屋に戻った。「ファビアンさま」と、コルネリアが書いていた。「わたしがいなくなるのは、遅すぎるより早すぎるほうが、いいんじゃないかな？　さっきまであなたのソファのそばに立っていた。あなたは眠っていた。こうやって手紙を書いているあいだも、あなたは眠っている。できることなら、わたしはここにいたい。でも、わたしがここにいることを、想像してみて！　あと二、三週間もすると、あなたは本当に不幸になるでしょう。あなたが苦しむのは、貧乏が重たいからじゃない。貧乏がとても重大なことになるだろうと考えるからよ。あなたがひとり暮らしのあいだは、どんなことが起きても、あなたは平気だった。また昔のようになるでしょう。とっても悲しい？　わたし、次の映画に出るように言われてるの。明日、契約書にサインするわ。マカルトがわたしのために二部屋借りてくれた。逃げようのない話なの。あいつ、百ポンドの練炭《ブリケット》の取引みたいに、その話をしたわ。五十歳で、外見は身なりのよすぎる引退したボクサーみたい。わたしは、まるで解剖室に売られちゃったみたいな気分。もしもわたしがいつかあなたの部屋に戻ってきて、あなたを起こしたら？いいえ、わたしはそんなことはしないで、あなたを寝かせておくわ。わたしは堕落するつもりはありません。医者に診察されるんだ、と思うことにするの。医者は勝手にわたしのからだを調べればいい。泥から抜け出せるのは、泥まみれになったときだけ。そしてわたしたちは、抜け出しましょう。わたしは『わたしたちは』と書いた。その意味、わかるでしょう？　これからあなたのところを出ていきます。あなたといっしょに暮らしつづけるために。わたしのこと、ずっと愛してもらえる？　わたしが他の男のところに行っても、わたしのこと、じっと見つめてもらえる？　抱いてもらえる？　明日の午後、四時から、カフェ・ショッテンハムルで待ってます。もしも来てくれなければ、わたしはどうなるのかな？　コルネリア」

ファビアンはじっとすわっていた。部屋はどんどん暗くなっていった。心臓が痛んだ。ファビアンは肘掛け椅子の腕にしがみついていた。まるで、自分を連れ去ろうとする者から身を守ろうとでもするように。ファビアンはこらえて踏ん張った。手紙は絨毯のうえに落ちていて、闇のなかで光っていた。

「ぼく、自分を変えようと思ってたんだよ、コルネリア！」と、ファビアンは叫んだ。

第16章

ファビアンは冒険を求めて出かける
ヴェディングでの銃声
ペレおじさんのノースパーク

その日の晩、ファビアンは地下鉄でベルリンの北部へ行った。車両の窓のところに立って、視線を動かさず黒いトンネルの中をじっと見つめていた。ときどき小さなランプが通り過ぎていく。地下の駅の、にぎやかなプラットホームに目を凝らした。車両がトンネルから地上に出るたびに、灰色の家並みに目を凝らした。大通りに交差している薄暗い道路に目を凝らした。明かりがついている部屋に目を凝らして、のぞき込んだ。それらの部屋では、知らない人たちがテーブルを囲んで、自分たちの運命を待っている。ファビアンは下のほうで、鉄道の線路がキラキラ光ってもつれあっているのに目を凝らした。赤い寝台車が長旅のことを思ってあえいでいる長距離線の駅に、目を凝らした。無言のシュプレー川に目を凝らした。けたたましいネオンの文字でにぎやかな劇場の切妻に目を凝らした。街をおおっている、星のない紫色の空に目を凝らした。

これらのすべてを見ていたのだが、まるでファビアンの目と耳だけがベルリンを走っていて、ファビアン自身は、ずっと、ずっと遠くにいるかのようだった。目は凝らしていたが、心はうわの空だった。長いあいだファビアンは、間借りしている家具つきの部屋にすわっていた。見渡すことのできないこの街のどこかで、いまコルネリアは五十歳の男とベッドで横になって、おとなしく目を閉じているのだ。どこにいるんだ？ ふたりを見つけるまで、ベルリン中の建物の壁という壁をはぎ取ってしまいたかった。コルネリアはどこだ？ どうしてあいつは俺に無為の宣告を下したのか？ しかも、よりにもよって、俺が行動に駆り立てられた瞬間に、そんなことをしたのか？ あいつは、俺のことを知らなかった。俺に「あなた、正しい行動しなさいよ！」と言うかわりに、むしろ自分で間違った行動をしてしまったのだ。俺のことを、自分から手を出すよりは、我慢して千発も殴られる男だと、思ってるんだ。俺が奉仕して責任を取りたがってることを、知らないんだ。しかし、俺が奉仕したいと思った人間は、どこにいるんだ？ コルネリアはどこだ？ デブの年寄りのからだの下で横になって、売春婦になっているんだ。このファビアン様に無為の喜びと暇をあたえるために。あいつは俺から奪ってしまったあの自由を、気前よくプレゼントとして俺に返してきた。偶然が俺の腕にひとりの人間を導いてきてくれていた。その人間のために俺はようやく行動してもいいと思うようになった。それなのにその人間が俺を、望みもしない、いまいましい以前の自由に突き落としたのだ。ふたりで助け合っていたのに、今はもう助け合うことができない。俺はコルネリアを見つけたので、仕事が意味をもつようになった。その瞬間、俺は仕事を失った。そして仕事を失ったので、コルネリアを失った。

喉が渇いていたファビアンは、容器を手に持っていたが、空っぽなので、持っていたくなかった。あきらめかけたとき、運命が彼を不憫に思い、水を入れてくれた。ファビアンはからだを屈めて、ようやく飲もうとした。「ダメだ」と、運命が言った。「ダメだ。お前は嫌々カップを持っていたではないか」。ファビアンの手から容器がたたき落とされ、水が彼の手を伝って地面に流れ落ちた。

万歳！　もう俺は自由なんだ。ファビアンが大声で意地悪く笑ったので、ほかの乗客はちょっと気味悪がって、ファビアンから遠ざかった。ファビアンは地下鉄を降りた。どこで降りても同じだったからだ。ファビアンは自由だった。コルネリアは、どこでかはわからないが、からだを売って、キャリアか絶望を、またはその両方を手に入れた。ショセー通りの、警察営舎のウイングで、開いた門のなかにファビアンは緑色のクルマを見た。ヘッドライトが光っていた。警官たちがクルマによじ登り、黙って縦列になり、断固とした姿勢で立っていた。二、三台のクルマが音を立てて北の方向に発進した。ファビアンはその跡を追った。通りは人でいっぱいだった。喚声がクルマを追いかけた。すでに投石のような喚声だった。隊員たちはまっすぐ前を見ていた。

ヴェディング広場で警官たちは、労働者の群れが押し寄せているライニケンドルフ通りを封鎖した。騎馬警官が封鎖線の向こう側で、攻撃命令を待っていた。制服のプロレタリアたちが、あごひもを締めて、私服のプロレタリアたちを待っていた。反目するように扇動したのは誰だ？　労働者たちが近づいた。その歌声はますます大きくなった。そのとき警官たちが一歩ずつ前に出てきた。隊員と隊員の間隔は一メートル。労働者の歌声が狂ったうなり声になった。なにが起きているのか、見えなくても、大きくなっていく騒音から、労働者と警察がいまにも衝突するのではないか、という気配が感じられた。一分後、ワァーッという喚声が予想の正しさを証明した。衝突したのだ。警官たちは警棒で殴りかかった。馬たちは揺れながら動きはじめ、虚空にむかって速歩し、舗道をパカパカと横切った。前方から銃声が一発ひびいた。ガラスが粉々に割れた。馬たちがギャロップをした。ヴェディング広場の群衆が後ろから押そうとした。第二の歩哨線がライニケンドルフ通りの入口を封鎖して、ゆっくり前方に移動して、広場から群衆を排除した。石が飛んだ。巡査が一人、ナイフで刺された。警察はゴムのこん棒をふり上げ、駆け足になった。三台のトラックで援軍が来た。徐行するトラックから隊員たちが飛び降りた。労働者たちは逃げはじめたが、広場の周辺や広場に通じる道のところで、ふたたび立ち止まった。ファビアンは人間の壁を押し分けて、自分の道を歩いた。騒音が遠ざかった。通りを三つ横切ると、すべての場所で法と秩序が支配しているかのように思えた。

女が二、三人、建物の入口のところに立っている。「ねえ、あなた！」と、そのうちの一人が言った。「ヴェディングで殴り合いしてる、って本当？」

「にらみ合ってますよ」と答えて、ファビアンは通り過ぎた。

「まさか！　フランツは、またその中だわ」と、その女が叫んだ。「ああ、無事に帰ってきてよ、あんた！」

通りに面したところだというのに、兵舎のように殺風景で、古くて、頑丈そうな賃貸アパートにはさまれるようにして、思いがけないことに遊園地があった。ペレおじさんのノースパークという名前だ。娘たちが腕をつないで、長い鎖になって、その入口の前でぶらぶらしていたが、手回しオルガンの音楽が娘たちのおしゃべりをかき消していた。帽子を斜めにかぶって不良ぶった若者たちが娘たちにくっついて歩き、大胆な言葉で誘っている。娘たちは媚びるようにクスクス笑って、きっぱり断った。

ファビアンは遊園地に入った。敷地は洗濯物干し場に似ていた。アセチレンの炎が揺らめいて、通路と屋台を薄暗く照らしていた。地面はベトベトしていて、草の切り株だらけだった。メリーゴーランドはお客が少ないので、防水シートがかぶせてあった。ごわごわした生地のジャンパーを着た男たち、スカーフをした年寄りの女たち、とっくの昔に寝ていなければならない子どもたち。みんな、屋台の通路づたいにノロノロ歩いていた。

抽選器がガラガラと音を立てて回っていた。見物人が押し合いながら立っている。回転する円盤に目を釘付けにして。円盤はゆっくりした回転になり、番号を二、三個過ぎてから、止まった。

「25だ！」と、呼び屋が叫んだ。

「あたしよ、あたし！」。鼻に眼鏡をのせた年寄りの女が、自分のくじを掲げた。賞品が手渡された。なにをもらったのか？　一ポンドの角砂糖だった。

抽選器がふたたびガラガラ回った。「17！」

「やった、ぼくだ！」。青年が自分のくじをふった。賞品は四分の一ポンドのコーヒー豆だった。「おふくろにお土産だ」と、満足そうに言って、帰っていった。

「さてこれから一等賞の抽選でござい！　賞品は、好きなもの持って帰って！」。抽選器が揺れながら回転し、チクタクと鳴って、止まった、いや、次の番号まで行った。

「9！」

「あら、わたしだ！」。女子工員が手をたたいた。くじの規定を読んだ。「一等賞は、極上の小麦粉五ポンド、またはバター一ポンド、またはコーヒー豆四分の三ポンド、または脂肪分の少ないベーコン一と四分の三ポンド」。女子工員はバター一ポンドを選んだ。「十ペニヒでこんなに」と叫んだ。「持って帰れるんだ」

「では次の抽選でござい！」と、呼び屋が大声をあげた。「くじのない人、いませんかい？　もう一回やる人、いませんかい？　どうだね、そこのお婆さん！　ここは、貧乏人のモンテ・カルロ！　一マルクなんて言わない、半マルクとも言わない、たったの十ペニヒだぜ！」

向かい側の屋台でも似たような商売をやっていた。だがそちらの福引き《トンボラ》の賞品は肉やソーセージで、くじの値段が倍だった。

「一等賞ですよ、みなさん、今度の一等賞は、ハンブルクのガチョウ半羽ですよ！」と、肉屋のおかみが金切り声をあげた。「二十ペニヒ、さあ、勇気を出して、賭けた、賭けた！」。助手が大きなナイフで直腸詰めのセルベラートソーセージを薄く切って、くじを買ったお客に試食させていた。くじを買っていないお客がよだれを垂らした。財布の中を探して、二十ペニヒつかんだ。

「ガチョウのローストなんてどうだい？」と、ノーネクタイで、襟のないシャツを着た男が女にたずねた。

「お金がもったいないわよ」と、女が言った。「あたしたち、くじ運ないんだから、ヴィレム」

「いいじゃないか」と、男が言った。「おかしなことが起きることもあるさ」。男はくじを受け取り、もらったソーセージを女の口に押し込んで、期待をこめて抽選器を見つめた。

「さあて、これから抽選の始まり、始まり」と、肉屋のおかみが金切り声をあげた。抽選器がブーンと音を立てて回った。ファビアンは歩きはじめた。大きなテントには「曲馬場とダンス」と書かれている。入場料二十ペニヒ。中へ入った。その店は二つの輪でできていた。一つの輪は高くなっていた。テントのなかで杭上家屋のようだったが、そこでダンスが踊られていた。まん中に金管楽器のバンドが陣取っていて、ミュージシャンたちが言い争いをした後のような演奏をしていた。娘たちが手すりにもたれかかっていた。青年たちが突進した。無礼講だった。もう一つの輪は、砂の円形演技場で、お払い箱になった二頭の駄馬が、バンドの響きに合わせて速歩していた。駄馬たちが眠ってしまわないよう、シルクハットで飾った調教師が、むちをふって、くり返し「テラップ！」と叫んでいた。葦毛で片目の小柄な馬に、女が男の騎手のようにまたがっていた。スカートが膝の上までめくれ上がっている。ドイツ式の速歩で、鞍に尻をつくたびに笑った。ファビアンは円形演技場の横にすわって、ビールを飲んだ。女の騎手は、ファビアンの前を通過するたびに、スカートのすそを下ろした。いくら下ろしても無意味だった。スカートはくり返しめくれ上がった。四回目にファビアンのテーブルのそばを通過したとき、ちょっとほほ笑んで、スカートを下ろすのをやめた。五回目には、葦毛はテーブルの前で立ち止まり、見えない目でビールのグラスをじっと見つめた。「そんなとこに角砂糖ないわよ」と言って、女はファビアンの顔をのぞき込んだ。調教師がむちを鳴らして、小柄な葦毛はまた動きはじめた。

馬から降りるやいなや、女はさも偶然であるかのように隣のテーブルにやって来て、ファビアンの斜め前にすわった。自分のからだの魅力をファビアンにたっぷり見せつけるためだ。ファビアンの目は女のスタイルに釘付けになった。そのときファビアンの痛みが麻酔から覚めた。コルネリアはどこだ？　いま抱かれて寝ていることにむかついているだろうか？　俺がここにすわっているあいだ、あいつは知らない男のベッドで楽しんでいるのだろうか？　ファビアンは飛び上がった。椅子がひっくり返った。隣のテーブルの女がファビアンの顔をまたのぞき込んだ。目が大きくなり、口をゆがめて、ちょっと開き、舌の先で上唇をなめて湿らせた。

「いっしょに来るかい？」と、ファビアンは気乗りしない声でたずねた。女はついて来た。ふたりは、あまりしゃべることもなく、「芝居小屋」に入った。みじめな板張りのバラックだった。「『ラインの黄金』で評判の歌手が登場。喫煙可。夜の公演ではお子さまは立ち見になります」。小屋は半分が埋まっていた。三十ペニヒを払ったお客は、帽子をかぶり、タバコを吸い、暗闇のなかで、どうしようもなく馬鹿ばかしくて偽りのロマン主義に感激して涙を流していた。自分自身の困難よりも、舞台でくり広げられる低俗な魔法のほうに深い同情を寄せていたのだ。

ファビアンは見知らぬ女に腕をまわした。女はファビアンにしなだれかかり、聞こえよがしにため息をついた。じつに悲しい作品だった。粋な大学生の役を演じていたのは、髪がグレーで、五十歳すぎの支配人ブラーゼマン自身だったが、その大学生が毎朝、酔っ払って家に帰ってくる。いまわしい発泡ワイン《ゼクト》のせいだ。学生歌を歌い、ニシンの酢漬けを注文し、玄関番の女にしかりつけられ、中庭で歌を歌っている痛風で年寄りの乞食女には、歌をやめさせるために、最後のターラー銀貨をやってしまう。

だが運命が一気に近づいてきた。その年寄りの乞食女こそ、誰あろう、五十歳が演じている学生の母親にほかならなかったのだ！　十二年間、母親に会っていなかったが、毎月、母親からお金をもらっており、自分の母親はあいかわらず昔のまま宮廷オペラ歌手だと思っていた。もちろん大学生には、母親だとわからない。しかし母親の目は大学生より鋭く、息子か息子でないか、すぐにわかる。けれどもドラマのクライマックスは、まだやってこない。恋愛事件が突発する。大学生は愛し、愛される。大学生を愛したのはマルティン嬢。向かい側に住み、ミシンを踏み、ヒバリのように歌う、絵のようにきれいなあの縫い子だ。歌うヒバリであるエレン・マルティンは、体重がたっぷり百キロあった。書き割りから飛び出してくると、舞台がしなったが、支配人ブラーゼマンの演じる大学生とクープレを歌った。一番人気のあったデュエットの出だしは、こうだ。

ダーリン、おお、わたしのダーリン、

あなたはわたしだけのもの、わたしのすべてであってほしい！

この若いペアは、ふたり合わせると百歳になっただろうが、中庭になっている舞台を重量感たっぷりにノロノロと移動してまわった。それから彼は彼女に結婚の約束をしたが、彼女は悲しくなった。歌を歌う年寄りの歌手を彼がいつも追い払っているからだ。それからふたりは次のクープレを歌った。

お客が拍手をした。ファビアンは女のからだに腕を回していたが、女はちょっとからだをねじって、ファビアンにバストを押しつけた。「ああ、すてきね」と言った。たぶん芝居のことを言ったのだろう。客席はまた厳かな静かさに包まれた。息子を大学の医学部で勉強させ、封建的な学生組合に入れた、年寄りで、背中の曲がった、痛風の乞食女が、書き割りからヨロヨロしながら出てきて、やっとの思いで中庭にたどり着き、人差し指をあげて、ピアニストに合図した。感傷的な母の歌が始まろうとしていた。

「行こうか」と言って、ファビアンは見知らぬ女のブラジャーをはずした。

「もう？」と、驚いて女がたずねたが、ファビアンについて行った。

「ここに住んでるの」と、ミュラー通りの大きな家の前で女が言った。女は家の鍵を開けた。「ぼくも行くよ」

女は抵抗したが、その言葉には説得力がなかった。ファビアンは女を玄関の廊下に押し込んだ。「家主さんたちになんて言われるかしら？　ダメよ、乱暴なんだから。もっとそっとやってよ、いい？」。部屋のドアには「ヘッツァー」という表札があった。

「どうしてこの部屋にはベッドが二つあるんだい？」と、ファビアンがたずねた。「シーッ、聞かれちゃうじゃない」と、女がささやいた。「家主さんちに片づける場所がないのよ」

ファビアンは服を脱いだ。「そんなにモジモジするなよ」と言った。

女は、恥ずかしそうに媚びることが絶対必要だと思っているらしく、年増の処女のようにおずおずしてみせた。とうとうふたりはベッドに並んで横になった。女が明かりを消した。そうやってようやく女は素っ裸になった。「ちょっと待ってね」とささやいた。「気を悪くしないで」。女は懐中電灯をつけ、ファビアンの顔にタオルをかぶせて、年寄りの保険医のように懐中電灯の明かりでファビアンを診察した。それから、「ごめんなさいね。近ごろじゃ、いくら用心しても、用心のしすぎってないでしょ」と説明した。そしてもう邪魔するものはなかった。

「わたし、手袋を売ってる店で店員やってるの」と、女はしばらくしてから報告した。それから半時間後に、「明日の朝までいてもらえる？」とたずねた。ファビアンはうなずいた。女は台所に姿を消した。洗浄している音が聞こえた。温かい石鹼水を女がもってきて、主婦のような熱心さで、ファビアンのからだをていねいに洗ってから、またベッドにもぐり込んできた。

「台所でお湯なんかわかして、家主さんたち大丈夫なの？」と、ファビアンがたずねた。「明かり、消さないで！」

女は、どうでもいい話をして、ファビアンの住所をたずね、ファビアンのことを「ダーリン」と呼んだ。

ファビアンは部屋の調度をチェックした。ベッドのほかには、激しく弓なりになっているフラシ天張りのソファがあった。それから大理石の洗面台があり、恐ろしい色刷りの版画があった。版画には、丸ぽっちゃりした若い女性が、ネグリジェ姿でホッキョクグマの毛皮のうえにしゃがんで、バラ色の赤ん坊と遊んでいる。それから、鏡が扉になっているロッカーがあったが、鏡の扉はうまく動かない。「コルネリアはどこだ？」と思って、ファビアンは、びっくりしている裸の店員にふたたび襲いかかった。

「あなた、怖がられるんじゃないかな」と、後で女がささやいた。「わたしを殺す気？　でも、それもすてきだな」。ファビアンの横にひざまずいて、大きく目を開いて、ファビアンの投げやりな表情を観察して、ファビアンにキスした。

女が死んだようにぐっすり眠りこんでしまってからも、ファビアンは見知らぬ女の部屋でひとり、あいかわらず目を覚ましたまま、暗闇をじっとにらんで考えていた。「コルネリア、なんてことしちゃったんだろう、俺たちは？」

第17章

仔牛のレバー、筋のないところを
彼女に白分の意見を言う
セールスマンが我慢の限界に

「わたし、嘘ついてたの」と、次の日の朝、女が言った。「働いてなんていないわ。それにここ、わたしの家。しかもここは、わたしとあなただけ。さ、台所に来て」

女はコーヒーをいれ、プチパンにバターを塗り、ファビアンのほっぺたを優しくたたいて、エプロンを外し、ファビアンといっしょに台所のテーブルについた。「おいしい？」と、女は上機嫌でたずねたが、ファビアンはまだ食べていなかった。「顔色よくないわ、ダーリン。でも、当たり前よね。さあ、食べて。食べて、大きく元気になって」。女は頭をファビアンの肩にのせて、唇を小娘のようにとがらせた。

「ぼくがソファを盗むんじゃないか、君のお腹を裂くんじゃないかって、心配してたんだろう？」と、ファビアンがたずねた。「でもどうして寝室に、ベッドが二つもあるんだい？」

「結婚してるのよ」と、女が言った。「夫はトリコット製品のセールスマン。今はラインラント。次はヴュルテンベルクに行くの。少なくともまだ十日間、旅してるわ。そのあいだ、いてもらえる?」

ファビアンはコーヒーを飲んで、返事をしなかった。

「誰かにいてほしいのよ」と、女が強い調子で説明した。まるで誰かに反論されたかのように。「夫はいつもいないのよ。いても、いないのと同じ。だから十日間、いてもらえないかな。気兼ねなんかしないで。わたし、料理得意なのよ。お金もある。今日のお昼、なにが食べたい?」。女は忙しそうに片づけはじめた。そして心配そうにファビアンの顔を見た。

「仔牛のレバーと、ジャガイモ炒めたの、食べる? どうして返事してくれないのよ?」

「ここに電話ある?」と、ファビアンがたずねた。

「ないわ。帰るつもり? いてよ。あれ、すごくよかった。あんなによかったこと、なかったわ」。女は濡れた手をふいて、ファビアンの髪の毛をなでた。

「帰らないよ」と言った。「でも、電話しなきゃならないんだ」。電話だったら、肉屋のラリッシュでかけられるわ。新鮮な仔牛のレバー、筋のないところを半ポンド、買ってきてもらえないかな。そう言って女は、ファビアンにお金を渡し、用心深く玄関のドアを開けた。階段には誰もいなかったので、ファビアンは出ることができた。

「仔牛のレバーを半ポンド。筋のないところを」と、ファビアンは肉屋で言った。包んでもらっているあいだに、ファビアンはツァハリーアスに電話をかけた。電話機は油でベトベトしていた。

「いやあ」と、ツァハリーアスが説明した。「なにも思い浮かびませんでした。でもですね、あきらめちゃいませんよ。あきらめるなんて、お笑いぐさですからね。どうでしょう、明日また寄っていただけませんか。

いい話が見つかってることもありますから。最悪でも、ちょっとおしゃべりしましょう。ということで、よろしいでしょうか。ではまた」

ファビアンは仔牛のレバーを受け取った。包み紙に血がにじんでいた。お金を払って、肉の包みを用心して持って帰った。隣の部屋の女がドアノブを磨いていたので、ファビアンは五階まで上がった。二、三分してから下りた。ベルを鳴らさないのに、夜をともにした女がドアを開けて、中に入れてくれた。「よかったわ」とささやいた。「隣のおしゃべり女に見つかるんじゃないか、って思ってたの。居間ですわってて。新聞、読む？　そのあいだに片づけるから」

ファビアンはお釣りをテーブルに置き、居間ですわって、新聞を読んだ。女が歌っているのが聞こえた。そのあいだに女は新聞とキルシュヴァサーをもってきて、肩越しにファビアンの顔を見た。「一時に昼食よ。くつろいでもらえてるといいけど」

そう言って姿を消し、居間を出てから歌いつづけた。ファビアンは新聞で、ライニケンドルフ通りの騒乱にかんする警察発表を読んだ。ナイフで刺された巡査は、病院で死亡。デモ隊では三名が重傷。二、三名が逮捕された。編集部は、失業者たちをくり返し扇動しようとする無責任な分子の存在を指摘し、警察に課せられた重要な使命を指摘している。一部の党派はつねに治安警察の予算を削減しようとしているが、それは許容できません。昨日のような出来事によってまさに明らかになったことだが、予防措置を考えて行動することが必要不可欠なのです、と書かれていた。

ファビアンは、小さな部屋の中を見まわした。家具は、可能なかぎり、渦巻き模様の装飾がほどこされている。飾り戸棚の上にはライツのファイル・バインダーが三つ並んでいる。テーブルの上にこれ見よがしに置かれているカラフルなガラス皿は、波打っていて、絵葉書を何枚かのせている。ファビアンは一番上の絵葉書を手に取った。ケルンの大聖堂の絵葉書だ。タバコのポスターを思い出した。「ムキ様」と書いてある。「元気？　お金は足りている？　なかなか結構な契約が取れた。明日はデュッセルドルフに行く。キスを送る。ではまた。クルト」。ファビアンは絵葉書をガラス皿に戻し、キルシュヴァサーを一杯飲んだ。

昼は、ムキの機嫌をそこねないよう、皿を平らげた。犬にボウルをきれいに食べてもらったかのように、ムキは喜んだ。食後にコーヒーが出た。

「あなたのこと、なんにも聞かせてくれないのね、ダーリン」とたずねた。

「ああ」と言って、ファビアンは居間に行った。ムキが追ってきた。ファビアンは窓のところに立っていた。

「ソファのところに来てくれない」と、女は頼んだ。「見られちゃうかもしれないから。気を悪くしないで」

ファビアンはソファに腰を下ろした。女はコーヒーを持ってきて、ファビアンの横にすわり、ブラウスのボタンを外した。「さあ、デザートよ」と言った。「でも今度は嚙まないで」

三時頃、ファビアンは出かけた。

「戻ってきてくれるでしょ、きっと？」。女はファビアンの前に立って、スカートと靴下を整え、頼むような目でファビアンを見た。「戻ってくる、って誓ってよ」

「たぶん帰ってくるよ」と、ファビアンは言った。「約束はできないけど」

「夕食、待ってるから」と言って、女はドアを開けた。

「さ、急いで！」とささやいた。「今なら大丈夫よ」

ファビアンは階段を飛び降りた。「今なら大丈夫、か」と思って、出てきた家に吐き気を感じた。グローサー・シュテルンまでバスに乗り、ティアーガルテンを横切って、ブランデンブルク門まで来たが、ふたたび、シャクナゲの咲いている緑地をぶらぶら歩いた。気がつくと、ジーゲスアレーに出た。ホーエンツォレルン家の王朝と、彫刻家ベガスが不滅のものに思えた。

カフェ・ショッテンハムルの前で方向転換した。こんなところでまだ話し合うことがあるのだろうか？自分の考えを話すには遅すぎる。ファビアンは歩きつづけて、ポツダム広場までやって来た。決心がつかないままポツダム広場で立っていた。ベルヴュー通りを上り、またカフェ・ショッテンハムルの前に来た。そして今度は中へ入った。コルネリアがそこに、まるで何年も前から待っていたかのように、すわっていて、ちょっと合図をした。

ファビアンが腰を下ろした。コルネリアがファビアンの手を取った。「来てくれる、って思わなかったわ」と、おずおずと言った。ファビアンは黙って、コルネリアの顔をちらっと見た。「わたしが間違ってたのよ、ね？」とささやいて、コルネリアはうなだれた。涙がコーヒーにこぼれ落ちた。コルネリアはカップを脇に押しやって、目から涙をぬぐった。

ファビアンはテーブルから目をそらせた。二階に通じる二つの階段は、バロック風の木彫がほどこされていたが、その二つの階段のあいだの壁には、カラフルなオウムやハチドリがたくさん留まっている。鳥たちはガラス製だ。ガラスの蔓《つる》や枝にうずくまって、日が暮れて、ランプがつくのを待っている。壊れやすい原始林が輝きはじめるからだ。

コルネリアがささやいた。「どうしてわたしの顔、見てくれないの?」。そしてハンカチを口に押しあてた。コルネリアの泣き声は、やけを起こした子どもがずっと遠くですすり泣いているかのように響いた。店内は空っぽだった。お客は建物の外で、大きな赤いパラソルの下にすわっていた。ウエーターが一人、そばに立っているだけだった。ファビアンはコルネリアの顔をのぞき込んだ。興奮して目がぴくぴく動いている。

「なにか言ってよ、いい加減」と、かすれた声で言った。ファビアンは口がからからだった。喉がふさがっていた。やっとの思いで唾《つば》を飲み込んだ。

「なにか言ってよ」と、かすかな声でくり返して、コルネリアはテーブルクロスのうえの、ニッケルの食器のあいだで、手を組んだ。

ファビアンはすわって、黙っていた。

「わたし、どうなるんだろう?」とささやいた。まるで自分自身に話しかけて、ファビアンなんかもういないかのように。「わたし、どうなるんだろう?」

「うまく行ってるのに、不幸な女になるんだよ」と、ファビアンがものすごく大きな声で言った。「驚いてるのかい? そのためにベルリンに来たんじゃないのかい? ベルリンは交換の都市だ。持とうと思うなら、自分の持ってるものを差し出すしかない」

ファビアンはしばらく待った。だがコルネリアは黙っていた。ハンドバッグからコンパクトを取り出したが、ふたは開けずにそのままテーブルに置いた。ファビアンはふたたび自制することができた。疲れやすい感情が落ち着きをもたらした。そして秩序をもたらそうとする衝動に負けたのだ。起きた出来事を、ちらかった部屋を見るようにながめて、冷静に几帳面に整理しはじめたのである。「君がベルリンにやって来た目的が、願っていたよりも早く実現しちゃったんだよ。影響力のあるパトロンを見つけたのさ。お金の援助をしてくれるだけじゃなく、仕事のチャンスもあたえてくれる男だ。きっと君は成功するだろう。それでその男は、いわば君に投資したお金を回収するわけさ。それで君は自分でもお金を稼ぐことができ、ある日、こう言うことができるだろう。ねえ、わたしたち、貸し借りなしで、お別れよ」。ファビアンは不思議な気分だった。自分で自分に驚いて、こう思った。足りないのは、句読点を忘れず、テンやマルもつけてしゃべることだけだな。

コルネリアは、初対面のような顔をして、ファビアンを観察した。それからパウダーのコンパクトを開けて、小さな丸鏡で自分の顔をチェックして、白いパウダーのついた刷毛を動かして、泣きはらして子どものようにキョトンとした顔をはたいた。そしてファビアンに、話をつづけてほしい、とうなずいた。

「その先どうなるか」と、ファビアンは言った。「君がマカルトを必要としなくなったら、その先どうなるか。それはさ、前もって言うことなんかできないんだ。検討すべき問題でもないし。君は働くだろう。女が働けば、その先の選択肢は多くない。どんどん成功するだろう。野心が大きくなるだろう。高く登れば登るほど、墜落の危険も大きくなる。おそらくさ、ひとりの男に身をまかせるだけではすまなくなるだろう。女の行く手を通せんぼする男が、くり返し登場する。男を越えようと思えば、女はそいつと寝るしかない。君はさ、そういうことに慣れるだろうな。前例は昨日もう経験したわけだし」

わたしはもう泣いてるのに、ファビアンったら、わたしをまだ殴ってるわ。そう思って、コルネリアは不思議な気分になった。

「でも将来のことなんか、ぼくの知ったことじゃない」と言って、ファビアンは手で、話をうち切るような仕草をした。まるで考えを絞め殺そうとしているかのようだった。「話をする必要があるのは過去のことだ。君は昨日、出ていくとき、ぼくにたずねなかった。なのにどうして今、ぼくの答えを聞きたいんだ？　ぼくにとって君がお荷物であることを、君はわかってた。ぼくが君から逃げ出したいということを、君はわかってた。ほかの男のベッドで寝て、ぼくのもってない金を稼いでくれる恋人を、ぼくがもちたがってることを、君はわかってた。そう思っていた君が正しかったら、ぼくは悪党だったわけだ。ぼくが悪党でなかったら、君のやったことは全部、間違ってたわけだ」

「全部、間違ってたわ」と言って、コルネリアは立ち上がった。「さようなら、ファビアン」

ファビアンはコルネリアを追いかけた。自分にとても満足していた。コルネリアの気持ちを傷つけたのは、その権利があったからだが、それが理由だったのか？　ティーアガルテン通りでコルネリアに追いついた。ふたりは黙って歩いた。自分のことも、相手のことも気の毒に思いながら。ファビアンはさらに考えた。もしも、あなたのところに戻ったほうがいいかな、と聞かれたら、なんと答えたものだろう。俺のポケットにはまだ五十六マルクあるんだぞ。

「昨日は、本当にひどかったわ」と、突然コルネリアが言った。「あいつ、本当にいやらしかった！　おまけに、あなたに嫌われちゃったら、どうなるんだろう？　これでもう、わたしたち心配しなくていいのよね。でも心配が前より大きくなったわ。もうわたしの顔なんか見たくない、と思われてることがわかったなら、わたし、どうしよう？」

ファビアンはコルネリアの腕をつかんだ。「ともかくさ、しっかりすることだ。ありきたりの処方だが、役に立つ。自分で自分の首をはねたんだからさ、せめてそれがムダにならないよう、気をつけなきゃ。それから、さっきずいぶん傷つけちゃったけど、ごめんね」

「いいわよ、いいわよ」。コルネリアはまだ悲しそうだったが、もうほっとしていた。「じゃ、明日の午後、あなたんちへ行ってもいい？」

「ああ、いいよ」と、ファビアンが言った。

コルネリアは道のまん中でファビアンに抱きつき、キスをして、「ありがとう」とささやいて、むせび泣きながら駆けていった。

ファビアンは立ち止まった。散歩していた通行人に、「いいご身分だねえ」と声をかけられた。ファビアンは手で口をしっかりぬぐって、吐きそうになった。コルネリアの唇に触れたのは、なんだったんだ？　コルネリアが歯を磨いたからといって、それがファビアンの役に立つというのか？　清潔にしたらファビアンの嫌悪感を消すことができるのか？

通りを横切って、公園に入った。からだの手入れにはモラルが一番。オキシドールでうがいしても不十分なのだ。そして今になってようやくファビアンは、昨日の夜、自分がどこにいたのか、思い出した。

ミュラー通りに戻る気はなかった。しかし自分の部屋や、家主のホールフェルト夫人の好奇心や、空っぽのコルネリアの部屋や、コルネリアがファビアンに二回目の裏切りをしているあいだ、ファビアンを待ち受けている完全にひとりぽっちの夜のことを考えただけで、ファビアンは駆り立てられるように、いくつもの通りを抜けて、北に向かっていた。そしてミュラー通りに入って、あの家へ行き、二度と会うものかと思った女のところにたどり着いた。女は顔を輝かせた。ファビアンが戻ってきたことが、誇らしかった。もう一度ファビアンを自分のものにしたことが、うれしかった。「これでいいのよ」と、女はファビアンを歓迎した。「さ、お腹空いてるでしょ」。居間に食事の支度をしていた。「これまで台所で食べてたでしょ」と言った。「でも、なんのために三部屋もあるんでしょう?」。ソーセージとハムとカマンベール・チーズがあった。突然、女はナイフとフォークを脇に置いて、「ちちんぷいぷい!」とつぶやき、モーゼル・ワインのびんを出してきた。ワインをついで、ファビアンのグラスに自分のグラスを打ち合わせた。「わたしたちの赤ちゃんに!」と叫んだ。「あなたみたいじゃなくちゃね、赤ちゃんは。男の子じゃなかったら、罰として、また励んでもらわなくちゃ!」。女はグラスを飲み干し、もう一杯ついで、目を輝かせた。「あなたと出会えて、とっても幸せ」と言って、飲みつづけた。「ワインを飲むと、すっごく興奮しちゃうの」。ファビアンの首に抱きついた。

そのとき外でカチャカチャと鍵の音がした。廊下の足音が近づいてきた。ドアが開いた。中背で、ずんぐりした男が入ってきた。女は飛び上がった。男の顔が曇った。「みなさん、どうぞお召し上がりください」と言って、男は女に近づいた。

女は後じさりした。男に捕まらないうちに、寝室のドアをさっと開け、パタンと閉めて、かんぬきを掛けた。

男が叫んだ。「後でたっぷり痛い思いさせてやる!」。男は、うろたえて立ち上がっていたファビアンのほうに向き直って、「どうぞ掛けたままで。亭主です」と言った。ふたりは、しばらく向かい合ってすわったまま、なにも言わなかった。それから亭主はモーゼルのびんを手に取り、馬鹿ていねいにラベルを観察してから、自分のグラスになみなみと注いだ。ワインを飲んでから、言った。「列車が、この時期、ひどく混んでましてね」

ファビアンは、うなずいて同意した。

「しかしこのワイン、上物ですな。いかがでしたか、味は？」

「白ワイン、あんまり好きじゃないんです」と、はっきり言って、ファビアンは立ち上がった。

亭主のほうも立ち上がった。「もうお帰りですか？」とたずねた。

「これ以上お邪魔したくありません」と、ファビアンは答えた。

突然、セールスマンの亭主はファビアンの首に飛びついて、喉を絞めた。ファビアンは亭主の歯に一発、げんこつを食らわせた。亭主は手を離し、椅子にすわりこみ、ほっぺたを押さえた。

「大変失礼しました」と、悲しそうにファビアンは言った。亭主は、ふんといった顔をして、赤い唾《つば》をハンカチに吐き、すっかり自分の世界に閉じこもった。

ファビアンはその家を後にした。これからどこへ行ったものだろう？　ファビアンは家に帰った。

第18章

途方に暮れて家に帰る
警察はどうするつもりなんだろう?
悲しい光景

ファビアンは、そうっと玄関のドアを開けたのだが、廊下でホールフェルト夫人に迎えられた。日が暮れていたので、寝間着にガウンを着ていて、ものすごく興奮している。「私ね、私の部屋のドア、開けといたの。あなたが帰ってきたら、わかるように」と言った。「警察が来たのよ。あなたを呼びに」

「警察?」と、ファビアンは驚いてたずねた。「いつ来たんですか?」

「三時間前。それからまた一時間前にも。すぐに出頭してほしいそうよ。もちろん私、話しておいたわ。あなたが昨夜はいなかったこと。それから、コルネリア・バッテンベルクさんが昨日、なにも言わずに、部屋を片づけて、姿を消しちゃったことも」。未亡人は一歩近づこうとしたが、そのかわりに一歩下がった。

「恐ろしいわ」と、ふるえながらささやいた。「あなた、なにやっちゃったの?」

「ホールフェルトさん」と、ファビアンが答えた。「そんな想像するなんて、どうかしてますよ。誰かが死ぬことになる恋愛ドラマなんてのが、趣味なんでしょう？　ホールフェルト夫人が喪服で証人席にすわり、部屋を借りているふたりの写真がどの新聞にも出て、殺人犯のファビアンが被告席についている。そんな馬鹿ばかしい想像、しないでくださいよ！」

「あら」と、彼女が言った。「もう私、知らないから」。ファビアンが強情なので、彼女は深く傷ついた。二年間も、私の家に住んでたのよ。息子のように思って世話してあげたんじゃなかった？　それなのにこの人ったら、気持ちをうち明けることが必要だとも思ってないんだわ。

「どこへ出頭すればいいんです？」と、ファビアンがたずねた。

ホールフェルト夫人がメモを渡した。

ファビアンは住所を見た。

「ほうらね」と、ホールフェルト夫人が勝ち誇ったように言った。「どうしてそんなに青ざめちゃったの？」

ファビアンはドアをさっと開けて、階段を駆け下りた。ニュルンベルク広場でタクシーを止めて、行き先を告げ、「できるだけ速く！」と言った。クルマが古くて壊れそうだったので、アスファルトのうえでもガタガタ音を立てて走った。ファビアンは仕切り窓を力まかせに無理やり開けて、「もっと速く！」と叫んだ。そしてタバコを吸おうとしたが、手がふるえ、風で何本もマッチの火が吹き消された。シートにもたれて、目を閉じた。ときどき目を開けて、どこを走っているのか確かめた。ティーアガルテン、ティーアガルテン、ティーアガルテン、ブランデンブルク門。ウンター・デン・リンデン。街角ごとに止まらなければならなかった。どの信号も、タクシーがそこに着く前に、赤になった。ねばねばドロッとした膠《にかわ》の中を走っているような感じだった。フリードリヒ通りを過ぎると、ましになった。大学、国立歌劇場、ドーム、宮殿がようやく後ろになった。タクシーが右折した。停まった。ファビアンはお金を払い、一目散に家のなかへ駆けこんだ。

知らない男がドアを開けた。ファビアンは名前を言った。「ようやく来られましたね」と、知らないその男が言った。「警部のドナートです。あなたがいらっしゃらないと、埒《らち》が明かないものでして」

最初の部屋には若い女性が五人すわっていた。警官がそばに立っている。ファビアンにわかったのは、ゼロフ嬢と彫刻家のライター女史だった。「ようやく来てくれたのね」と、ゼロフ嬢が言った。部屋はぐちゃぐちゃに壊されていた。グラスやびんがいくつも床に転がっていた。

次の部屋では若い男が机から立ち上がった。「私の助手です」と、警部が説明した。ファビアンはまわりを見回して、ギョッとした。ソファにラブーデが横になっている。顔面蒼白で、目を閉じている。ラブーデのこめかみに穴が空いている。流れた血が髪の毛にこびりついている。

「シュテファン」と小声で言って、ファビアンは死体の横に腰を下ろした。氷のように冷たくなった友人の両手に手を重ねて、首をふった。

「しかしシュテファン」と言った。「こんなことするもんじゃないのに」。警部と助手は窓のほうに歩いていった。

「ドクター・ラブーデがあなたに宛てて手紙を遺してるんです」と、警部が伝えた。「できればですね、手紙を読んでいただいて、われわれに参考になりそうな部分だけで結構ですから、内容を教えていただけないでしょうか。われわれもあなたと同様、これは自殺だろうと思っています。五人の若いご婦人には、とりあえず家に残っていただいてるわけですが、みなさんですね、銃声が聞こえたときには、隣の部屋にいたとおっしゃってます。しかし完全に本件が解明されたとは思えんのです。もしかして気づかれたかもしれませんが、隣の部屋がぐちゃぐちゃに壊されちゃってるんですよね。この点にはどんな事情があるんでしょうか？」

助手がファビアンに封筒を手渡した。「差し支えなければ、手紙、読んでいただけませんか。ご婦人たちの話によるとですね、個人的な意見の違いが生じていくうちに、部屋がぐちゃぐちゃになったそうです。ドクター・ラブーデは無関係だそうで、部屋にすらいなかったそうですよ。手紙を書くんだ、と言って、この部屋に入っていったそうなんです」

「事情を聞いたところから察するとですね、ご婦人たちはおたがいに、ちょっと異常な関係にあるんですね。どうやら、嫉妬劇のようなものがくり広げられていたようで」と、警部が説明した。「ご婦人たちは、すぐ警察に知らせて、ここでわれわれが到着するのを待っていました。このことからも明らかに共犯でないことがわかります。どうか、手紙を読んでいただけますか」

ファビアンは封筒を開けて、畳んである便せんを取り出した。そのさい札束が床に落ちた。助手が拾い上げて、ソファの上に置いた。

「われわれは隣で待ってます」と配慮して、警部はファビアンをひとりにした。ファビアンは立ち上がって、明かりをつけた。それからまたすわって、死んだ友だちを見つめた。疲れて冷たくなった黄色い顔がちょうどランプの下にあった。口がちょっと開いている。下あごがゆるんでいた。ファビアンは便せんをひろげて読んだ。

「ヤーコプ様！

今日の昼、様子を聞くためにまた大学に行ったが、教授はまた留守だった。しかし助手のヴェカリーンがいて、教えてくれた。ぼくの教授資格取得論文は却下されてしまった。教授はあの論文を、不十分きわまりないものとみなして、学部教授会に提出することは迷惑な話だと断言したという。おまけに、ぼくの恥をさらしものにすることも無意味である、と。五年かけてこの論文を書いた。恥をさらすための五年がかりの仕事は、ただお慈悲により、なんと内々に葬られようとしているのだ。

君に電話しようと思ったけれど、恥ずかしいのでやめた。慰めてもらう才能はぼくにはない。この点においてもぼくは無能だ。君とは何日か前にレーダのことを話し合ったが、そのときぼくは自分の無能さを確信した。もしも君が、ぼくのアカデミックな事故なんて顕微鏡で見える程度の意味しかないんだぞ、と教えてくれていたなら、ぼくは、君の言うとおりだね、というふりをしていたかもしれない。ぼくたちはおたがいにだまし合っていたかもしれない。

ぼくの論文が拒否されたことは、事実上、そして心理的にも、ぼくの破滅だ。なによりも心理的に。レーダに拒否され、大学に拒絶されて、ぼくは全面的に落第だ。ぼくの名誉心はこれに耐えられない。ぼくの頭は心臓部が壊れ、ぼくの心は首の骨が折れた。どんなに多くの偉人が、できの悪い生徒であり、不幸な恋人であったか、という歴史上の統計などなんの役にも立たない。

政治的な目的でぼくがフランクフルトへ行ったことも、唾を吐きかけたくなるような失敗だった。結局、殴り合いに終わった。昨日こちらに戻ってくると、ゼロフ嬢が彫刻家のライター女史とぼくのベッドで寝ていた。ほかにも女が二、三人、手伝いに来ていた。そして今、ぼくが手紙を書いているあいだも、女たちは隣の部屋でグラスや花びんを投げている。ぼくの目下の状態を観察して言えることは、どっちを向いてもぼくには合わない！　ぼくが属している領域からは、追い出された。ぼくを受け入れてくれる場所へは、行く気がしない。気を悪くしないでくれ、ヤーコプ、ぼくは消えるよ。ヨーロッパはぼくがいなくても、存在しつづけるか、破滅するかだ。経済について政治的な裏取引をしてもなにひとつ変わらない時代から、ぼくたちは逃げ出せない。そんな裏取引は崩壊を速めるか、大きくするかにすぎないだろう。ぼくたちは、まれに見る歴史的な転回点のひとつに立っている。新しい世界観が構成されるしかないのだ。それ以外のことはすべてムダだ。ぼくにはもう、政治の専門家たちに嘲笑される勇気がない。連中は治療と称してトリックのような薬を盛って、大陸を死に至らせている。ぼくの言い分が正しいことは、ぼくも承知している。だが今日、ぼくはそれだけでは満足できなくなった。ぼくは滑稽な人物になってしまった。人間になろうと志願したが、恋愛の科目でも職業の科目でも落第してしまった。そんなやつなど、ぼくに殺させてくれ。先日、メルキッシュ博物館のところで共産党員から取り上げたピストルに、新たな栄光をあたえよう。不幸が起こらないようにと、取り上げたものだ。教師にぼくはなるしかなかったのかもしれない。理想の実現にふさわしいのは子どもたちだけだ。

　では、ヤーコプ、これでお別れだ。ご機嫌よう。君のことはちょくちょく思い出すことにする、と、あやうく本気で書きそうになった。だがそれも、これでおしまいだ。ぼくたちの思いをこんな風に裏切るのだが、恨まないでほしい。よく知り合ったのに、ぼくが嫌いにならなかった唯一の人間が、君だ。ぼくの両親によろしく言ってほしい。それから、なによりも君のお母さんにも。もしもレーダに出くわすようなことがあっても、彼女の裏切りがどんなにぼくにこたえたかは、言わないでほしい。気を悪くしただけだ、と思わせておけばいい。誰もがすべてを知る必要はない。

後始末は君にお願いしたいのだが、始末が必要そうなものはない。ぼくが住んでいた2号室は、両親に処分してもらいたい。家具は両親の好きなようにすればいい。ぼくの本は君にあげる。さっき机の引き出しに二千マルク見つけた。君のお金にすればいい。多くはないけれど、ちょっとした旅行ぐらいならできるだろう。

これでお別れだ、ヤーコプ、ご機嫌よう。ぼくよりましな人生を。うまくやれよ。君のシュテファン」

ファビアンは、死んだラブーデの額をそっとなでた。下あごがもっと深く下がっていた。口がぽっかり開いた。「生きてることは偶然で、死ぬことは確実」とささやいて、ファビアンは、これから慰めようとするかのように、友人にほほ笑みかけた。

警部がそうっとドアを開けた。「失礼、またお邪魔します」。ファビアンは手紙を渡した。警部が読んで、言った。「これで女性たちに帰ってもらえます」。ファビアンに手紙を返して、隣の部屋へ入っていった。

「確認が終わりました。もうみなさんをお引き止めしません」

「ちょっとだけいいかしら」と、女の声がした。「あたしね、死体、大好きなの」。五人の女が押し合うようにしてドアから入ってきて、ソファの前で黙って立っていた。

「あごの骨、持ち上げて縛らなきゃね」と、ようやく口を開いたのは、ファビアンの知らない娘だった。彫刻家のライター女史が別の部屋に駆けていって、ナプキンをもって戻ってきた。口が閉じるように、ラブーデの下あごを持ち上げて縛り、ナプキンの両端をラブーデの髪の毛のところで結んだ。

「遺体なのに歯が痛いんだ」と言って、ゼロフ嬢が意地悪く笑った。

ライター女史が言った。「恥だわね。うちのアトリエにはヴィルヘルミーが居すわって、日増しに元気になってくのよ。あのブタ野郎、医者からすっかり見放されちゃったのに。それなのにこの元気な若者は、自分で命を絶っちゃうし」

それから助手が女たちを部屋から押し出した。警部は机に向かって、報告書の下書きを用意した。助手が戻ってきた。「救急車を手配して、遺体を両親の邸宅に運んでもらうのが、一番じゃないでしょうか」とたずねた。それから助手はかがみ込んだ。札束がソファから落ちて、また床に転がっていたのだ。札束を拾い上げると、ファビアンのポケットに突っこんだ。

「ところで、もう両親には知らせてあるんですか？」と、ファビアンがたずねた。

「あいにく連絡がつかないんです」と、助手が答えた。「法律顧問官のラブーデ氏は小旅行中で、使用人たちは詳しいことを知らされていないんです。母親はルガーノです。電報は打ったのですが」

「そうですか」と、ファビアンは言った。「じゃ、遺体は実家に運びましょう！」

助手が一番近くの消防署に電話をかけた。それから三人は黙って救急車の到着を待った。救急隊員がラブーデを担架に乗せて、階段を下りた。家の前には近所の野次馬がいた。担架が救急車に積み込まれ、ファビアンは、手足が伸びきった友人の横にすわった。警部と助手が「では、これで」と挨拶をした。ファビアンは握手をした。救急隊員がハシゴをクルマに積んで、ドアを閉めた。ファビアンとラブーデがいっしょにクルマに乗ってベルリンを走るのは、これが最後だ。窓が下ろされていた。その窓枠のなかにドームが姿を見せた。それから景色が変わった。ファビアンは見た。シンケルのノイエ・ヴァッヘ、大学、国立図書館。ふたりでバスに乗ってここを通ったのは、いつのことだったか？

その晩にふたりは、メルキッシュ博物館の前で、二人の乱暴者からピストルを取り上げたのだった。今、ラブーデは担架に寝かされて、ブランデンブルク門を通ったのだが、もうなにもわからない。きつく締めたベルトがラブーデを固定していた。頭がじょじょに斜めにずれてきた。

「なにか考えてるのか?」と小声でたずねて、ファビアンはラブーデの頭を枕の上に戻して、そのまま手を添えていた。「遺体なのに歯が痛いんだ」って言ってたな、ゼロフのやつ。

救急車がグルーネヴァルトの邸宅の前に止まると、使用人たちが入口に立っていた。家政婦がすすり泣いていた。召使いが厳かな顔をして救急隊員を案内した。女中たちが後につづいた。厳粛な時の足取りで。ラブーデは自分の部屋に運ばれて、ソファに寝かされた。召使いが窓を大きく開けた。

「湯灌《ゆかん》をする女の人が、明日の朝、やって来ます」と、家政婦が言った。今度は女中たちまですすり泣いた。ファビアンは救急隊員にお金を渡した。救急隊員は敬礼をして、帰っていった。

「法律顧問官の旦那様は、まだお帰りではございません」と、召使いが言った。

「どちらにいらっしゃるのやら、見当がつきません。ですが、きっと新聞でお読みになられるのではないかと」

「もう新聞に出ている?」と、ファビアンがたずねた。

「もちろんでございます」と、召使いが答えた。「奥様にはお知らせしました。旅が許されるご体調なら、明日の正午には、ベルリンに到着されるのではないかと。長距離急行列車は今頃、スイスのベリンツォーナあたりでございます」

「さあ、もう休んでください」と、ファビアンは言った。「ぼくはここで通夜をする」。椅子をソファに引き寄せた。使用人たちは部屋を出ていった。ファビアンだけが残った。

ベリンツォーナにラブーデの母親は今頃、着いてるのだろうか? ファビアンは友人の横に腰を下ろして、考えた。「ひどい母親にとって、なんという罰だろう！」

第19章

ファビアンが友人の弁護をする
レッシングの肖像がまっぷたつに割れる
ハーレンゼーでの孤独

ラブーデの顔はナプキンで縛って形をたもったが、それは一見したところにすぎず、実際はずいぶん変わってきた。肉が溶けはじめてネバネバし、じょじょに体内に漏れていっているかのように、ほお骨が飛び出している。目は黒ずんだ眼窩のなかに深く沈んでいた。小鼻はへこんで、ギュッとつまんだようになっていた。

ファビアンは身をかがめて、考えた。「なんで変わり果てていくんだよ？　別れやすいようにと、ぼくに気をつかってるのか？　お願いだから、しゃべってくれないか。君にはいっぱい聞きたいことがあるんだ。今の気分は、いいか？　死んだ今も、自分が死んでることに満足してるのか？　それとも、自分のやったこと、後悔してるのか？　取り返しのつかなくなったことを、元に戻したいと思ってるのかい？　以前はさ、愛する人間の死体を見ても、その死を信じることなんてできない、って思ってたんだ。目の前にだよ、ネクタイとカラーをつけ、ついさっきと同じスーツを着て、横たわっているのに、そいつがもうこの世にいないなんて、どうやって理解すればいいんだ？って思ってた。呼吸するのを忘れたという理由だけで、肉の塊になっちゃって、三日後には無造作に埋葬されるなんて、どうやって信じればいいんだ？　そんなことされたら、『助けてくれ、窒息するじゃないか！』と大声で叫ぶだろう、って思ってた。でもね、シュテファン、白状しなくちゃならない。ぼくはさ、死や埋葬のことを疑うんじゃないかと心配してたけど、そういう心配がもう理解できなくなっちゃった。おい、君は死んでるんだよな。君はさ、あっという間に黄色くなる、定着の悪い写真みたいに横たわっている。君の写真は、火葬場と呼ばれているストーブに投げ込まれるだろう。君は焼かれるだろう。そして誰も助けを呼ばないだろう。ぼくも黙っているだろう」

ファビアンは机のところへ行き、何年も前からそこにあった黄色の木の小箱から、タバコを一本取った。銅版画が壁に掛かっている。レッシングの肖像だ。「あなたのせいなんだ」と、長い髪を編んだレッシングに言って、ファビアンはラブーデを指さした。しかしゴットホルト・エフライム・レッシングは、死後百五十年たってからなされた非難を無視し、耳を貸さなかった。厳粛で気骨にあふれた目で、まっすぐ前を見ていた。幅広の、農民風の顔は、表情ひとつ変えなかった。「よろしい」と言って、ファビアンは肖像画に背中を向けて、友人の横にすわった。

「ほらな」と、ラブーデに言った。「あいつは頼もしい男だった」。ファビアンは親指で後ろを指さした。「あいつは歯を食いしばって闘った。ペンを手に暴れ回った。まるでガチョウの羽ペンが長剣であるかのように。闘うためにあいつは生きていた。君は違う。あいつが生きたのは、自分のためなんかじゃない。まるで私《わたくし》のない男だった。自分のためにはなにひとつ望まなかった。だが自分のことを思い出したとき、運命にむかって死んだ妻と子どもを返してくれと望んだとき、頭の上であらゆるものが崩れ落ち、あいつを埋めてしまった。しかしそれでよかったのだ。他人のために生きようと思うなら、自分には冷淡であるしかない。医者のようであるしかないのだ。待合室は朝から晩まで患者でいっぱいなのだが、そのまん中には、けっして自分の番になることはなく、しかもそれを嘆かない者がひとり、存在していなければならない。それがあいつ自身なんだ。君はそんなふうに生きることができただろうか？」

ファビアンは友人の膝をなでて、首をふった。「君の幸せを祈るよ。君は死んでるんだからね。君は善人だった。礼節をわきまえたやつだった。ぼくの友だちだった。だが、君が一番なりたかった者にはならなかった。君の人格は君の想像のなかに存在していた。そしてその想像が壊されたとき、銃と、このソファに横たわっているものしか残らなかったのだ。いいか、近いうちにとてつもない闘いが始まるだろう。まず最初はパンにつけるバターをめぐって。それからフラシ天張りのソファをめぐって。一方の連中が手放そうとせず、もう一方の連中が分捕ろうとする。両方が巨人族《ティタン》のように横っ面を張り合うだろう。最後にはソファを、誰のものにもしないために、粉々にしてしまうだろう。首謀者たちのなかには、どの陣営にも大声で叫ぶ大道商人がいるだろう。堂々たるスローガンを発明して、自分の怒鳴り声に陶酔する連中だ。それでも、もしかしたら本物の男が二、三人くらいいるかもしれない。本物の男たちが二回つづけて真実を言おうものなら、首を吊されるだろう。本物の男たちが二回つづけて嘘をつこうものなら、首を吊されるだろう。しかし君なら、首を吊されることなんかなく、死ぬほど笑い飛ばされたかもしれない。君は改革者じゃなかった。革命家でもなかった。そんなこと気にするな」

ラブーデは横になって、耳を傾けているかのようだった。だが、そんなふりをしているだけだった。スピーチが終わった。ファビアンはくたびれた。「どうして君は、すばらしいものをすばらしいと思うだけで、満足しなかったんだ？」と思った。「満足してたら、レッシング論文の災難で、こんなに傷つくこともなかっただろうに。満足してたら、こんなところに転がってるかわりに、パリあたりですわってるだろうに。そして目を大きく開けて、幸せな気分でモンマルトルのサクレ・クール寺院から、上空の大気が沸騰してかすかに光っている環状街路《ブールバール》を見おろしているだろうに。でなきゃ、ぼくたちふたりでベルリンを散歩してるだろうに。木々はすっかり新緑に塗りかえられ、青空には黄金が鏤《ちりば》められ、娘たちは調理されてうまそうだ。そのうちの一人が映画監督と寝たら、もっとましな娘を探せばいい。わが老発明家は、人生を愛してた！あの老人がぼくの部屋のロッカーに入ってたこと、君にはまったく話してなかったな。帽子をかぶり、手に傘をもってたんだよ。ロッカーの中で雨が降るかもしれない、って心配してさ」

驚いて飛び起きたとき、ファビアンはまだ長くは眠っていなかったかもしれない。通りに声が聞こえたので、窓のところへ行った。クルマが入口の前に止まっていた。召使いが家から出てきて、クルマのドアを開けた。法律顧問官がクルマから降りて、召使いに新聞を差し出した。召使いはうなずき、ファビアンがもたれている二階の窓を指さした。女がクルマから降りようとしたが、法律顧問官が女をシートに押し戻した。クルマが動きだした。女は、そのままクルマで連れさられていくあいだ、顔をクルマの窓のガラスに押しつけていた。法律顧問官が家に入った。召使いが後につづいた。必要となれば法律顧問官のからだを支えようと、心配そうに両腕を上げたまま。

ファビアンは廊下に出た。横たわっている息子に父親が対面するところに、居合わせたくなかったからだ。

法律顧問官が階段を上がってきた。手すりにしっかりつかまりながら。年寄りの召使いが後ろで、法律顧問官を守るようにして両手を前に突きだしていたが、ラブーデの父親が倒れるようなことはなかった。父親はファビアンには目もくれず、明かりのついた部屋に入っていった。召使いが部屋のドアを閉めた。主人に呼ばれるかもしれないので、頭を前に傾けて、耳をすましていた。だが部屋からは物音ひとつ聞こえなかった。ファビアンと召使いは部屋の前で、そのまま動かず立っていた。顔を見合わせることもなく、じっと耳をすませて中の様子をうかがっていた。ふたりは同情の気持ちでいっぱいだったが、それを示すには、嘆きの声やその種のものが必要だった。だが中からはなにも聞こえない。ドアの向こう側の様子は推測できなかった。

ベルが鳴った。召使いが部屋に消え、また廊下に戻ってきた。「旦那様がお話しになりたいそうでございます」。ファビアンは部屋に入った。父親のラブーデは机に寄りかかるようにしてすわって、片手で頭を支えていた。しばらくしてから姿勢を正して、息子の友人に挨拶するために立ち上がり、不自然なほほ笑みを浮かべた。「私はね、悲劇的な体験には縁がないんですよ」と、押し殺した声で言った。「私のエゴイズムが許すほんのわずかな共感はですね、私のやってきた多くの最終弁論や、訴訟がらみのもろもろのルーティーンのおかげで、見せかけの輝きを帯びるようになってしまったんです。その輝きのなかでは、それ以外のものがすべて、むしろ本物の同情として映るんです」。父親のラブーデはふり返って、息子を観察した。その姿は、まるで死者に許しを乞おうとしているかのように見えた。「自分を責めても、なんにもならない」と、話をつづけた。「私は、息子のために生きる父親ではなかった。人生というやつに惚れた、快楽中毒の年寄りなんだ。だからこの人生は、こういう事実があっても、意味をなくすわけじゃない」。腕を前に伸ばして息子の死体を指さした。「息子はわかって、やったんだ。それが一番利口なことだと本人が思っていたなら、ほかの人間が泣く必要はないんですよ」

「そんなに冷静に話されるからこそ、逆に、ご自分を責めていらっしゃるんじゃないか、と思ってしまうかもしれません」と、ファビアンは言った。「それにそういうことじゃないと思います。シュテファンの自殺の明らかな原因は、別の問題なんです」

「なにかご存じですか？　遺書でも残してるんですか？」と、法律顧問官がたずねた。

ファビアンは手紙のことは黙っていた。「短いメモでわかったんです。教授がですね、シュテファンの教授資格取得論文を不可として却下したんです」

「私は読んでない。時間がないもので。そんなにひどい代物だったのかな？」と、父親がたずねた。

「ぼくの知るかぎりでは、文学史の仕事としてはもっとも独創的で、もっともすぐれたもののひとつです」と、ファビアンは応えた。「これです」。本棚から原稿の写しを取り出して、机の上に置いた。

法律顧問官は論文の写しをパラパラめくってから、ベルを鳴らし、電話帳を持ってこさせ、番号を調べた。

「こんなに夜遅くだが」と言って、電話機のところへ行った。「だが仕方がない」。電話がつながった。「枢密顧問官の教授はご在宅でしょうか」とたずねた。「では、奥様を電話口までお願いしたいのですが。そうです、たとえすでにお休みになられていても。こちらは法律顧問官のラブーデでございます」。ラブーデ氏は待った。「お騒がせして申し訳ございません」と言った。「ご主人がご旅行中とうかがったもので。ワイマールですか？　なるほど、シェイクスピア協会の会議ですか。いつ戻ってこられます？　では明日、大学のほうへ伺わせていただきます。あのですね、ご主人がうちの息子の教授資格取得論文をお読みになられたかどうか、ご存じないでしょうか？」。ラブーデ氏は長いあいだ話に耳を傾けてから、別れの挨拶をして、受話器を置き、ファビアンのほうにふり返って、たずねた。「理解できるかな、君に？　教授はね、最近、食事中に話してたそうだ。レッシングの論文は非常におもしろいので、結論が、つまり論文の最後が、非常に楽しみだね、と。シュテファンが死んだことは、まだ知らないみたいだ」

ファビアンは興奮して飛び上がった。「論文、教授にほめられてたんですか？　ほめられた論文が却下されるんですか？」

「出来が悪いと思われた論文が受理されるほうが、いずれにしてもよくある話だ」と、法律顧問官が答えた。「私をひとりにしてもらえませんか。息子のそばにいて、息子の原稿を読んでやりたいんだ。五年間、この仕事をやってたんだね？」。ファビアンはうなずいて、手を差し出した。「あそこに掛かっているのが、死の原因なわけか」と言って、父親のラブーデはレッシングの肖像を指さした。肖像画を壁から外し、じっとながめてから、まったく興奮した様子もなく、机にたたきつけて割った。それからベルを鳴らした。召使いがやって来た。「ごみを片づけて、絆創膏を持ってきてくれ」と、法律顧問官が命令した。右手から血が出ていた。

ファビアンはもう一度、死んだ友人の顔を見て、父親と息子だけがいる部屋を出た。

眠るには疲れすぎていた。この日にファビアンが予定していたお通夜をするにも、疲れすぎていた。ミュラー通りに住んでいるトリコット製品のセールスマンは、ほっぺたを押さえていたが、ヘッツァーって名前だったかな？　あいつの女房は、欲求不満でベッドに寝ていた。コルネリアがマカルトのところへ行ったのは二回目だ。ファビアンはこれらの経験を、はるか彼方の記憶の水平線で、三次元ではないが、生きた映像として見た。そしてまた、ラブーデが郊外のどこかの大邸宅で死んでソファに横たわっていることも、この瞬間は頭で考えたものでしかなかった。心痛はマッチのように燃えつきて、消えていた。子どものとき、似たような状態があったことを思い出した。その頃、やけに大きくて治りっこないと思えた悩みのために、長いあいだ泣いていたのだが、心痛が流れ出していたタンクが、空っぽになっていたのだ。感情が麻痺した。それは大人になってから、心臓が痙攣した後いつも、指の感覚がなくなるのに似ていた。ファビアンを満たしていた哀悼の気持ちが、無感覚になり、その痛みは冷えてしまっていた。

ファビアンはケーニヒスアレーに沿って歩いた。ラーテナウ記念碑のオークの木のそばを通りかかった。花輪が二つ、その木に掛けられていた。この通りの曲がり角で利口な男が殺されてしまった。「ラーテナウは死ぬしかなかった」と、ナチの作家が彼にそう言ったことがあった。「彼は死ぬしかなかった。その傲慢さに罪があったのだ。ユダヤ人のくせにドイツの外務大臣になろうとした。フランスで植民地の黒人がフランス外務省《ケー・ドルセー》でポストをほしがっていることを想像すればいい。そんなことはまず不可能だ」

政治や恋愛、野心や友情、生と死。なにひとつとしてファビアンの心を揺さぶるものがなかった。ファビアンは、完全に自分自身とふたりっきりで、夜のケーニヒスアレーを下っていった。遊園地ルナ・パークの空には花火が打ち上げられ、色とりどりの火の束となって落ちてきた。しかし途中で花火の束がほどけて、跡形もなく姿を消した。すると新しいロケット花火が轟音を立てて打ち上げられた。ルナ・パークの入口には看板が掛けられていた。「ダンス・マラソンの世界チャンピオン、フェルナンドが自己記録更新へ。二百時間に挑戦。ワインの強制はありません」

ファビアンは、ハーレンゼーの鉄道が見おろせる場所の、すぐ手前にあるビアホールに腰を下ろした。まわりにすわっている客の会話が完全に無意味に思えた。イルミネーションで飾られた小型のツェッペリン飛行船は、機体にネオンで大きく「トルンプ・チョコレート」と書かれていたが、みんなの頭上を街にむかって飛んでいった。明るい窓の列車が陸橋の下を走っていった。バスや市電が長い鎖になって通りを通過していった。隣のテーブルでは、首の肉がカラーからはみ出した男が、ジョークを飛ばしていた。そのそばにすわっていた二、三人の女が、スカートの中にネズミがもぐり込んだかのように、キャーキャー叫んでいた。

「なんのつもりだ、これは?」と思って、ファビアンは急いで金を払って、家に帰った。

テーブルに手紙が何通か置いてあった。求職の書類が戻ってきていた。どこにもポストは空いていなかった。丁重な断りの言葉が書かれている。ファビアンはからだを洗った。後でふと気づいたのだが、じっと動かず、濡れた顔にハンドタオルを当てたまま、ソファにすわって、垂れたタオルの縁の先に、ぼんやりと絨毯を見つめていたのだ。からだを拭き、タオルを投げ捨て、ごろんと横になり、眠りこんだ。明かりが一晩中ついていた。

第20章

自家用車のコルネリア
教授はまったく知らない
ラブーデ夫人が失神する

　次の日の朝、目が覚めて、明かりがついているのを見たとき、前の日の出来事は思い浮かばなかった。落胆してみじめな気分だったが、それがなぜなのか、わからなかった。目を閉じた。そしてそのときになってはじめて、非常にゆっくりとしてでしかなかったが、悲しみが姿を見せてきた。なにが起きたのか、突然、思い出した。まるでその記憶は、窓ガラスを破って外から投げ込まれたかのようだった。疲れすぎて忘れてしまっていた記憶が戻ってきた。意識からその記憶はもっと深いところへ沈み、落ちていきながら膨らんで姿を変えた。まるで比重が増えたかのようだ。記憶は石のように重くなって転がり、ファビアンの心臓を直撃した。ファビアンは壁の方に寝返りを打って、耳をふさいだ。ホールフェルト夫人は、部屋に朝食を運んできたとき、明かりがついていて、おまけにベッドではなくソファに寝ているファビアンを見ても、騒がなかった。お盆をテーブルに置き、明かりを消した。それらの動作はすべて、病室でいつも行われる儀式のようだった。「本当にお気の毒なことで」と言った。「さっき新聞で読んだわ。ショックでつらいでしょう。ご両親もおかわいそうに」。口調にも声の高さにも気持ちがこもっていた。心から同情していた。ファビアンは我慢できなくなった。

自分を抑えて、「ありがとう」とつぶやいた。ホールフェルト夫人が部屋を出ていくまで、ファビアンは横になっていたが、立ち上がって、急いで服を着た。どうしても教授に会って、話をする必要がある。昨日の夜から疑いにひどく苦しめられていた。なにもしないのに苦痛がどんどん大きくなる。大学に行くしかなかった。家を出たとき、大きな自家用車がやって来て、止まった。

「ファビアン！」と、誰かが叫んだ。コルネリアだった。クルマに乗っていて、手で合図している。ファビアンが近づいていくうちに、コルネリアはクルマを降りた。

「大変だったわね、ファビアン」と言って、ファビアンの手をなでた。「午後になるまで待てなかったの。あいつにクルマ貸してもらったの。迷惑だった？」。それから声を潜めた。「運転手が見張ってるのよ」。そしてまた大きな声でたずねた。「どこへ行くつもりなの？」

「大学に。自殺したのは、論文が却下されたからだ。どうしても教授に会って、話をする必要がある」

「送っていくわ。いいでしょ？」と言った。「大学まで行ってちょうだい」と、運転手に言った。ふたりはクルマに乗り込み、町へ向かった。

「で君は、昨日の晩、どうだったんだい？」と、ファビアンがたずねた。

「その話、やめて」と、コルネリアが頼んだ。「わたしね、いつも、あなたにはなにか不吉なことが起きそうな気がしてたの。わたしがもらう役のことをマカルトに聞かされても、ほとんど聞いてなかった。それくらい悪い予感で胸がいっぱいになってたの。まるで嵐の前みたいに」

「どんな役なんだい？」。コルネリアの悪い予感にファビアンは踏み込まなかった。ベッドの掛け布団をちょっと持ち上げるようにして未来をのぞき見する習慣を、ファビアンは憎んでいた。もっと憎んでいたのは、前からそういうふうになるだろうと思っていた、と後で自慢することだった。運命とそんなふうにつき合うなんて、馴れ馴れしすぎるではないか！　ファビアンの嫌悪感は、悪い予感というものがありえるのか、ありえないのか、とは関係がなかった。まだ隠されているものと親しそうに話をすることが、傲慢なのだと感じていたのだ。受動的な姿勢がファビアンの習慣なのだが、不可避なことに逆らわないことは、そういう傲慢な態度とは縁がないのだ。

「とっても変な役なのよ」と、コルネリアが言った。「想像して。わたしね、その映画じゃ、ある男の奥さんになるわけ。その男は、自分のゆがんだ空想を満足させるため、わたしに要求するんだ。絶えず変身しろって。病的な人間なのよ。あるときは、世間知らずの娘になれと言い、またあるときは、世慣れた女になれと言い、そしてまた、脳みそが空っぽで、エレガントで、贅沢な女の子になれと言って強制する。そのうちにね、わたしは自分が思っているのとはまったく別の人間なんだ、ってわかるわけ。私のほうが男や観客よりも気づくのが遅いんだけどね。ふたりとも、つまり、わたしと男は、びっくりすることになる。なにしろ、わたしは休むことなく変化しまくり、最後には男の意思に反してまで変化して、そうやってはじめて、昔の本来の自分に戻っちゃうことになるんだから。下品で支配欲が強いのがわたしの地だ、とわかるのよ。男は悲劇。自分の命令で引き起こした葛藤で、負けることになるんだから」

「その話、マカルトの思いつきなの？　気をつけろよ、コルネリア。マカルトは危険なやつだ。あいつはさ、君にその変身を演じさせるだけだろう。でも心の底じゃ、自分と賭をしてるんだろうな。君が実際にそうなるかどうか」

「そんなの不幸なんかじゃないわ、ファビアン。その手の男たちって、やっつけられるのを望んでるんだから。この映画、わたしには人生というものの個人レッスンになる」

ファビアンはポケットの中を引っかき回して、札束を見つけ、そこから千マルクを数えて、コルネリアに渡した。「さあ。ラブーデがぼくに残してくれたお金だ。半分もらって。ぼくの気がすむから」

「もしもわたしたち、三日前に二千マルクあったらな」と、コルネリアが言った。

ファビアンは運転手を観察した。運転手はずっと、小さな凹面鏡のファインダーをのぞき込んで、ふたりを監視している。「君の家庭教師、今にぼくらを木にぶつけるぞ。おい、前を見て運転してくれ！」と、ファビアンは叫んだ。運転手はとりあえずふたりから視線をそらせた。

「今日の午後は、ひとりで来るわ」と、コルネリアが言った。

「家にいるかどうか、わからないな」と、ファビアンが応えた。

コルネリアはほんの一瞬、おずおずとファビアンに寄りかかった。「どっちにしても来るわ。わたしが必要になるかもしれないでしょ」

大学の前でファビアンはクルマを降りた。コルネリアは看守といっしょにクルマで去った。

大学の用務員がドアを開けてくれた。教授はまだいらっしゃいませんが、もう旅行から戻ってこられる頃です。じゃ、助手の人はいますか？　ええ、もちろんです。控室には法律顧問官ラブーデとその妻がすわっていた。ラブーデ夫人はとても老けて見えた。ファビアンが挨拶すると、彼女は泣いて、言った。「わたしたち、あの子のこと気にかけてやらなかったわ」

「ご自分を責めても仕方ありません」と、ファビアンが応えた。

「もうじゅうぶん大人だったんじゃないか？」と、法律顧問官が言った。夫人は大きな声ですすり泣き、ラブーデ氏は額にしわを寄せた。「昨日の夜、シュテファンの論文を読んだんだが」と、ラブーデ氏は話した。「君たちの専門のことはまったくの素人だし、研究の土台がふさわしいものか、わからない。しかしね、論の進め方は抜け目がなくて鋭い。それは疑いようのないことだ」

「研究の土台も確かなものです」と、ファビアンが言った。「論文は傑作ですよ。教授がいらっしゃりさえすれば！」

ラブーデ夫人がひとりで泣いていた。「もうあの子は死んでるんですよ。どうしてあなたたちは、あの子から、死んだ原因を奪おうとするんですか？」とたずねた。「さあ、もう帰りましょうよ！」。夫人は立ち上がり、ふたりの男をぐいっとつかんだ。「そっとしておいてやって！」

しかし法律顧問官が言った。「すわりなさい、ルイーゼ」

それから教授が帰ってきた。どこか昔風に洗練された男性で、おまけに目がちょっとばかり飛び出しすぎている。用務員が教授の後ろから階段をよじ登るようにして、スーツケースを運んできた。「しかし恐ろしいことですね」と、はっきりした口調で言って、教授は首を横にかしげたまま、ラブーデの両親のほうに近づいた。法律顧問官夫人は、握手されて、前よりも大きな声で泣いた。法律顧問官も感極まっていた。「君には会ったことがあるね」と、老文学史家はファビアンに言った。「彼とは友だちだったんだよね」。自分の研究室のドアを開け、「さ、中へどうぞ」と言ってから、三人が黙ってテーブルについているあいだに、「ちょっと失礼」と手を洗った。医者が診察を始める前のように。用務員がハンドタオルを差し出していた。

手を拭きながら、教授が言った。「誰が来ても、会わないから」。用務員が部屋を出て、教授は腰を下ろした。「今朝ですね、ナウムブルクで新聞を買ったんです」と報告した。「最初に読んだのが、ご子息の悲劇的な運命のニュースでした。あまりにも不作法とは思いますが、率直におたずねしてもよろしいでしょうか？いったい全体、どうしてこんな極端な行為に走られたんでしょうか、ご子息は？」

法律顧問官は、テーブルについていた手をギュッとにぎりしめて、こぶしにした。「おわかりになりませんか？」

教授は首をふった。「まるで見当もつきません」

ラブーデの母親は両手を上げて、顔の前で組み合わせた。男たちに目で、「どうかやめて」と頼んでいた。だがラブーデの父親は、ぐっと前かがみになった。「息子がピストルで自殺したのは、あなたに論文を却下されたからです」

教授は胸のポケットから絹のハンカチを抜き取って、額に当てて動かした。「なんですって？」と、抑揚のない声でたずねた。教授は立ち上がって、丸天井のように突き出た目で、まわりにすわっている三人をじっと見つめた。気でも狂っているのではないか、と恐れているかのように。「しかしそんなこと、まったくありえない」とささやいた。

「いや、ありえるんです！」と、法律顧問官が叫んだ。「コートを着て、いっしょに来て、息子をよく見てやってください！　ソファに横たわって、死んでます。どう見ても」

ラブーデ夫人は、大きく見開いた目をじっと動かさずに、言った。「あの子をもう一度、殺すんですね」「そんなひどいこと」と、教授がつぶやいた。教授は法律顧問官の腕をつかんだ。「私が論文を却下したですって？　誰です、そんなこと言ったのは？」と叫んだ。「私はですね、『これはここ数年においても、もっとも成熟した文学史の業績である』という所見をつけて、その論文を学部の閲読に回したんですよ。私はですね、私の所見に、『ドクター・シュテファン・ラブーデは、この論文により、この分野の専門家たちのもっとも活発な興味を呼び起こすことになるだろう』と書いたんですよ。私はですね、『ドクター・ラブーデは啓蒙主義にかんする本論文により、近代の研究にきわめて多大な貢献をするものである』と書いたんですよ。私はですね、『これまで私の門下では、これほど意義のある論文が提出されたことはなかった。そこで私は、大学出版会の叢書の特別号として出版させる』と書いたんですよ。その論文を私が却下しただなんて、誰が言ったんです？」

ラブーデの両親はすわったまま動かなかった。

ファビアンが立ち上がった。全身がわなわなと震えていた。「ちょっと待ってください」と、かすれた声で言った。「そいつを連れてきます」。それから部屋から駆け出し、階段を下りて、目録室に飛び込んだ。大学の研究助手であるドクター・ヴェカリーンが、カードボックスにかがみ込んで、図書館の新規購入図書のデータが書かれているカードを整理していた。ヴェカリーンは手を休めず顔を上げて、近視の目を細めた。「なにか用？」とたずねた。

「教授が、すぐに来るように、と」と、ファビアンは言った。相手が立ち上がろうともせず、うなずいただけで、カードボックスのカードを繰りつづけていたので、ファビアンは相手のカラーをつかんで、引きずるように椅子から離し、ドアの外に突き出した。

「なんて真似するんだ、いったい?」と、助手が言った。だがファビアンは、返事をするかわりに、こぶしで助手の顔を殴りつけた。ヴェカリーンは腕を挙げて、身を守ろうとしたが、もはや抵抗もせず、よろけながら階段を上がっていった。教授の部屋の前でまたぐずぐずしていたが、ファビアンがさっとドアを開けた。教授とラブーデの両親が驚いて飛び上がった。助手は鼻から血を流していた。

「どうしても皆さんの前で、この人にいくつか質問させてください」と、ファビアンが言った。「ドクター・ヴェカリーン、あなたは昨日の正午、ぼくの友人ラブーデに、『君の論文、却下されちゃったね』と話しただろう? 『あの論文を学部に提出なんかしようものなら、教授たちの迷惑になる、と教授がおっしゃった』と話しただろう? 『おまけに教授は、君が公の面前で恥をかかなくてすむよう、個人的に却下するつもりだ』と話しただろう?」

ラブーデ夫人はうめき声をあげ、失神して椅子からすべり落ちた。男たちは誰も夫人のことを気にしなかった。ヴェカリーンはドアのところまで後じさりしていた。残りの男三人は、前かがみになって、答えを待った。

「ヴェカリーン」とささやいて、教授はどしんと椅子の背もたれに寄りかかった。

助手は、ほほ笑もうとするかのように、幅広の、青ざめた顔をゆがめて、くり返し口を開けた。

「さあ、返事は?」と、脅かすように法律顧問官がたずねた。

ヴェカリーンはドアノブに手をかけて、言った。「ほんの冗談だったんです!」

そのときファビアンが叫んだ。言葉にならない叫び声だった。動物が叫んでいるようだった。次の瞬間、ファビアンは飛び出して、助手に殴りかかった。両手のこぶしで、休みなく、どこを殴るかなど考えずに。自動ハンマーのように、無我夢中で殴りつけた。何度も、何度も。「この野郎！」と吠えて、両手のこぶしを真正面から相手の顔に打ちつけた。ヴェカリーンはあいかわらずニヤニヤしていた。謝ろうとしているかのように。手をドアノブにかけて、部屋から逃げ出そうとしたことは忘れてしまっていた。殴られてしばらく床に膝をついていた。ドアノブにつかまりながら立ち上がると、ドアが急にぱっと開いた。ようやく、自分がどうしようとしていたのか思い出して、ドアをすり抜け、廊下に突進した。ファビアンが追いかけた。ふたりは、一方が殴り、もう一方が鼻血を出しながら、地階に通じる階段に一歩ずつ近づいた。

階段の下には学生たちが集まっていた。騒がしい音に誘われて教室を抜け出してきたのだ。黙って、じっと待っていた。まるで階段で起きていることが正義であることに、気がついているかのようだ。「この犬め！」と言って、ファビアンは助手の喉もとを突いた。ヴェカリーンはもんどり打って、階段の段にずしんと頭をぶつけ、そのまま木の階段をゴロゴロ転がり落ちた。ファビアンは後を追って、襲いかかろうとした。そのとき二、三人の学生が飛び出してきて、ファビアンをつかまえた。「離せ！」と叫んで、ファビアンは狂乱した男のように、自分をつかまえている腕を強く引いた。「離せ、殴り殺してやるんだ！」。誰かがファビアンの口をふさいだ。用務員が助手の横でしゃがんでいた。助手は立ち上がろうとしたが、うめきながら後ろに倒れ込んだ。目録室へ引きずっていかれた。二階では、階段のすぐそばに教授とラブーデの父親が立っていた。開いたままのドアからは長くつづく泣き声が聞こえた。シュテファンの母親が失神から覚めていたのだ。

「そうか、ほんの冗談だったのか！」と叫んで、法律顧問官は途方に暮れて笑った。

教授は、ようやく打開策が見つかったかのように、気骨のある声で言った。「ドクター・ヴェカリーンは解雇だ」。学生たちはファビアンを離した。ファビアンは頭を下げた。もしかしたら別れの挨拶のつもりだったのかもしれない。そして大学を後にした。

第21章

法学士、映画スターになる
昔の知り合い
母親が粉石鹸を売る

ほんの冗談だった！

ヴェカリーンが冗談で馬鹿なことを言った。それが原因でラブーデが死んでしまった。自殺に見えただけだ。中高ドイツ語の助手である下級公務員がファビアンの友人を殺したのだ。毒のある言葉を耳に垂らした。砒素をコップに垂らすように。冗談でラブーデをねらい、引き金を引いた。そして装塡されていないピストルから死の弾が発射された。

フリードリヒ通りを歩いているあいだ、ファビアンの目には、ヴェカリーンのニヤニヤしている顔がずっと浮かんでいた。今になって驚いたことにファビアンは自問した。「なんで俺はあいつのこと、生かしちゃおかないと思って、殴ったんだろう？　なんであいつに対する怒りのほうが、ラブーデの馬鹿げた最期に対する悲しさより大きいんだろう？　こんな不幸を招くなんて思いもしなかったあいつみたいなやつは、憎まれるより、同情されるべき人間じゃないのか？　いつかまたぐっすり眠れるのだろうか？」

ファビアンは、ヴェカリーンの本能がしだいにわかってきた。なにも考えずにやったわけではなかったのだ。ラブーデを狙ったのだ。殺すつもりはなく、傷つけるつもりで。無能なライバルが有能な男に復讐したのだ。その嘘が雷管だった。それをラブーデの中に投げ込んで、逃げて、遠くから爆発を意地悪く観察したのだ。

ヴェカリーンは解雇された。さんざん殴られもした。しかし、職も失わず、殴られもしなかったほうが、よかったのではないか？　ラブーデが死んでしまった今となっては、ヴェカリーンの嘘が生きつづけるほうが、よかったのではないか？　昨日は友人の死がファビアンの心を悲しみでいっぱいにした。今日は軋轢《あつれき》でいっぱいにした。真相が明らかになった。だがそれが誰の得になるというのだ？　たとえば、息子が卑劣な嘘の犠牲になってしまったことを、今ようやく知ったラブーデの両親にとって、得になるのか？　真相を聞かされるまで、嘘は存在していなかった。ところが正義が勝ったせいで、今ではラブーデの自殺は悲劇の茶番となったのだ。ファビアンはラブーデの埋葬のことを考えて、ぞっとした。葬列のなかにすでに自分の姿が見える。柩のそばにラブーデの両親がいる。教授も近くにいる。ラブーデの母親が大声で泣いている。黒いクレープのヴェールを黒い帽子から引きちぎり、嘆きながら前につんのめる。

「気をつけろ！」と、誰かに怒鳴られた。誰かにぶつかって、ファビアンは立ち止まった。ヴェカリーンのことは明るみに出さず、隠蔽すべきだったのだろうか？　真相を知っても、自分の胸にしまって、ラブーデの両親には知らせるべきではなかったのだろうか？　どうしてラブーデは最後の手紙でまであんなに綿密だったのか？　あんなに几帳面だったのか？　どうして自殺の動機をはっきり書いてしまったのか？　ファビアンは歩きつづけた。道を曲がってライプツィヒ通りに出た。正午だった。オフィスのサラリーマンや女子店員が停留所に押し寄せて、バスに殺到した。昼休みは短かった。

もしもあのヴェカリーンの邪魔が入っていなかったなら、もしも自分の論文が本当に評価されていることを知っていたなら、ラブーデは死んでいなかっただろう。それどころか、論文の成功にラブーデは励まされていただろう。レーダのことで失望していた気持ちも楽になっていただろう。政治的な野心を発散させていただろう。どうしてラブーデは五年間も、論文にかかりきりになっていたのか？　自分自身に対して、自分が有能であることを証明しようとしたのだ。論文は成功するものだと思っていた。その成功を心理的に考慮して、自分の発達の一段階であると計算していた。そしてその計算は正しかった。それなのに自分自身の確信よりも、ヴェカリーンの嘘を信じてしまったのだ。嫌だ、友人があの世に送られるとき、ファビアンは居合わせたくなかった。この街から立ち去るしかない。クルマが通り過ぎていく。その一台にファビアンの目が吸い寄せられた。あれはコルネリアじゃないか？　あの太った男の横にすわっているのは？　ファビアンの心臓が止まった。コルネリアではなかった。

立ち去るしかない。馬が十頭いても、もうファビアンを引き止めることはできない。

ファビアンは駅へ行った。ホールフェルト未亡人の家にすら行かなかった。その家の彼の部屋では、なにもかも彼が出かけたときのままだ。もうツァハリーアスを訪ねることもなかった。あいつは虚栄心の強い、嘘つきだ。ファビアンは駅へ行った。

急行は一時間後に発車する。ファビアンは切符を買い、日刊新聞を買い、待合室にすわって、ページを繰ってざっと目を通した。

経済会議では大規模な国際協定が要求されていた。このような要求は美辞麗句にすぎないのか？　それとも、みんなが知っていることを、じょじょに理解しはじめたということか？　理性が一番理性的である、と気づいたのか？　もしかしたら、ラブーデの言うことが正しかったのか？　もしかしたら、堕落した人類の倫理的向上を待つことは、本当に不必要だったのか？　ファビアンもモラリストだが、もしかしたら、モラリストの目標は、実際、経済的な手段によって到達できるのか？　道徳的要求が実行できないのは、たんにそれが無意味であるからなのか？　世界秩序の問題は、ビジネスの秩序の問題にほかならないのか？

ラブーデは死んだ。生きていたら、こういう問題に感激しただろう。ラブーデの計画にはぴったり合っていただろう。ファビアンは待合室にすわったまま、ラブーデが抱いていた思想を考えてみたが、冷めていた。ファビアンは境遇の改善を望んでいるのか？　いや、望んでいるのは人類の改善だ。ファビアンにとって、境遇の改善は人類の改善がないと消えてしまうのか？　ファビアンは、どの人間の鍋にも毎日、十羽のニワトリが入っていればと思う。どの人間にもラジオつきの水洗トイレがあればと思う。どの人間にも、曜日ごとに違うクルマに乗れるように、七台のクルマがあればと思う。だがそんな境遇になったところで、ほかに得るものがなければ、なにが得られたというのか？　生活が良くなれば、人間が良くなるなどと、俺に信じ込ませようというつもりか？　だったら、油田や炭坑の支配者が本物の天使であるにちがいない！

ファビアンはラブーデに言わなかったか？　「君が夢見てる楽園でだって、人間はおたがい横っ面を張り合うんじゃないだろうか？」。野蛮人一人につき平均収入が二百万マルクの理想郷が、人類にふさわしい最終地点なのか？

すわったままファビアンは、自分の道徳的な姿勢を、景気アナリストに対して弁護していた。そのあいだに、ふたたびあの疑いが頭をもたげてきた。ずっと前からファビアンの感情を虫のように引っかき回している疑いだ。ファビアンが望んでいるような、人道的で、礼節をわきまえたノーマルな人間は、実際のところ、望ましいものなのか？　そういう地上の天国は、到達可能であるせよ、ないにせよ、想像しただけでも地獄のようなものではないのか？　そんな具合に気高い心で金メッキされた時代に、そもそも人間は耐えることができるのだろうか？　むしろ、人間を馬鹿げたものにするのではないのか？　もしかしたらあの、摩擦を知らないエゴイズムにもとづいた計画経済のほうが、むしろ実現しやすいだけでなく、むしろ耐えやすい理想状態ではないのか？　ファビアンのユートピアは、調整の意味をもっているだけで、現実としては望むことも創ることもできないのではないか？　ファビアンは人類に語りかけているかのようだが、それは、恋人に「空から星を取ってきてあげたいんだ」と言うのとそっくりではないか？　その約束は賞賛に値するけれど、しかし、もしも男がそれを実現したら、ああ、どうなることか。星を引きずって持ってこられても、気の毒な恋人はその星をどうするというのだろう！　ラブーデはちゃんと事実の土台に立っていた。そして行進しようとして、つまずいたのだ。そしてファビアンはといえば、重さが足りなかったので、宙に浮かんで、生きつづけた。「なんのために生きるのか？」を知らないのに、どうしてまだ生きているのか？　「なんのために生きるのか？」をよく心得ていた友人は、どうして生きていないのか？　生きていてもいい者が死んで、死んでもいい者が生きている。

膝の上に広げられていた大衆紙の文芸娯楽欄で、ファビアンはまたコルネリアに会った。写真の下には、「法学士、映画スターになる」と大きな活字で書かれていた。「法学博士コルネリア・バッテンベルク嬢は」

と、さらに書かれていた。「映画界の大物、エトヴィーン・マカルトに見い出され、ここ数日中に、映画『Z夫人の仮面』の撮影を開始する」

「うまくやれよ」とささやいて、ファビアンは写真に会釈した。別の新聞でもまたコルネリアに会った。豪勢な夏の毛皮を着て、ファビアンも知っているクルマでハンドルをにぎっている。横には、太った大男がだらしない姿勢ですわっている。どうやら発見者ご本人なのだろう。写真の説明を読むと、推測の正しさが証明された。男は、ギムナジウムの教育を受けていない悪魔のように、残忍で狡猾《こうかつ》そうだ。水脈を探り当てる占い棒をもった男、エトヴィーン・マカルトについて編集者がこう主張している。彼の最近の発見はコルネリア・バッテンベルクであり、司法官試補であった彼女は、新しいモードのタイプ、知的なドイツ女性の代表である。

「うまくやれよ」とくり返して、ファビアンは写真をじっと見つめた。もうずいぶん昔のことだな！　まるで墓を観察するかのように、写真をながめた。目に見えない幽霊のようなハサミが、ファビアンをこのベルリンという町につなぎとめていたきずなを、すべて断ってしまった。仕事を失い、友人は死に、コルネリアは知らない手に渡った。ここにはまだ探すべきものがあるのだろうか？

新聞からコルネリアの写真を全部ていねいに切り抜いて、手帳にはさんで、新聞を捨てた。ファビアンを引き留めるものはなにもなかった。自分が出てきた場所に帰りたかった。実家へ、故郷の町へ、母親のもとへ。あいかわらずアンハルター駅の構内にすわっていたにもかかわらず、もうとっくにベルリンにはいなかった。またここに戻ってくることがあるのだろうか？　ファビアンのテーブルに二、三人がやって来て、腰を下ろしたので、ファビアンは立ち上がり、改札口を通って、発車の合図を待っている列車に腰を下ろした。

さあ、ここを離れよう！　駅の時計の分針が先に進んだ。さあ、離れよう！

ファビアンは窓際にすわって、外をながめていた。畑や草地が転車台に乗っているように揺れている。電信柱がつぎつぎに膝を折っていく。踊る風景のまん中にはときどき、裸足の小さな百姓の子どもたちが立っていて、機械のように手をふっている。牧草地で一頭の馬が草を食べている。一頭の仔馬が柵に沿って跳ねて、首をふっている。それから二頭は暗いトウヒの森を駆けた。トウヒの幹には灰色の地衣類が張りついている。まるでトウヒの木はハンセン氏病で、この森を去ることを禁じられているかのようだ。

ファビアンは目を誰かに探られているような気がした。ふり返って、コンパートメントの中を見た。乗客は、ファビアンに無関心な人や、無関心にすわっている人ばかりで、自分のことで忙しくしていた。誰に見られていたんだろう？　そのとき外の通路にイレーネ・モル夫人を発見した。タバコを吸っていて、ファビアンにほほ笑みかけた。ファビアンが動かなかったので、夫人が手招きした。ファビアンは通路に出た。

「スキャンダルだわね、ふたりで追いかけっこしてるみたい」と、夫人が言った。「あなた、どちらへ？」

「実家に帰るんだ」

「マナー、忘れないでほしいわ」と言った。「どこへ行くのか、たずねてくれてもいいんじゃない？」

「どちらへいらっしゃるんですか？」

モル夫人はファビアンに寄りかかって、ささやいた。「ずらかってるの。うちに置いてた男の子の誰かが、あたしの売春宿のこと、密告したのよ。今朝、警察官に教えてもらってね。その警察官には、警察の俸給と同じ額のお礼を渡してたの。いっしょにブダペストに行かない？」

「嫌だ」と、ファビアンは言った。

「十万マルクあるわ。ブダペストに行かなくてもいい。プラハ経由でパリ、ってどう？　クラリッジで暮らしましょう。それとも、フォンテーヌブローに行って、小さな別荘を借りるとか」

「嫌だ」と言った。「実家に帰るんだ」

「いっしょに来てよ」と頼んだ。「宝石もあるのよ。すっからかんになったら、うちでうたた寝させてやった婆さん連中をゆすればいい。おもしろいこと、いろいろ知ってるんだ。のぞき穴って、役に立つのよ。それとも、イタリアのほうがいいかしら？　ベラージオなんてどう？」

「嫌だ」と言った「お袋のところに帰るんだ」

「どうしようもないお馬鹿ちゃんね」と、腹立たしそうにささやいた。「ひざまずいて、愛の告白でもしなさい、って言うわけ？　あたしのどこが気に入らないの？　あまりにも開放的だから？　馬鹿な小娘のほうがいいの？　あたしはね、誰のでも気にせずズボンをつかむことに、そろそろ飽きてきたの。あなたのことが好き。あたしたち何度も、ばったり会うでしょ。偶然じゃないと思うの」。モル夫人はファビアンの手を取って、指をなでた。「お願い、いっしょに来てよ」

「嫌だ」と言った。「いっしょになんか行かない。いい旅を！」。ファビアンは、ふたたびコンパートメントへ戻ろうとした。

モル夫人が引き留めた。「残念だわ、本当に残念。また会えるといいんだけど」。ハンドバッグを開けた。「お金、いる？」。ファビアンの手に札を二、三枚、握らせようとした。ファビアンは手を握りしめ、首をふって、コンパートメントに入った。

モル夫人は、しばらくコンパートメントのドアの前に立って、ファビアンをじっと見つめた。ファビアンは窓の外を見た。列車は村を走っていた。

到着したのは、夕方の六時頃だった。駅を出ると、東方の三博士教会《ドライケーニヒスキルヒェ》が見えた。ファビアンは、上から教会にじろじろ見られているような気がした。どうして誰もお前を迎えに来てくれないんだね？　どうしてお前はスーツケースももたないで帰ってきたんだね？

堤の道に沿って歩いて、古い陸橋をくぐり抜けた。延々とつづく貨物列車がガタガタ音を立てて頭上を走り、石のアーチが轟いた。以前、シャンツェ先生が住んでいた家は、ペンキが新しく塗られていた。ほかの家は昔のままで、ファビアンが子どものときから知っている灰色の正面を見せて並んでいた。産婆のシュレーダーさんが所有している角の建物には、新しい店がオープンしていた。肉屋だ。ショーウィンドーにはあいかわらず鉢植えの草花が置いてあった。

ゆっくりファビアンは、自分が生まれた家に近づいていった。すっかり馴染みの通りだ。どのファサードもよく知っている。どの中庭も、どの地下室も、どの屋根裏部屋もすぐにわかる。あらゆる場所がここではファビアンの故郷だった。だが、家や建物を出入りする人たちは、異邦人だった。ファビアンは立ち止まった。「石鹸屋」と書いた店がある。メモが窓に貼られている。ファビアンは読んだ。「化粧石鹸も値下げしました。ラベンダー石鹸、二十五ペニヒを二十ペニヒに。魚雷石鹸、二十八マルクを二十五マルクに」。ファビアンはドアのところまで行った。

ファビアンの母親がカウンターの後ろに立っている。カウンターの手前には女の人が二人。母親はちょうどかがんで、粉末洗剤を一箱、カウンターのテーブルに置いてから、棒状のソーダ石鹸を半分に切った。それから包装用の紙と木さじを取り出し、樽から軟石鹸をすくい、秤にかけて、包んだ。ファビアンは石鹸の匂いを通りにいても感じた。

それから店のドアのノブを回した。ちりんちりんと鈴が鳴った。懐かしい女性が顔を上げ、驚いて両手をだらんと下げた。

ファビアンは母親に近寄り、震える声で言った。「お母さん、ラブーデがピストルで自殺したんだ」。すると突然、ファビアンの目から涙が流れた。ファビアンは、奥の部屋のドアを開けて、閉めると、窓の前の安楽椅子に腰を下ろし、中庭をながめ、ゆっくり頭を窓敷居に寝かせて、泣いた。

第22章

子どもの兵舎を訪れる
校庭で九柱戯《9ピン・ボーリング》をする
過去が角を曲がる

「どうしたんだ、あいつは?」と、次の日の朝、父親がたずねた。

「失業しちゃったの」と、母親が言った。「それに友だちが自殺しちゃって。ラブーデよ。知ってるでしょ。ハイデルベルクの大学のときに知り合った友だち」

「友だちがいたなんて、まったく知らなかった」と、父親が言った。「ま、なんにも聞かされてないからな」

「うわの空でしか聞いてないからよ」と、母親が言った。そのとき店の鈴が鳴った。ファビアン夫人が部屋に戻ると、亭主のファビアン氏は新聞を読んでいた。

「おまけにガールフレンドのことじゃ、ひどい目に遭ったんだって」と、夫人がつづけた。「でもね、詳しいことは話してくれないのよ。弁護士の勉強をしてたけど、映画女優になっちゃって」

「せっかく大学に行ったのに、もったいない話だ」と、亭主が言った。

「きれいな娘さんなんだって」と、ファビアンの母親が言った。「でもデブの男と暮らしてるんだって。映画会社のボスで、本当にムカムカするほど嫌なやつとね」

「こっちには長くいるのかな」と、父親がたずねた。

母親は肩をすくめて、自分のカップにコーヒーを注いだ。「千マルクくれたのよ。ラブーデが遺してくれたお金なんだって。取っておいてやるつもり。あの子、人生にひびが入っちゃったのよ。わたしにはどうしてやりようもない。しかもそれは、ラブーデとは関係のないことだし、映画女優とも関係のないこと。あの子はね、神様を信じてないのよ。そのせいにちがいないわ。安らぎの場所がないんだ」

「あいつの年のときには、俺はもう結婚して十年ほどになってたな」と、父親が言った。


ファビアンはヘール通りを歩いた。駐屯地教会と兵舎のそばを通り過ぎた。教会の前の、砂利を敷いた円い広場には、人影がなかった。いったい、あれはいつのことだったのか？　ここに十七歳の俺は、何千人もの兵士の一員として、長ズボンをはき、ヘルメットをかぶり、武装してカーキ色のお説教に備え、ドイツの神がその軍隊に告げさせたことに耳を傾けようとしていたのだ。ファビアンは、以前の徒歩砲兵兵舎の門のところで立ち止まり、鉄柵にもたれかかった。任務通達を受けるための整列、操砲訓練、夜勤への出発、戦時国債にかんする報告、賃金の支給。これらがすべてこの殺風景な営庭で行われていたのだ。そういえば、ここで聞かなかっただろうか？　古参兵たちは、三回目か四回目に戦場へ駆り出される前に、誰が一番早く帰ってくるだろうか、軍隊用の四角い黒パンを賭け合っていた。そして一週間後、連中はボロボロの軍服で、純ブリュッセル産の淋病を土産に帰営したのではなかったか？　ファビアンは鉄格子から手を離し、古くて絢爛豪華な選抜歩兵兵舎と歩兵兵舎の前を通り過ぎた。ここは校庭と小学校だ。そこでファビアンは何年間か勉強し、寝起きしてから、銃弾の左寄り回転や、砲兵鏡や、砲架尾を知るようになった。通りが町にむかって下り坂になっている。日が暮れるとファビアンはこっそりその坂道を走ったものだ。家にむかって、ほんの数分、母親に会うために。小学校であれ、幼年学校であれ、野戦病院であれ、教会であれ、この町の外縁にある建物はすべて兵舎として使われていたのだ。

あいかわらず、天井まで子どもたちの心配がぎっしり詰まっているかのように、大きな灰色の建物が、スレート葺きの尖った角櫓《かどやぐら》をつけて建っている。校長の住居の窓は、あいかわらず白いレースのカーテンで飾られている。それとは逆に飾りのない、黒い、多くの窓の後ろには、教室や、生徒の住居や、ロッカールームや、寝室があるのだ。以前、ファビアンはずっと、この巨大な建物は、校長の住居のある側が地面に深く沈んでいるにちがいない、と信じていた。それほどまでファビアンにとって、そこの窓にレースのカーテンが掛かっているという事実は重みをもっていた。ファビアンは校門を通って、階段を上った。あちこちの教室から明るい声や暗い声が聞こえてきた。誰もいない玄関ホールは、子どもたちの声で満員だった。二階から合唱の歌とピアノが風に乗って聞こえてくる。ファビアンは広い屋外階段を使わず、側棟の狭い階段を上っていった。小さな小学生が二人、ファビアンのほうに近づいてきた。

「ハインリヒ」と、一方の子が呼んでいる。「すぐコウノトリのところへ行って、ノートもらってこい、って言われてるよ」

「待たせりゃ、いいだろ」と言って、わざとゆっくりハインリヒは、揺れているガラスのドアを通っていった。

「コウノトリか」と、ファビアンは思った。「なんにも変わってないんだな」。同じ教師たちがまだ残っている。あだ名もそのまま受け継がれている。交代するのは生徒だけだ。学年ごとに順番に教育され、陶冶される。朝早く用務員が鈴を鳴らす。狩りのような日課が始まる。寝室、洗面室、ロッカールーム、食堂。最下級の生徒たちがテーブルの支度をし、氷式冷蔵庫からバターの缶を出し、小型昇降機からホウロウ引きのコーヒーポットを取る。狩りはまだつづく。居間、掃除、教室、授業、食堂。最下級の生徒たちが昼食のテーブルの支度をする。狩りはまだつづく。自由時間、園芸、サッカー、居間、宿題、教室、食堂。最下級の生徒たちが夕食のテーブルの支度をする。狩りはまだつづく。居間、宿題、洗面室、寝室。最上級の八年生と九年生は、あと二時間は起きていることが許され、校庭でタバコを吸う。なんにも変わっていなかった。人だけが交代した。

ファビアンは四階にいた。講堂のドアを開いた。朝の祈り、夕べの祈り、オルガンの演奏、皇帝［ヴィルヘルム二世］の誕生日、［普仏戦争の戦勝を決定づけた］セダンの日、タネンベルクの戦い、塔の旗、復活祭の成績通知表、召集者の出陣、軍事教練の開始。そのたびにいつも決まって敬虔さと威厳に満ちたオルガンの演奏と祝辞があった。［国歌で歌われる］統一と正義と自由が、この講堂の雰囲気にしっかり食らいついていた。教師が通りかかると、今でも以前のように気をつけの姿勢をとる必要があるのだろうか？　水曜には二時間、土曜には三時間の外出時間があった。外出の許可が取り消されたときには、あいかわらず視学官につかまって、ハサミで新聞紙を切ってトイレットペーパーを作らされるのだろうか？

しかし当時でも幸せな時間があったのではないか？　当時はいつも、ここに広まっている嘘しか感じなかったのだろうか？　子どもの世代をまるごと従順な国家公務員と偏狭な市民に仕立てる、邪悪な秘密の暴力しか感じなかったのだろうか？　ファビアンは講堂を出て、薄暗い螺旋階段を上って、洗面室と寝室に行った。正面には鉄製のベッドフレームがずらりと並んでいる。壁という壁にはパジャマが軍隊式に整列して掛けられている。秩序が必要なのだ。夜になると最上級の八年生と九年生が校庭から戻ってきて、驚いている二年生や三年生にお構いなく、ベッドに横になった。下級生は黙っていた。秩序が必要なのだ。ファビアンは窓のところへ行った。川が流れている谷間で、古い塔やブリュールのテラスをもった街がかすかに光っている。みんなが眠っているとき、何度もファビアンは、窓から下を見おろして、母親が病気で寝ている家を探したものだった。何度も窓ガラスに頭を押しつけ、泣くのをこらえたものだった。でもファビアンは大丈夫だった。この牢獄にも、こらえた嗚咽《むせびなき》にも、へこたれなかった。当時のファビアンは縮こまったりはしなかった。ピストルで自殺した生徒も二、三人はいた。そんなに多い数ではなかった。戦争ではもっと多くの者が命を落としたにちがいない。今ではクラスの半分が死んでいる。ファビアンは階段を下りて、校舎を出て、校庭へ行った。以前はみんなで、柴ボウキやシャベルや先の尖った棒をもって手押し車を押して、枯れ葉を掃き集めたり、散らかっている紙くずを突き刺して歩いたものだった。校庭は広くて、ちょっとした小川に向かって斜面になっている。

　ファビアンは、昔からよく知っている小道を歩いた。ベンチに腰を下ろして、木々の梢《しずん》をながめて、また歩きつづけた。どんなに抵抗しても、目にしている景色によって過去に連れ戻されてしまう。寝室も食堂も洗面室も教室も、ファビアンを取り囲んでいる木や花壇も、現実ではなく、記憶なのだ。この場所にファビアンは自分の子どもも時代を置き去りにしていたのだが、今、それをふたたび見つけたのだ。ファビアンの子ども時代が、枝や壁や塔からファビアンに降りてきて、ファビアンはメランコリックな魔法のなかへますます深く入っていった。九柱戯場《9ピン・ボーリング》に来た。九本のピンは狙われてもいいように並んでいる。ファビアンはまわりを見回した。誰もいなかったので、箱からボールを取り出し、腕を後ろに引いて、前に走って、ボールをレーンに転がした。ボールは二、三回、小さくバウンドした。レーンはあいかわらず凸凹している。ピンが六本、バタンと音を立てて倒れた。

「どういうことですかな、これは?」と、怒る声が聞こえた。「部外者はお断りなんですよ!」。校長だった。昔とほとんど変わっていなかった。アッシリア風のひげが以前よりグレーになっていただけだ。

「失礼しました」と言って、ファビアンは帽子をとり、その場を離れようとした。

「ちょっと待って」と、校長に呼び止められた。ファビアンはふり返った。

「ここの卒業生じゃないですか?」と、校長がたずねた。そして手を差し出した。「なんだ、ヤーコプ・ファビアンじゃないか! よく来たね! うれしいな。母校が恋しくなったのかな?」。ふたりは挨拶をした。

「ひどい時代だ」と、校長が言った。「神のいない時代だ。正しい者がうんと苦しむことになる」

「誰ですか、正しい者って?」と、ファビアンがたずねた。「どこに住んでるのか、教えてください」

「あいかわらずだな、君は」と、校長が言った。「いつも一番優秀だったが、一番生意気だった。ところで今はなにをやってるのかな?」

「わずかな年金を国に認めてもらおうとしてるところです」

「失業したのか?」と、校長は厳しい顔でたずねた。「君にはもっと期待していたんだが」

ファビアンは笑った。「正しい者はうんと苦しむことになるんですよ」と説明した。

「あのとき国家試験を受けておけば」と、校長が言った。「今も無職にはならなかったのに」

「どう転んでもぼくは無職になってますよ」と、ファビアンはいらいらしながら応えた。

「たとえ職業に就いていたとしても。内緒で先生には教えますが、人類はですね、牧師と教育者は例外として、自分の頭がどこについてるのか、わからなくなっているんですよ。羅針盤《コンパス》が壊れている。それなのにここでは、つまりこの学校では、誰もそのことに気づいていない。先生たちは以前と同じように、先生たちのエレベーターで上下している。一学年から九学年まで。羅針盤《コンパス》なんていらないんですよね」

校長は両手をフロックコートのすそに突っ込んで、言った。「驚いたね。君には使命というものがないのかな？　若いんだから、帰って、人格を陶冶したまえ！　なんのために歴史を勉強したんだ？　なんのために古典を読んだんだ？　自分を磨いて、丸くて完全な人間になりたまえ！」

ファビアンは、栄養の足りた、うぬぼれの強い紳士を観察して、ほほ笑んだ。そして、「先生は、磨かれていて、丸くて完全な人間ですよ！」と言って、立ち去った。


通りでファビアンはエーファ・キントラーに会った。二人の子どもを連れていた。以前とくらべると、かなり太っていた。それでも彼女だとわかったのは、自分でも不思議だった。

「ヤーコプ！」と呼んで、彼女は赤くなった。「ぜんぜん変わってないね。ほら、おじさんに『こんにちは』のご挨拶をしなさい！」。子どもたちはファビアンに手を差し出して、膝を折って挨拶した。二人とも女の子だった。母親本人よりも母親に似ていた。

「少なくとも十年ぶりだね」と、ファビアンは言った。「元気？　いつ結婚したの？」

「主人はカローラ病院で医長をしてるの」と、エーファが話した。「あそこはあんまり給料がよくないの。自分で開業する余裕もないし。もしかしたらヴァンツベック教授といっしょに日本に行くかもしれない。そこでやっていけそうなら、わたしも子どもを連れて日本に行くのよ」。ファビアンはうなずいて、ふたりの小さな女の子を観察した。

「昔のほうがよかったわ」と、エーファが小声で言った。「両親が旅行に行ってたときのこと、覚えてる？わたしが十七歳のとき。時の経つのって、早いわね」。エーファはため息をついて、ふたりの小さな女の子が着ているセーラー服の襟をさすった。「自分の生活がちゃんとできるようになってないのに、もう子どもに対して責任があるんだから。今年は海にさえ行ってないのよ」

「まったくひどい話だな」と、ファビアンは言った。

「そうなの」と、エーファが言った。「さ、歩きましょうか。さよなら、ヤーコプ」。「さよなら」

「おじさんに握手しなさい！」

ふたりの小さな女の子は膝を折って挨拶し、母親にからだを押しつけて、帰っていった。ファビアンはしばらく立ち止まっていた。過去が角を曲がった。二人の子どもの手を引いて、再会しても誰だかわからないくらい、知らない人になって。「ぜんぜん変わってないね」と、過去はファビアンに言ってくれたのだが。

「どうだった？」と、母親がたずねた。ふたりで昼食後、店で、さらし粉の箱を開けた。

「兵舎に行ってきたんだ。小学校にも行ったよ。それからエーファにも会った。子どもが二人いた。亭主は医者だって」

母親は、棚に片づけたさらし粉の包みを数えている。「エーファに？　きれいな娘さんだったね。いったい、あのときはどうしてたの？　ほら、二日間、お前、家に帰ってこなかっただろう」

「エーファの両親が旅行に行ってたんだ。で、ぼくが何日かかけて性教育をしてやったんだ。彼女は初めてで、ぼくは非常に良心的に課題をこなした。本当に道徳的な真剣さでね」

「あのときは心配したんだよ」と、母親が言った。

「でも電報、打ったじゃないか」

「電報って、気味が悪いからね」と、母親が説明した。「三十分以上、電報の前にすわったまま、封を切る気がしなかったよ」

ファビアンがさらし粉の包みを渡しては、母親がそれを積み上げていった。「こっちで仕事を探すほうが、いいんじゃないかい？」と、たずねた。「うちで暮らす気には、全然ならないのかい？　居間で寝ることもできるんだよ。こっちのほうが若い娘も気立てがいいし、ベルリンみたいに狂っちゃいないよ。もしかしたらお嫁さんも見つかるかもしれないし」

「まだわからないな、どうするか」と、ファビアンは言った。「ここにいるかもしれない。働くつもりなんだ。仕事に就くつもりなんだ。そろそろちゃんとした目標をもつつもりなんだ。目標が見つからないなら、自分でつくるよ。このままじゃダメだからね」

「わたしの時代じゃ、そんなことなかったね」と、母親が言い張った。「お金を稼ぐことが目標だったのさ。それから結婚と、子どもをもつことがね」

「もしかしたら、ぼくもそういうのに慣れるかもしれない」と、ファビアンは言った。「なんだっけな、お母さんの口癖？」

母親は、さらし粉の包みを作る手を止めて、力をこめて言った。「人間は、習慣の動物だからね」

第23章

ピルゼン・ビールと愛国心
トルコ風ビーダーマイヤー
ファビアン、ただでもてなされる

夕方、ファビアンは旧市街《アルトシュタット》まで行った。橋から久しぶりに世界的に有名な建築物を見た。物心つくようになってから知っている建築物だ。かつてのドレスデン城、かつての王立オペラ、かつての宮廷教会大聖堂。どれもがすばらしく、以前のままだ。月が城の塔の先から、まるで針金のうえを滑っているかのように、じつにゆっくり転がっている。エルベ川の岸に沿って延びているブリュールのテラスは、古い木々や由緒ある博物館たちに覆われている。この町は、生活や文化ともども、退職している。ここに見えるパノラマは、お金をかけた霊廟に似ている。アルトマルクトでヴェンツカートに会った。「今度の金曜、市役所の地下食堂でクラス会なんだ」と、ヴェンツカートが話した。「まだこっちにいる？」

「いれればいいけど」と、ファビアンは言った。「都合がつくなら、出るよ」。ファビアンは先に行こうとしたが、ヴェンツカートに誘われた。女房が二週間前から温泉に行っているというのだ。ふたりでガスマイヤーへ行って、ビールを飲んだ。

三杯目を飲み終わると、ヴェンツカートが政治の話を始めた。「このままではダメなんだ」と文句を言った。「俺、鉄兜団に入ってるんだ。バッジはつけてない。仕事してるときは、鉄兜団だと知られるわけにはいかないからな。でも俺の気持ちは変わらない。絶望的な戦いが必要なんだ」

「君たちが始めたら、戦いになんかならないぞ」と、ファビアンは言った。「すぐに絶望だ」

「もしかしたらお前の言う通りかもな」と叫んで、ヴェンツカートはテーブルをどしんとたたいた。「そして俺たちは没落するんだ、畜生！」

「国民みんながそれで構わないのかどうか、ぼくにはわからない」と、ファビアンは反論した。「君たちがだよ、侮辱された七面鳥の名誉心をもって、あちこちで殴り合いするのが好きだからというだけで、どうして六千万の人に、厚かましくも没落を要求できるんだい？」

「それが世界史の常だったんだ」と、ヴェンツカートはきっぱり言って、グラスを飲み干した。

「そんなふうに見えるね、前から見ても、後ろから見ても、世界史ってやつは！」と、ファビアンは叫んだ。「世界史を読むなんて、恥ずかしいことだ。そんなものを子どもたちに苦労して教え込むなんて、恥ずかしいと思わなきゃ。以前そうだったからといって、なんで、いつもそうしなきゃならないんだ？　そんなことが徹底されてたら、ぼくたちは今でも猿みたいに木に登ったままだよ」

「お前、愛国者じゃないだろ」と、ヴェンツカートが言った。

「でも君は大馬鹿者だ」と、ファビアンは叫んだ。「そっちのほうがずっと始末が悪い」

それからふたりはビールをもう一杯飲んで、用心深く話題を変えた。

「いいこと思いついた」と、ヴェンツカートが言った。「売春宿へ行こう」

「まだあるのか、そんなものが？　法律で禁じられてる、と思うけど」

「もちろん」と、ヴェンツカートが言った。「禁じられてはいるが、まだあるんだ。そいつとこいつは、別の話。楽しんだらどうだ」

「そんな気はまったくないね」と、ファビアンは宣言した。

「女の子たちと発泡ワイン《ゼクト》飲むんだ。その後は好きにすればいい。冷たいこと言うなよ。いっしょに来てくれよ。俺のこと見張ってくれないか。女房を心配させるようなことしないように」


その建物は小さくて狭い路地にあった。その前に立ったとき、そこが駐屯軍の将校たちが乱痴気騒ぎをやった場所であることを、ファビアンは思い出した。二十年前のことだ。建物の様子は変わっていない。順調に行っているなら、昔と同じ女たちが住んでいるわけだ。ヴェンツカートがベルを鳴らした。家の中の足音が近づいてきた。ドアののぞき穴から片目でじっとのぞいている。ドアが開いた。ヴェンツカートが用心して辺りを見回した。路地に人影はなかった。ふたりは入った。

ふたりは、つぶやくように挨拶する婆さんの横を通り過ぎ、幅の狭い木の階段を上っていった。女将《おかみ》が姿をあらわして、言った。「こんにちは、グスタフさん、また来てくれたんだね？」

「発泡ワイン《ゼクト》！」と、ヴェンツカートが叫んだ。「リリー、まだいる？」

「いいえ、でもロッテがいるわ。お尻の大きさも、旦那さんに文句は言わせないくらい。さ、掛けて！」

案内された部屋は六角形で、トルコ風ビーダーマイヤーのインテリアだ。ランプが赤い光を放っている。

どの壁にも鏡板がはめてあり、象眼細工と裸の女で飾られている。両側に背の低いクッションが並べられていた。二人は腰を下ろした。

「不景気みたいだな」と、ファビアンが言った。

「誰も金持ってないからな」と、ヴェンツカートが説明した。「おまけにこの商売は時代遅れだし」

そのとき二人の女が部屋に入ってきて、常連のヴェンツカートに挨拶した。ファビアンは隅にすわって、その光景をながめていた。女将が、発泡《ゼクト》ワインと氷を入れた桶をもってきて、グラスに注ぎ、「乾杯！」と叫んで、みんなで飲んだ。

「おい、ロッテ」と、ヴェンツカートが言った。「お前たち、みんな脱げ！」

ロッテは太った女で、陽気な目をしていた。「いいわ」と言って、ほかの女たちと部屋を出た。一分後、女たちが戻ってきて、二人の客のあいだにすわった。

ヴェンツカートが飛び上がり、平手でロッテの尻をパシッとたたいた。ロッテは金切り声をあげ、ヴェンツカートにキスをして、「いいわよ、お願い」などとつぶやきながら、「部屋、出ましょう」とせき立てた。二人は姿を消した。

ファビアンは女将と二人の裸の女といっしょにテーブルにむかってすわって、発泡《ゼクト》ワインを飲んで、世間話をした。「ここはいつもこんなに暇なの？」と、ファビアンがたずねた。

「この前、合唱団のお祭りのとき、お客さん多かったわ」と言って、ブロンドの女が乳首を指先でもてあそびながら考えこんだ。「あのとき、あたし一日で十八人の相手をしたな。でも普段は死ぬほど退屈」

「修道院にいるみたい」と、見捨てられたように言って、小柄なブルネットの女がファビアンにからだを寄せてきた。

「発泡《ゼクト》ワイン、もう一本どう？」と、女将がたずねた。

「やめておこうかな」と、ファビアンは言った。「二、三マルクしか持ってないんだ」

「あら、冗談でしょ！」と、ブロンドの女が叫んだ。「グスタフがお金持ってるわ。おまけにここじゃ、付けがきくのよ」。女将は立ち上がって、二本目のびんを取りに行った。

「二階のあたしの部屋へ来ない？」と、ブロンドの女がたずねた。

「お金を持ってない、って言ったのは嘘じゃないんだ」と言って、ファビアンは嘘をつく必要がないことを喜んだ。

「どうしようもないわね」と、ブロンドの女が言った。「あたしがこんなとこで働いてるのは、湯治のためなの？　さ、二階に行こうよ、お金は後日、ついでのときでいいから！」。ファビアンは断った。しばらくしてヴェンツカートが部屋に戻ってきて、ブロンドの女の横に腰を下ろした。「あんたはもう、あたしのそばにすわらなくていいんだよ」と、女はむっとした顔で言った。ロッテも姿をあらわした。両手でお尻を押さえている。「まったくブタだわ、あんた！」と嘆いた。「いつもこんなにぶたれるんだから！これで三日はすわれやしない」

「あと十マルクやるよ」と、ヴェンツカートが言った。ロッテはそのお金を短靴の中に突っこんだ。かがみ込んでいるあいだに、また後ろからぶたれた。ロッテは怒った目をして、ヴェンツカートにつかみかかろうとした。

「すわってろ！」と、ヴェンツカートが命令した。それからブロンド女の腰に腕をまわして、「どうだ、行かないか？」とたずねた。

ブロンド女はヴェンツカートの顔を試すように観察して、言った。「でもあたし、ぶたれるのゴメンだよ。変態、嫌いなんだから」

ヴェンツカートはうなずいた。ブロンド女は腰を上げ、解剖される裸のからだを揺らしながら、先に歩いた。

「監視してくれ、って言われてたんだが」と、ファビアンが言った。

「だがな、おい」と、ヴェンツカートが言った。「心配事があるやつには、リキュールもありだ」。そしてブロンド女の後を追った。

女将は二本目のびんを持ってきて、発泡《ゼクト》ワインを注いだ。ロッテはヴェンツカートのことをののしり、みみず腫れを見せた。小柄なブルネットの女がファビアンの上着を引っ張って、「わたしの部屋に来ない？」とささやいた。ファビアンは女をじっと見た。大きな目で、真剣にこちらを見つめている。「見せたいものがあるの」と静かに説明した。それから二人はいっしょに部屋を出た。

小柄な裸の女の部屋は、二人がこれまでいたサロンとまったく同様に、トルコ風の無趣味なインテリアだ。ベッドは一面に花模様で、レースに覆われている。壁に掛かっている絵は、じつにくだらない絵ばかりだ。電気ストーブで部屋の空気を暖めている。窓が開いている。花をつけている鉢植えが三つ、窓の前に置いてある。

女は窓を閉め、こちらに寄ってきて、ファビアンを抱き、ファビアンの顔をなでた。

「なにを見せたかったんだい？」と、ファビアンはたずねた。女はなにも見せなかった。なにも言わなかった。じっとファビアンを見つめた。

ファビアンは女の背中を優しくトントンとたたいた。「お金、持ってないんだからね」と言った。女は首をふり、ファビアンのチョッキのボタンを外し、ベッドに横になって、身動きしないで待ちながら、ファビアンを観察していた。

ファビアンは肩をすくめ、スーツを脱ぎ、女のそばで横になった。女はほっと大きく息を吸って、ファビアンを抱いた。そうっと注意深くファビアンに身をまかせた。目が真剣にファビアンの顔を見つづけていた。ファビアンはうろたえた。処女を口説いて軽率な行動に走らせてしまったかのような気分だ。女は黙ったまだ。ただしばらくしてから女の口が開いた。うめいたのだが、それもじつに控え目だった。

終わってから女は水をもってきた。そのボウルに二つのびんから化学薬品を垂らし、かいがいしくタオルを差し出して持っていた。

ヴェンツカートはロッテとブロンド女のあいだにすわっていた。ファビアンに会釈したが、疲れていた。二人はびんを空にして、帰ることにした。ファビアンは小柄なブルネットの女に二枚の二マルク硬貨を握らせた。「これしか持ち合わせがないんだ」と、小声で言った。女は真剣な目でじっとファビアンを見つめた。

それからみんなで階段に向かった。ヴェンツカートはまた大声になった。ほろ酔いだった。突然、ファビアンはポケットの中に誰かの手を感じた。二枚の二マルク硬貨がまた入っていた。

「こんなことあると思うか?」と、ヴェンツカートにたずねた。「小柄な女に四マルク渡したんだ。そしたらその金をそっと返してきたんだ」

ヴェンツカートは大声であくびをして、言った。「惚れられたんだな、お前。あの子にはそういうことが必要だったんだろう。ところでヤーコプ、お前、クラス会に来ても、今の店のことは内緒だぞ！　それから忘れるな。金曜の晩、市役所の地下食堂だからな」。そしてヴェンツカートは帰っていった。

ファビアンはもうすこし散歩した。通りにはほとんど人影がなかった。市電が空っぽで車庫に入っていった。ファビアンは橋の上で立ち止まって、流れを見おろした。いくつものアーク灯がまたたきながら川面に映っている。水に墜落した、いくつもの小さな月が連なっているみたいだ。町を取り囲んでいる、いくつもの丘の上では、たくさんの明かりがまたたいている。

ファビアンがここに立っているあいだ、ラブーデはグルーネヴァルトの邸宅の棺台に横たわり、コルネリアはマカルト氏の家の天蓋つきベッドに横たわっている。ふたりともずいぶん遠くで横になっている。ファビアンが立っているのは、別の空の下。ここではドイツも熱がない。ここでは低体温なのだ。

第24章

クノル氏には魚の目がある
日刊新聞《ターゲスポスト》は有能な人材を必要としている
泳ぎを習っておけ！

その翌日、ファビアンはパン屋に行って、そこからヴェンツカートのオフィスに電話をかけた。ヴェンツカートにはほとんど時間がなかった。裁判所に行かなければならないのだ。ファビアンは、管理職のポストをくれそうなやつを知らないか、とたずねた。

「ホルツアプフェルのとこに行ってみろよ」と、ヴェンツカートが言った。「あいつ、日刊新聞《ターゲスポスト》にいるんだ」

「そこでなにやってるの？」

「まず第一にスポーツ欄の編集者。それから第二に自分で音楽批評を書いている。もしかしたらなにか知ってるかもな。それから、金曜の晩のこと、忘れないように、と言ってくれ。じゃあな」

ファビアンは家に帰って、話をした。アルトシュタットに行って、ホルツアプフェルに会ってくるよ。

「日刊新聞(ターゲスポスト)」で編集者やってるんだ。もしかしたら助けてくれるかもしれない。母親は店にいて、客を待っていた。「だったら、すごくいいんだけどね、ぼく」と言った。「神様のお恵みを！」

市電がカーブしたので、ファビアンは木のようにのっぽの紳士と衝突した。おたがいにムッとして顔を見合わせた。「おや、知らない顔ではありませんな」と言って、紳士が手を差し出した。クノルとかいう男だ。予備役中尉だったやつだ。ファビアンが所属していた一年志願兵中隊の教練を任されていた。まるで死神と悪魔から配当金でももらっているかのように、十七歳の若者たちを虐待し、若者たちに虐待させた男だ。

「すぐに手を引っ込めなさい」と、ファビアンは言った。「でないと、手に唾ひっかけますよ」

運送業をやっているクノル氏は、ファビアンの本気の忠告に従って、狼狽しながら笑った。乗降口にいたのが二人だけではなかったから。

「いったい私がなにをしたっていうんですか？」と、わかっているのにクノル氏はたずねた。

「そんなにのっぽじゃなかったら、一発見舞ってやるんですがね」と、ファビアンは言った。「大事なほっぺたまでぼくの手が届かないから、ほかの手を考えるしかない」。そう言ってファビアンは、クノル氏の魚の目を思いっ切り踏んづけたので、クノル氏は唇を嚙んで、まっ青になった。まわりにいた乗客が笑い、ファビアンは市電を降りて、残りの道を歩いた。

同級生だったホルツアプフェルは、すっかり大人になっている印象だった。びんビールを飲み、未校正のゲラ二、三枚に象形文字を書きつけていた。「すわって、ヤーコプ」と言った。「競馬の予想、それにピアノ演奏会の報告、の校正やらなきゃ。久しぶりだな。どこにいたんだい？　ベルリン、かな？　俺もまた行きたいと思ってるんだがね。そういうわけにはいかない。仕事がいっぱいで休めないし、ビールも休めない。脳にたこができて、尻にもたこができてる。ガキはどんどん年とるし、ガールフレンドはどんどん若くなる。ともかく肺炎じゃなきゃな」。とりとめのないことを言いながら、ホルツアプフェルは校正をし、平気で飲みつづけている。「コッペルは離婚したぞ。女房が二人も男をつくったことに気づいてな。あいつは昔から優秀な機械工だった。ブレチュナイダーは薬局売って、ちっぽけな農場を手に入れた。栽培した作物で、ベリーのコンポートや塩ゆでジャガイモを作ってる。気に入ったものには、みんな金を出すからな。よし、ピアノ演奏会のほうは後でいいか」。ベルを鳴らして用務員を呼び、競馬予想のゲラを植字室へ送った。そこでファビアンが話をした。職を探してるんだ。この前まで宣伝の仕事をやってたんだけどね。でもどんな仕事でもいいんだ。要はさ、この町で就職口を見つけることなんだ。

「音楽はダメだしな。ボクシングもダメだな」と、ホルツアプフェルが確認した。「もしかしたら文芸娯楽欄で使ってもらえるかもしれない。演劇評のアシスタントとか、ま、そういったあたりで」。ホルツアプフェルは電話をかけて、社長と話をした。「あいつのところへ行ってくれ。うぬぼれが強いけど、呑みこみの早い男だ」

　ファビアンはお礼を言い、相手にクラス会の念を押し、ハンケ社長との面会を頼んだ。「ドクター・ホルツアプフェルとは、同級生だったとか？」と、社長がたずねた。「大学では文学史を専攻していたんですね？目下のところ、空いているポストはないんです。でも大した問題じゃない。あなたが有能なら、有能な人材はいつでも歓迎です。二週間はですね、フリーで働いてください。文芸娯楽欄のボスに紹介します。あなたの書いたものが気に入られなければ、運がなかったものとあきらめてください。そうでなければ、社外スタッフとして働いてもらいます」。社長がベルを押そうとした。

「ちょっと待ってください、社長さん」と、ファビアンは言った。「チャンスをくださいまして、ありがとうございます。ただですね、できれば宣伝の仕事をしたいと思っているんです。たとえば広告主のための相談窓口を設置したり、依頼主のために魅力的な広告文を提案したり、場合によっては全面的な広告キャンペーンを打ったりできると思うんです。巧妙で組織的な広告によって新聞の発行部数を拡大することもできると思います。大口の広告主と協同でですね、有利な懸賞募集をやることもできると思います。定期購読者のためにボクシングの試合とか、大がかりな催し物をやることもできると思うんですよ」

社長は注意深く耳を傾けていた。そして、「うちの大株主はベルリンの方式に賛成しないもので」

「でも株主も、部数が増えることには賛成ですよね！」

「持って回った手を使わないのであれば」と、社長はきっぱりと言った。「いずれにしても、うちの広告担当のボスと話をしてみるつもりだ。ある程度はやっぱり手を打つべきかもしれないのでね。いつまでもなにもしないというわけにはいかない。明日、十一時に来てください。なにができるか、考えてみます。これまでの仕事を二、三、持ってきてください。それから証明書も。その種の在庫があれば、ですがね」

ファビアンは立ち上がって、関心をしめしてもらったことにお礼を言った。

「働いていただくとしても」と、社長が言った。「夢みたいな金額は期待しないでください。二百マルクは今日じゃ、非常な大金ですからな」

「社員にとってですか？」と、ファビアンは好奇心に駆られてたずねた。

「いや」と、社長が言った。「株主にとって」

ファビアンは、カフェ・リンベルクにすわっていた。コニャックを飲んで、考えごとをしていた。俺の計画は狂気の沙汰だ。お慈悲で採用されたら、俺は右派の新聞のために部数拡大の手助けをすることになるぞ。目的がどうであれ、俺は宣伝の仕事に魅力を感じてるだけなんだ、などと言い訳しようというのか？　そうやって自分を欺こうとしているのか？　百マルク札を毎月二枚もらうために、自分の良心にクロロフォルム麻酔をかけるつもりなのか？　俺はミュンツァーとその一味の仲間なのか？

お袋は、喜んでくれるだろう。俺が社会の有用な一員になることを願っている。この社会の、つまりこの有限会社の、有用な一員になることを！　だがそうはいかない。俺はまだそんなに落ちぶれちゃいない。金を稼ぐことは、俺にとってはあいかわらず大事な問題ではないのだ。

ファビアンは、「日刊新聞《ターゲスポスト》」にもぐり込むことができたことを、両親には黙っていることにした。もぐり込むつもりはない。畜生。俺は降参しないぞ！　社長に断ることにした。そう決心してしまうと、たちまち気分がよくなった。ラブーデからもらった残りの千マルクをもって、エルツ山地に出かけ、どこか静かな農家の屋敷に滞在することもできる。それだけの金額があれば、半年以上はやっていける。病気の心臓が反対しないかぎり、山歩きをすることもできる。尾根も、いろんな頂上も、おもちゃのように小さな、いろんな町も、ファビアンは学校のとき山歩きに行って以来、よく知っている。いろんな森も、いろんな山の草原も、いろんな湖も、貧しくてしょんぼりした、いろんな村も、よく知っている。ほかの連中は南の海へ行くが、エルツ山地のほうが安上がりだ。もしかしたら山に行けば、自分を取り戻せるかもしれない。もしかしたら山に行けば、なんとか一人前の男になれるかもしれない。もしかしたら誰もいない森の小道で、人生を懸けるに値する目標が見つかるかもしれない。もしかしたら五百マルクでも十分かもしれない。残りの五百マルクは、母親に残すこともできる。

では出発だ、自然の懐へ、駆け足だ！　ファビアンが戻ってくるまでに、世界は一歩前進しているか、二歩後退しているかだろう。どちらに転がろうとも、現在と違ってさえいれば、どんな情勢でも現在よりまともだ。現在と違ってさえいれば、どんな状況でも、それが闘いであれ、仕事であっても、ファビアンにとっては見込みがある。ぬかるみにはまった子どものように、もう道から外れているわけにはいかない。ファビアンはまだ手伝うことも、精力的に動くこともできない。どこで動けばいいのか、誰と同盟を結べばいいのか、わからないからだ。自分と自分に似た者たちに向けてスタートの合図のピストルが鳴らされるまで、ファビアンは静かな場所に行って、山からその時の来るのに耳を傾けていようと思った。

ファビアンはカフェを出た。しかしファビアンの計画は、逃走ではないのか？　行動しようと思う者にとっては、どんな時にも、どんな場所でも、現場があるのではないのか？　何年も前からファビアンはなにを待っているのか？　ファビアンは今、この世界という劇場の俳優になるのだと信じているが、そうではなくて、もしかしたら、観客になる運命をもって生まれてきたのだ、という認識を待っているのかもしれないのでは？

ファビアンは商店街で立ち止まっていた。洋服や、帽子や、指輪を見ていたが、なにも見てはいなかった。コルセットの店の前で、我に返った。生きるということは、もっとも興味深い営みのひとつだった。いろんなことにもかかわらず。シュロース通りにはバロック風の建物がまだいくつも残っている。建設者と最初の賃貸人はとっくの昔に死んでいる。それが逆でなくて幸せだ。

ファビアンは橋を渡った。

突然、目に入ってきた。小さな少年が石の橋の欄干の上でバランスをとっている。

ファビアンは足を速めた。走った。

そのとき少年がよろめいて、甲高い叫び声をあげ、がくっと膝を折り、両腕を広げて、欄干から下の川に落ちた。

悲鳴を聞いた通行人が二、三人、ふり返った。ファビアンは幅の広い欄干から、身を屈めて乗り出した。子どもの頭と、水をバタバタたたいている手が見えた。ファビアンは上着を脱ぎ、子どもを救うために、川に飛び込んだ。二両編成の市電が停車した。乗客が車両から降りてきて、事のなりゆきを見守った。川岸では興奮した人たちがあちこち走っていた。

小さな少年は泳いで、泣きわめきながら岸に着いた。

ファビアンは溺れて死んだ。あいにく泳げなかった。

ファビアンと道学者先生たち

『ファビアン』のあとがきとして考えられたものだが、1931年10月15日の初版（Deutsche Verlags-Anstalt版）には収められなかった。雑誌「世界舞台」（1931年10月27日）で発表され、1959年の著作集（Atrium/Dressler/Kiepenheuer & Witsch版）にはじめて収録された。タイプ原稿のタイトルは、〈道学者先生たちのためのあとがき〉

何歳で堅信礼を受けるのかはともかくとして、この本は、堅信礼を受ける年頃の少年少女のために書かれたものではない。作者はくり返し、解剖学上の男女の違いに言及する。いろんな章では、すっ裸の女性やほかの女がうろつく。平然と肉体関係と呼ばれるあの行為が、くり返し暗示される。アブノーマルなセックスが、ためらいもせず言及される。「この人、猥褻《わいせつ》な話が好きですな」と道学者先生に言われかねないことも、省略されていない。

それに対して作者は応える。「これでもモラリストなんですよ！」

身をもってした経験やそれ以外の観察によって、作者はわかった。自分の本ではどうしてもエロティシズムがかなりのスペースを要求してしまうのだ。等身大の人生を写真に撮ろうとしたからではない。そんなことは望みもしなかったし、実行もしなかった。だがなにより重要だったのは、自分が描いている人生の、プロポーションをゆがめないこと。この課題に対する敬意のほうが、心優しさに勝っていたのかもしれない。作者はそれでいいと思っている。男性、女性、中性の道学者先生たちが、またぞろせかせか動きはじめた。連中は、執行官のようにやたら数が多く、あちこち走り回っている。精神分析の訓練を受けているので、鍵穴という鍵穴、ステッキというステッキに、イチジクの葉っぱを貼りつけていく。だが連中が気にしてつまずくのは、第二次性徴だけではない。連中は、作者を「ポルノ作家だ」と非難するだけではないだろう。「ペシミストだ」とも決めつけるだろう。あらゆる党派、あらゆる帝国同盟の道学者先生たちにとって、「ペシミストだ」という陰口こそ、もっとも悪意に満ちたものなのである。

市民なら誰でも、鍋に自分の希望をぶちこんでおけ。それが道学者先生たちの意向だ。その希望が軽ければ軽いほど、たっぷり希望を鍋にぶちこんでくれようとする。ところが連中は、グツグツ煮込めばブイヨンになるものを、もうなにひとつ思いつかない。おまけに以前思いついたものは、とっくの昔に多くの人の手で歴史の堆肥にされてしまった。だから連中は考えこむ。「いったい想像力のサラリーマンは、つまり作家は、なんのために存在しているのかね?」。それに対して作者は応える。「これでもモラリストなんですよ!」

作者に見えている希望は、ただひとつ。それを作者は口にしているのだ。作者には、同時代の人びとが、ロバのように強情に、後ろ向きに歩いているのが見える。奈落が口をぽっかり開け、ヨーロッパの全国民が墜落するのを待っている。だから作者は、自分の前を歩く人たちや、自分とは別の道を歩く人たちと同様に、叫ぶのだ。「気をつけろ!　落っこちるときは、左手で左のグリップを!」

もしも人びとが賢くならないなら(ここで人びとというのは、ひとりひとりの人間のことであり、かならずしも他人のことだけではない）、もしも人びとが、ようやく前進することを選択して、部落から離れ、理性に向かわないなら、いったい全体、どこにまともな希望があるのだろう？　礼節をわきまえた人間が、母親の首にかけて誠実に誓うことのできるような希望は、どこにあるのだろう？

作者は率直さを愛し、真実を尊敬する。作者は、作者の愛する率直さでもって、ひとつの状態を描いた。作者の尊敬する真実を目にして、ひとつの意見を述べた。だから道学者先生たちは、作者の本を第一印象でぐさりと刺し殺す前に、作者がくり返しここで断言したことを、思い出していただきたい。

作者は言った。「これでもモラリストなんですよ！」

ファビアンと美学者先生たち

『ファビアン』のあとがきとして考えられたものだが、１９３１年10月15日の初版には収められなかった。行方不明と思われていたが、ケストナー・アルヒーフで発見され、１９９８年の作品集（C. Hanser版）にはじめて収められた。タイプ原稿のタイトルは、〈美学者先生たちのためのあとがき〉

道学者先生たちは作者のことを考える。美学者先生たちは本のことを考える。

この本にはストーリーがない。月二百七十マルクという報酬の職のほかになくなるものはない。札入れも、真珠のネックレスも、思い出もなくならない。そういうものは普段、物語の最初になくなって、最後の章でふたたび見つかって、みなさんがホッとするものなのだが。この本では、ふたたび見つかるものはなにもない。作者は小説というものを、無定形のジャンルだなどと考えているわけではない。にもかかわらず今回この本では、石材を建築に使うことはしなかった。

危うく推測されるかもしれない。「意図が問題なんだな」

重要な人物が登場し、早々と姿を消す。重要でない人たちがやって来ては、まるでふさわしくない性急さで帰っていくことが、くり返される。青年がピストル自殺をする。別の青年は溺れて死ぬ。このふたつの死亡事件は、外から見ると、ほとんど正当な理由がない。ふたりとも、ついうっかり命を落とすので、読者は質問したくなるのではないか。「人を納得させるような原因があったのだろうか？　なぜ作者は、ふたりの死に必然性を拒んだのか？」

危うく推測されるかもしれない。「意図が問題なんだな」

帽子をかぶっていない人の頭に落ちてくる可能性のある屋根瓦の数は、日増しに増えている。起きることの愚かさは、起きることの増大するテンポに刺激されて、偉容を誇っている。偶然が支配するので、使用可能な梁はすべてぐらついている。人生は興味深い。それは、私たちが光栄にも飲み干すことのできるスープに浮かんでいる、たった一本の美味な髪の毛だ。

現状は、以前よりもはるかに偶然を糧にしている。現状の描写は、と作者は自問する。なにを糧にするべきか？　どの日もどの日も、それを体験する者にとっては、逆方向の列車に乗って間違った目的地に向かう旅である。多くの可能性があり、そのうちのたったひとつだけが事実となるわけだから、考えられないようなことが現実になる。理性は亡命した。残されたのは、錯綜した状態と、途方に暮れた人間だけ。どんなふうにしてこの両者を読者に的確に感染させることができたか？　もしかしたら読者が読後に飛び上がって、テーブルをたたいて、「この現状を変えるしかない！」と大声で叫ぶ。そんな具合に読者を動員することなど、そもそも、どうやってできたのだろう？

この本にはストーリーがない。建築のような構造がない。目的にかなって配分されたアクセントがない。

読者を満足させる結末がない。

正しいと思われようが、思われまいが、正しく推測されるのだ。「そういう意図だったんだな！」

まえがき（一九四六年）

タイプ原稿のタイトルは、〈新版へのまえがき〉

最初の世界大戦の十年後に生まれた本書について、時の経つうち、じつにさまざまな判断が聞こえてきた。多くの人にほめられたが、その人たちにさえ誤解された。今世紀二回目の大戦の一年後である今なら、当時よりもよく理解してもらえるということも、ありえない。いったいどうして？　趣味についての判断への道筋は、十二年間、もっぱらファシストの事務屋たちの手に委ねられていた。見解や理想は、決まり文句で作られた。焼き型で作られるレープクーヘンのように。判断や意見は、食べやすくして配給され、あらゆる場所で丸呑みされた。若い世代は、判断は自分ですることができる、ということをほとんど知らない。そして自分で判断しようとしても、どうすればいいのか、わからない。芸術も自分のことを、豚の檻のなかに置かれている陶器のカップだと思っている。

だから今日では当時よりももっと理解されないだろうが、『ファビアン』は「不道徳な」本などではなく、明らかに道徳的な本なのだ。原題は、『犬どもの前に行く［＝破滅］』。いくつかの極端な章とともに、最初の版元にダメだと言われたのだが。この原題を本の表紙に掲げるだけで、著者ははっきり伝えるつもりだった。そう、この小説には明確な目標があった。警告しようとしたのだ。ドイツが、そしてドイツとともにヨーロッパが、奈落に近づきつつあることを、警告しようとしたのだ。この小説は、適切な手段で、ということはこの場合、あらゆる手段で、という意味でしかないのだが、最後の数分に強要しようとしたのである。よく聞いて、よく考えるように、と。題名としては、一九三〇年頃しばしば上演されていた「フェルディナント・ブルックナーの」芝居の題名もふさわしかったかもしれない。『若者の病気』である。

大失業、経済の不況につづく心の不況、自分を麻痺させて気を紛らわせようとする病的な欲求、思慮のない党派の活動。それらは、近づきつつある危機という嵐の前兆だった。嵐の前の不気味な静けさも、欠けてはいなかった。——つまり、伝染性の麻痺に似た怠惰な心も、あった。衝動的に、その嵐とその静けさに抵抗した人もいたのだが、排除された。むしろ、みんなが耳を傾けたのは、年の市でからし軟膏や特許溶液を売りつける大道商人や太鼓たたきのほうだった。連中のあとを追って、みんな、奈落に落っこちた。その奈落に今度は私たちが、生者というよりは死者として到着したのだ。

当時の大都市の状態を描いている本書は、詩や写真のアルバムではなく、風刺なのだ。あったことをそのまま記述せず、誇張している。モラリストたる者、自分の時代に突きつけるのは、鏡ではなく、ゆがんだ鏡。カリカチュアは、芸術の正当な手段であり、モラリストのなしうる究極のものである。それすら役に立たないなら、もうどんなことも役に立たない。どんなことも役に立たないということは、めずらしい話ではない。むしろ、そんなことでモラリストが失望するようなことがあれば、めずらしい話だろうが。モラリストの定席は今も昔も、勝ち目のない持ち場である。その持ち場でモラリストは全力をつくす。モラリストのモットーは、「それにもかかわらず！」なのだ。

一九四六年夏、ミュンヘン
エーリヒ・ケストナー

まえがき（一九五〇年）

タイプ原稿のタイトルは、〈本書新版への著者のまえがき〉

かれこれ二十五歳になろうとする本書について、時の経つうち、じつにさまざまな判断が出回ってきた。ほめてくれる人もいたが、その人たちにさえ誤解された。今日なら、もっとよく理解してもらえるのだろうか？　とんでもない！　いったいどうやって？　第三帝国では、趣味についての判断が国有化され、決まり文句となって配給され、何百万回も丸呑みされた。おかげで趣味と判断は、幅広い階層にわたって、私たちの時代にいたるまで堕落してしまった。そして今日ではもう、その趣味と判断が息を吹き返せないうちに、新しい権力たちが、より精確には、非常に古い権力たちが、狂信的にやろうとしていることがある。またしても標準化された意見を――つまり、これまでの意見と変わり映えしない意見を――集団接種によって広めようとしているのだ。判断は自分ですることができ、自分でするべきものなのだ、ということを多くの人は、まだ知らない。もはや知らない。自分で判断しようとしても、どうやればいいのか、わからない。そしてすでに青少年保護という名目で、現代芸術と現代文学には後見人法が準備されている。「破壊的」という言葉が、反動派のボキャブラリーでは、とっくの昔に第一位に返り咲いている。誹謗は、目的を正当化するだけでなく、あまりにもしばしば目的を達成する、例の手段のひとつなのだ。

だから今日では当時よりももっと理解されないだろうが、『ファビアン』は「不道徳な」本などではなく、明らかに道徳的な本なのだ。原題は、『犬どもの前に行く〔＝破滅〕』。いくつかの極端な章とともに、最初の版元に却下されたのだが。この原題を本のカバーに掲げるだけで、著者ははっきり伝えるつもりだった。そう、この小説には明確な目標があった。警告しようとしたのだ。ドイツが、そしてドイツとともにヨーロッパが、奈落に近づきつつあることを、警告しようとしたのだ！　この小説は、適切な手段で、ということはこの場合、あらゆる手段で、という意味でしかないのだが、最後の数分に強要しようとしたのである。よく聞いて、よく考えるように、と。

大失業、経済の不況につづく心の不況、自分を麻痺させて気を紛らわせようとする病的な欲求、思慮のない党派の活動。それらは、近づきつつある危機という嵐の前兆だった。嵐の前の不気味な静けさも、欠けてはいなかった。――つまり、伝染性の麻痺に似た怠惰な心も、あった。衝動的に、その嵐とその静けさに抵抗した人もいたのだが、排除された。むしろ、みんなが耳を傾けたのは、年の市でからし軟膏や有毒な特許溶液を売りつける大道商人や太鼓たたきのほうだった。ハーメルンの笛吹男のようなネズミ取りのあとを追って、みんな、奈落に落っこちた。その奈落に今度は私たちが、生者というよりは死者として到着し、なにごともなかったかのように、そこに順応しようとしている。

当時の大都市の状態を描いている本書は、詩や写真のアルバムではなく、風刺なのだ。あったことをそのまま記述せず、誇張している。モラリストたる者、自分の時代に突きつけるのは、鏡ではなく、ゆがんだ鏡。

カリカチュアは、芸術の正当な手段であり、モラリストのなしうる究極のものである。それすら役に立たないなら、もうどんなことも役に立たない。どんなことも役に立たないということは、――当時も今日も――めずらしい話ではない。もっとも、そんなことでモラリストが失望するようなことがあれば、めずらしい話だろうが。モラリストの定席は今も昔も、勝ち目のない持ち場である。その持ち場でモラリストは全力をつくす。モラリストのモットーは、昔からずっと、そして今も、「それにもかかわらず！」なのだ。

一九五〇年五月、ミュンヘン

エーリヒ・ケストナー

盲腸のない紳士

版元の提案によりカットされた章。初出は、1932年のアンソロジー『新しいドイツの新しい語り手30人』(Malik-Verlag)

ファビアンはボスの前に立ちはだかった。「特別手当、ぼくに押しつけてくれるんですか?」

「冗談、よしてくれ。笑うな、って医者に言われてるんだ。笑うと、傷口が開いてしまうから」

これは好機だぞ、とフィッシャーは思った。近くに行って、体調をたずねた。

「非常に厄介でね」と、部長は悠然と言った。「腹なんだよ、フィッシャー君。君はいいな、腹が出てなくて。君みたいな体型なら、盲腸炎だって落ち着いて拝めるんだが」

フィッシャーはお世辞笑いをした。ブライトコップがまくし立てた。傷がさ、まだ治っておらんのだよ。毎日、医者通いだ。切ったのは、ここからここまでね。ブライトコップは、チョッキの上から傷の長さをしめした。それから、ふたりにたずねた。「ひとつ、見物してみるかね?」

ッフィッシャーは、ぺこりと頭を下げた。ファビアンは手で、どうぞお願いします、と伝えた。ブライトコップは、ドアのところへ行って、かんぬき錠をかけた。それから上着とチョッキを脱いで、ソファに放り投げ、ズボン吊りを外して、ズボンを下ろし、ズボン下のボタンを外した。「男がどんな格好してるか、おおよそのところは知ってるだろ」と言って、シャツをまくり上げて、あごではさんだ。

「コルセットしてるんですね、部長さん！」と、同僚のフィッシャーが叫んだ。

「腹を固定しておかなきゃならんからさ。こいつがないと、垂れてくる。そうなると治りが今より悪くなる。さあ、留めひも、外してくれ！　そうっとだぞ！」

フィッシャーが、言われた職務を果たした。コルセットがゆるんだ。ブライトコップはそれを外して、上着とチョッキのほうに投げ、命令口調で言った。「さて諸君、このブタっ腹、よく見るんだ！」

当たらずとも遠からずの表現だった。ブライトコップの腹には、その南半球に、つまりその所有者には見えないところに、いくつもの綿球と、黄色くなった帯ガーゼ一枚が貼りついていた。部長がそれを外すと、幅の広い、刺し子縫いされ、炎症を起こしている傷が丸見えになった。「さあ、じっくり見てくれ」と言った。

毛むくじゃらで、裸だが、それでもやっぱり部長である人間の前で、ふたりは屈みこんだ。「うひゃー！」と、フィッシャーが叫んだ。カナリア諸島のテネリフェ島にあるスペイン最高峰の山頂とか、世界の七不思議の次の八番目の不思議とかを、目にしたかのような叫び声だった。ブライトコップは、シャツをあごで押さえていたのだが、それが外れない程度にふんぞり返った。

「すごい！」と、ファビアンが言った。「こんななのに、ベッドで寝てないんですね？　寝込むなんて無責任ですからね」

「義務というものを心得ておるわけだ」と、ボスが言った。

「実際、そういう姿勢のままで傷が見えるものなんですか？」と質問したファビアンは、あいかわらず屈みこんでいた。

ブライトコップは首をふって、言った。「鏡がないと無理だ。山の裏側をのぞくには」期待されていたようなので、フィッシャーが声を立てて笑った。はずみにバランスをくずし、尻餅をついて、ひっひっと笑った。ドアのベルが鳴った。「会員制のパーティーです！」と、フィッシャーが叫んだ。廊下の足音が遠のいていく。「さて、お開きにしましょうか」と、ファビアンが言った。部長は背中を向けて、ガーゼと脱脂綿をそうっと腹にあてがった。ふたりの社員がコルセットをソファから持ってきて、年寄りの裸ガエルの腹に巻きつけた。「そうっとやってくれ」と、カエルが言った。「上は三番目の穴、下は二番目の穴だ！」

ファビアンは、ブライトコップの、ほっぺたみたいに垂れた尻《けつ》に、どうしても平手打ちをかましたくてたまらなかった。だが人生は、無思慮に感情の虜になっていいほど、単純なものではない！　自制が必要だ。目の前に裸の尻《けつ》が突き出されたら、誰の尻《けつ》であろうと、一発くらわしてやりたいと思ったら、俺たちはいったいどうなるんだろう！　ジョゼフィーヌ・ボーアルネが、夫のボナパルト、後のナポレオン一世の尻を、ときおり、ということは、くり返しとまではいかないが、規則的に間隔をおいて、思いっ切りぶっていたら、いったい世界史は、どんなふうになっていただろうか、とファビアンが考えこんでいるあいだに、部長はシャツを下ろし、ズボンを上げた。フィッシャーがチョッキと上着を広げて待っていた。

ブライトコップは手を通し、そっけなく礼を言い、ゆっくりボタンをかけて元の服装に戻った。そしてふたりの感想を待った。

「非常におもしろかったです」と、フィッシャーが言った。

「じつに勉強になりました」と言って、ファビアンは太った男の顔にほほ笑みかけた。

「これでもう、盲腸のことで面倒なことがなければいいですね」と、フィッシャーがお祝いを述べるような調子でつけ加えた。

「だって盲腸、もう取っちゃったわけでしょ」と、ファビアンは言った。「それともお腹を開けたのはいいけれど、盲腸は切り取らずに、また縫い合わせちゃったなんてこと、ないんでしょうね？　そうだとしたら大変ですよ。外科医が腸のあいだにピンセット忘れたり、また別のときには、ハサミ忘れたなんてこと、よく聞きますね。ぼくの住んでる家の管理人さんちの知り合いなんか、二回もそんな目に遭ったんですよ。そこでそのご本人、病院の管理部に申請書を出したんです。当方の腹部の開閉は、便利と快適さをかんがみて、ボタン式にしていただきたし、って。もっとも申請は、却下されましたがね」

「冗談、やめましょうよ。部長さんは大変なんだから！」と、フィッシャーが叫んだ。

ブライトコップは厳しい目つきで、ファビアンをにらみつけていた。「話題を変えようか」

「そうですね。さっき、特別手当の話をしていただきましたが。いつ、いただけるんですか？」

「特別手当の話は、君がしたんだぜ。俺は君に、会社としては君の宣伝プランに満足している、と伝えただけだ。それだけじゃ、特別手当を出す理由にはならん。おまけに、君はよく遅刻してくるから、なおさらだ。功罪相半ば、ってとこだな。別の言い方をすれば、君は給料分しか働いてないわけだ」

「給料、安すぎますよ！　毎月もらう二百十マルクで、いったい、どうしろってんですか？」

「興味ないね」と、ブライトコップはイライラしながら答えた。「社員の私生活なんぞ、知ったことじゃない。ところで君は、どうしてそんなによく遅刻するんだね？　ほかに仕事でもやってるのかね？　だったら、うちの正式の許可がいるぞ」

「にもかかわらず、やってます」

「や、やっぱり、ほかにも？　そんなことだろうと思ってた！　で、なんだ、その仕事は？」

「生きるってことですよ」と、ファビアンは言った。

「あれが、君の言う、生きるってことなのか？」と、部長が大声をはりあげた。「ダンスホールで遊んでるだけじゃないか！　あれが、生きるってことなのか？　生きるってことに、なんの敬意も払ってないじゃないか！」

「もっとも、ぼくが生きるってことに対してなら、敬意なんか払ってませんがね！」と叫んで、ファビアンは怒ってデスクをたたいた。「でも、部長はわかってませんね。関係ないことですからね！　何人ものタイピストをデスクの上に押し倒すなんて趣味の悪いこと、誰もがするとはかぎりませんからね。なんの話か、おわかりですね？」

フィッシャーは自分の椅子にすわって、青くなっていた。そして、なにか書いているふりをしている。ブライトコップは、両手でチョッキをぎゅっと押さえていた。怒りで傷口が開くのではないか、と心配しているらしい。「後で話し合おう」と声をしぼり出し、向きを変えて、勢いよくドアに手をかけた。だが、開かない。ノブを揺すって動かそうとしている。顔が赤くなっている。退散は失敗に終わった。

「かんぬき錠がかかってますよ」と、ファビアンが言った。「かけたの、部長ですからね。盲腸、見せるために」

訳者あとがき
――ふたりのケストナー

この本は、Erich Kästner: *Fabian — Die Geschichte eines Moralisten* (1931) の翻訳です。

「今さ、30歳で結婚できるやつって、いるか？　失業してるやつもいるし、明日にでも失職するやつもいる。これまで一度も就職したことのないやつもいる。ぼくらの国は、後の世代が生まれてくるってことに、準備できてないんだ」。きのうの晩、渋谷の道玄坂で耳にしたセリフだろうか。いや、これは１９３０年のベルリンで、小説『ファビアン』の32歳の主人公が、親友に言うセリフである。

『ファビアン』は、ケストナーの代表作だ。経済恐慌、ナチの権力掌握前夜、ワイマール共和国末期。退廃的で不安定なベルリンが、「ゆがんだ鏡」にくっきり映し出されている。

啓蒙主義の曾孫

エーリヒ・ケストナー（１８９９―１９７４）は、日本では、『飛ぶ教室』や『エーミールと探偵たち』など児童文学の作家と思われている。だがドイツ語の全9巻ハンザー版のケストナー〈作品集〉（１９９８年）で、子どものためのものは、最後の3巻だけ。ケストナーは、「子どものために」だけでなく、「人人のために」

も、たくさん書いた。

シルヴィア・リスト編『大きなケストナーの本』（マガジンハウス）は、物語、詩、ドラマ、評論、講演、日記、手紙など、ケストナーの文章を年代順に並べたアンソロジーだが、それを手にとれば、一目瞭然。ケストナーは、羊のような「子どもの友」というよりは、大胆なモラリストであり、辛辣な風刺家だった。

物書きとしての姿勢は、独特だった。

『ファビアン』には、18世紀の啓蒙主義者、レッシングが出てくる。レッシングについての論文は、この小説の展開の鍵となるのだが、ケストナーの博士論文のテーマは、啓蒙主義だった。「レッシング」という詩も書いている。ケストナーは、自分から「啓蒙主義の曾孫」と名乗っていた。「芸術のための芸術」を大切に考える現代では、めずらしい反骨ぶり。

啓蒙主義は、誰にでも理性がそなわっていることを前提にしている。みんなが理性をもつようになれば幸せな社会ができる、と考えた。理性によって正しいとされることを、他人にも押しつける。場合によっては、迷惑な話だ。歴史をふり返れば、啓蒙の旗のもとで、野蛮なことが数多く行われてきた。だから現代では、まともな作家や芸術家にとって、啓蒙主義は悪趣味の代名詞なのだが、啓蒙家ケストナーは、8歳から80歳の「子ども」のために、せっせと書いた。

ケストナーにとって文学は、読者が日常をよりよく過ごすための、エンターテインメントや啓蒙の道具。深刻な認識とか孤高の芸術をめざさなかった。しんねりむっつりが多いドイツ文学ではめずらしい姿勢である。深さよりは浅さを、鋭さよりは月並みを、曖昧さよりは明快さを大切にした。

ケストナーは、男らしく、簡潔で、ダンディなスタイリストだった。

『ファビアン』

ケストナーの筆がいちばん精力的で冴えていたのは、1928年から1933年にかけての、ワイマール共和国末期である。

代表作は、ほとんどその時期に集中している。児童物では『エミールと探偵たち』(28年)、『点子ちゃんとアントン』(31年)、『飛ぶ教室』(33年)などがあり、詩集では『腰のうえのハート』(28年)、『鏡のなかの騒音』(29年)、『ある男が報告する』(30年)、『椅子のあいだで歌う』(32年)があり、そして小説では『ファビアン』(31年)だ。

ワイマール共和国末期では、「顔はあるが、頭のない」人間があふれていて、崇高なものや超越的なものがゴロゴロしていた。だからケストナーは、「すなおな感情、はっきりした思考、かんたんな言葉」にこだわった。同時代の多くの作家や芸術家とは逆に、言葉の綱渡りや、ものごとの神秘化を嫌った。日常のなかに不思議を見ず、日常のことは日常的に見た。それどころか、非日常的なことまで日常的に見た。いわゆる詩的なものを排除し、つねに日常という低い姿勢から、対象を切り上げた。

ケストナーは、たくさん詩を書いているが、詩の人ではない。彼の精神は、骨の髄まで散文的だった。家計簿をつけるような感覚で、ものを書いている。バランスシートの感覚だ。『ファビアン』を訳していると、き、私はストーリーの節目ごとに、ケストナーの言葉を噛みしめていた。「人生を重く考えることは、かんたんだ。だが人生を軽く考えることは、むずかしい」

ケストナーは『ファビアン』に愛着をもっていた。70歳になって、この小説が〈人人のための著作集〉

（1969年）に収録されたときにも、ゲラのチェックをしていた。出版は1931年10月15日。発売後1週間で仮綴じ本は売り切れ、同年11月初めには、ハードカバーの印刷部数が1万部に達し、翌年3月には2万5千部にまで伸びた。外国語にも翻訳された。批評も、おおむね好評で、ハインリヒ・マンやヘルマン・ヘッセらにほめられた。しかし1933年1月30日にナチが権力を掌握。『ファビアン』もベルリンで同年5月10日、焚書の対象になった。亡命しなかったケストナーは、オペラ座広場でこっそりそれを見守っていた。

ちなみに織田作之助は1947年に、『ファビアン』を、〈もののあわれ〉とは異質の「土足のままの文学」として高く評価している。「僕らの野心とは僕らの『ファビアン』を作ることであり僕らの『ユリシーズ』を作ることにあると納得した」

『ファビアン——あるモラリストの物語』というタイトルは、版元（Deutsche Verlags-Anstalt）の意向によるもので、ケストナーが考えたものではない。不本意だったのは、タイトルだけではない。1931年7月18日、母親にこう書いている。「盲腸の話など、いろいろカットし、エロティックでない章をふたつ追加」。「あとがき」もカットされた。

『ファビアン』は、1920年代末から1930年にかけてのベルリンの状況を風刺した小説である。経済危機に見舞われ、没落していくワイマール共和国のスキャンダラスな年代記。本人はタイトルとして、『犬どもの前に行く』を考えていた。『病気の若者』も悪くないと思っていた。弱っている獲物は、猟犬の餌食になりやすい。ドイツ語で「犬どもの前に行く」は、「破滅する」という意味だ。

戦後になって「まえがき」（1946年／1950年）が書かれた。「そう、この小説には明確な目標があった。警告しようとしたのだ。ドイツが、そしてドイツとともにヨーロッパが、奈落に近づきつつあることを、警告しようとしたのだ！」

芸術や文学では、作者の言葉を真に受けない、というのが受容のイロハである。料理だって、料理人の口上ではなく、実際の味が勝負だ。同じ料理でも、食べる人によって味も微妙に変わるだろう。「警告しようとしたのだ」と書いたケストナーの気持ちはよくわかる。しかし今、『ファビアン』から「警告」を受け取る読者はどれくらいいるだろう。楽しみ方は食べる人にまかせたい。

だから、内容をストレートに伝えている『犬どもの前に行く』より、ニュートラルな『ファビアン（Fabian）』という固有名のほうが——といってもフェビアン協会（Fabian Society）に結びつけた『ファビアン』論もあるけれど——、今ではこの小説のタイトルにふさわしい気がする。

『誰も君の顔の裏側をのぞかない』

ところで、人気作家によくあることだが、ケストナーもまた、ケストナーに近かった人たちによってケストナー像がつくられてきた。しかし1998年には、しっかりした注釈のついたハンザー版の〈作品集〉が出版され、ようやくケストナーも古典作家として扱われはじめた。1999年には、ミュンヘン大学のスヴェン・ハヌシェクの手によって、はじめて本格的なケストナー伝が登場した。ケストナー受容の新しい幕が上がった。

1964年生まれのスヴェン・ハヌシェクが書いたケストナー伝のタイトルは、『誰も君の顔の裏側をのぞかない』。人気作家というよりは古典作家を扱うような手つきで、可能なかぎり一次資料にもとづいて、ケストナーを冷静に追跡している。

スポーツの実況では、無能なアナウンサーほど絶叫して枕詞を連発する。言葉は、ものを考えるための道具なのに、枕詞は、しばしば思考停止の道具になってしまう。日本ではケストナーというと条件反射のように、「ナチに抵抗した」という枕詞がよく使われるが、ナチの独裁下で亡命しなかったケストナーは、『誰も君の顔の裏側をのぞかない』によると、ナチに抵抗したのではなく、「ささやかな妥協」をしていた。ナチ批判を展開したのは、ナチの政権掌握前か、敗戦後のことだった。

この、ハヌシェクのケストナー伝には、すぐれた邦訳がある（藤川芳朗訳『エーリヒ・ケストナー――謎を秘めた啓蒙家の生涯』白水社、２０１０年）。もちろん『ファビアン』にも章が割かれている。初版の原稿審査係クルト・ヴェラーについても詳しい。

『犬どもの前に行く』

原稿審査係の介入なしで、もともとケストナーが読者に届けようとしたままの姿で、『ファビアン』を復元できないものか。スヴェン・ハヌシエクは、マールバッハにあるドイツ文学資料館のケストナー・アルヒーフで、ケストナーの書き込みのあるタイプ原稿など、一次資料にあたりながら、『ファビアン』の史的批判版をつくるような手つきで、幻の〈原典版ファビアン〉を再構成した。そうして２０１３年に『犬どもの前に行く』（アトリウム書店）が出版された。

読んでみると、原典版ファビアンのほうが、性的な描写も露骨で、政治にかんしても具体的で挑発的な表現が多い。たとえば『ファビアン』の第16章で、ファビアンは、枕営業を選んだコルネリアに失望して、遊園地で知り合った女の家に行く。女は「年寄りの保険医のように懐中電灯の明かりでファビアンを診察した」（本書１８３ページ）。それが『犬どもの前に行く』では、こう書かれている。「年寄りの保険医のように、懐中電灯の明かりで、ファビアンの性器を調べた」（１６３ページ）。

ふたりのケストナー

舞台で笑顔をふりまくエンターテイナーは、舞台裏では、えてして気むずかしい。「子どもむけに」愛想よく書いているケストナーも、実際は、気むずかしくてうち解けない人間だった。そしてまた、書き手としてエンターテイナーぶりを発揮したケストナーにも、ふたつの顔があった。

児童物やエッセイを書くケストナーと、詩や小説を書くケストナー。ふたりは、別人のようだ。児童物やエッセイのとき、ケストナーは理想主義者で、ユートピアを信じ、夢見がちな顔を見せた。しかし詩や小説では、醒めた顔を見せている。啓蒙を信じていなかった。理性的な人間はごく少数で、人類の教育など不可能だと思っていた。そういう懐疑的な顔は『ファビアン』ではおなじみだが、詩でも、「人間ってやつは、粗悪品。これから先もずっと粗悪品」とか、「でも悪意は治らない／善意は子どものときに死ぬ」といった具合だ。

どちらが表の顔で、どちらが裏の顔なのか。どちらが本当の顔なのか。そういう不毛な問いを立ててしまう人には、〈本質〉のかわりに〈家族的類似〉という切り口を提案した後期ヴィトゲンシュタイン（『哲学探究』）をおすすめしたい。ヴィトゲンシュタインが面倒なら、カフカの言葉をプレゼントしておこう。「真実を言うことはむずかしい。たしかに真実はひとつだが、真実は生きているので、生き物のように顔を変えるからです」

誰もケストナーの顔の裏側はのぞけない。顔には裏側がないからだ。ケストナーには、少なくとも２つの顔があった。「ケストナー」と言われるとクイズ番組のように「児童文学」と即答する人には、ぜひ『ファビアン』を読んで、もうひとりのケストナーの顔を見ていただきたい。

「左翼メランコリー」

「片目の文学」というエッセイでケストナーは、ドイツ文学には笑いがない、と指摘している。ユーモアや笑いはケストナーの得意技だが、『ファビアン』にはない。主人公のファビアンは、時代をシニカルに傍観している。「左翼メランコリー」（１９３１年）は、『ファビアン』と同時期に書かれたケストナーの詩集を、ベンヤミンが書評した有名な文章である。「ああ、大金持ちの賢者が／１ダースでもいてくれれば……」というケストナーの姿勢に、ベンヤミンは、階級意識のない「左翼メランコリー」だと嚙みついているが、もともとケストナーは、ベンヤミンが期待する革命志向の「ラディカル左翼」ではなく、懐疑的な「リベラル左翼」にすぎなかった。

啓蒙によって世の中が幸福になる保証はない。けれども、せめてみんなが「頭」をもてば、最悪の不幸は避けられるのではないか。そうケストナーは考えていた。だが「頭」（つまり理性）を中軸におくことによって、啓蒙主義は空回りしはじめる。なぜか。それは、ブレヒトの言葉とヒトラーの言葉を比較すれば、よくわかる。

ケストナーより1歳上のブレヒトは、「ナチに投票するほど国民が愚かだとは思っていなかった」と唇を嚙んだ。エリートや知識人は、理性しか目に入らない視野狭窄。大衆だけでなくヒトラーをも過小評価していた。だが、ヒトラーのほうが上手《うわて》だった。「大衆は馬鹿だ。感情と憎悪だけでコントロールすることができる」。しっかり感情に注目していた。このヒトラーが指導者になれば、「生活圏を拡大して」（つまり、まず東方を侵略して）ドイツを豊かにできるのです、と胸を張り、愛国心や純血や崇高美でたくみに鼓舞して、大衆の支持を広げた。

最近の脳科学によってますます明らかになってきたことだが、人間の行動をコントロールするのは、理性ではなく感情である。「象」（感情）のほうが「乗り手」（理性）より強い。ヒトラーは「象」の強さをよく心得ていたが、エリートや知識人は論理や正義にこだわって、「象」を軽蔑していた。

ワイマール共和国末期のベルリンをデフォルメして描いた『ファビアン』には、「乗り手」のメランコリーが嫌でも伝わってくる。啓蒙を謳《うた》うケストナーと、啓蒙の限界を指摘するケストナー。ふたりの綱引きは憂鬱だ。ベルリンの空はなかなか晴れない。「左翼メランコリー」というベンヤミンの悪口は、じつはケストナーにとって最大のほめ言葉だったのではないか。小さな「乗り手」を王様だと信じていた知識人やエリートは、大衆や小市民を馬鹿にすることしか知らなかった。けれども、大衆や小市民に共感していた人気作家ケストナーには、大きな「象」の足音がちゃんと聞こえていた。

底本

底本には、ハンザー版のケストナー〈作品集〉第3巻（1998年）を使った。ただし、「まえがき（19

46年）」は、このハンザー版には収録されていないので、『犬どもの前に行く』（2013年）所収のものを使った。今回の翻訳は、『ファビアン』に関連して公刊されたものを、（現時点では）すべて収めたことになる。

お礼

『ファビアン』、翻訳しませんか。数年前、みすず書房編集部の成相雅子さんに提案された。『ファビアン』は、小松太郎による先行訳（1938年）がある。1990年にはちくま文庫（『ファービアン』）に収められたが、現在は絶版だ。魅力的な小松訳から、たくさんのことを教えてもらった。成相さんには、いろんな局面でわがままを聞いていただき、最初から最後まで、すっかりお世話になった。宮本亜由美さんには、装丁をお願いすることができた。上中美咲さんにも、いろいろ教えてもらった。ありがとうございました。

2014年10月

丘沢 静也

この本には、今日では差別的と思われる表現がいくつか含まれていますが、作品の時代背景や、歴史的・文学的な意味を尊重して、そのまま使いました。差別の助長を意図するものではありません。どうぞご理解くださいますよう、お願いいたします。

著者略歴

（Erich Kästner 1899-1974）

ドレスデンに生まれる．ライプツィヒ大学でドイツ文学を学び，1927 年，ベルリンへ移って新聞・雑誌に演劇批評などを書く．1928 年，詩集『腰の上のハート』『エミールと探偵たち』刊行．大成功をおさめた『エミールと探偵たち』に続いて，挿絵画家ヴァルター・トリヤーとのコンビで発表された痛快でユーモアあふれる作品は世界中で読まれ，ことに日本では，明るく前向きな児童文学作家としてのみ語られてきたが，ドラマ，台本，評論，詩集など，むしろ大人のための作品を数多く書いた．ナチス政権下の時代，自伝的モチーフもそなえる，時代と風俗の痛烈な風刺小説である本書『ファビアン』も焚書に付され，執筆禁止となったが，亡命をせず，終戦を迎える．近年，本格的な伝記や〈原典版 ファビアン〉とも呼ぶべき『犬どもの前に行く』（2013）が出版され，シニカルな風刺家としての，もうひとつの姿がクローズアップされはじめている．

訳者略歴

丘沢静也〈おかざわ・しずや〉1947 年生まれ．ドイツ文学者．首都大学東京名誉教授．著書に『下り坂では後ろ向きに』『マンネリズムのすすめ』『からだの教養』『コンテキスト感覚』など．訳書にニーチェ『ツァラトゥストラ』，カフカ『変身／掟の前で』，ケストナー『飛ぶ教室』，ヴィトゲンシュタイン『哲学探究』，エンデ『鏡のなかの鏡』，エンツェンスベルガー『数の悪魔』など．

エーリヒ・ケストナー
ファビアン
あるモラリストの物語
丘沢静也訳

2014 年 11 月 25 日　第 1 刷発行
2022 年 5 月 12 日　第 2 刷発行

発行所 株式会社 みすず書房
〒113-0033 東京都文京区本郷 2 丁目 20-7
電話 03-3814-0131（営業） 03-3815-9181（編集）
www.msz.co.jp

装丁 宮本亜由美
本文組版 キャップス
本文印刷・製本所 中央精版印刷
扉・表紙・カバー印刷所 リヒトプランニング

ISBN 978-4-622-07877-7
［ファビアン］